Nils Westerboer

KERN SCHATTEN

Roman

KLETT-COTTA

Hobbit Presse
www.hobbitpresse.de

Cover: Birgit Gitschier, Augsburg
unter Verwendung einer Abbildung von © shutterstock
Gesetzt von C.H.Beck.Media.Solutions, Nördlingen
Gedruckt und gebunden von CPI – Clausen & Bosse, Leck
ISBN 978-3-608-98690-7
E-Book ISBN 978-3-608-12028-8

כחשיכה כאורה

Finsternis ist wie das Licht.

ATLAS

Da endlich sah er es.

Eingeschlossen in einem tiefgekühlten Zylinder hinter Plexiglas und Metall, auf Augenhöhe aufgebockt, von Neon beschienen. Er kam näher, durchsuchte den Nebel hinter der kleinen Scheibe, Millimeter für Millimeter, ruhig und ohne Ungeduld.

Aber da war nichts zu sehen.

Dennoch war es da. Er wusste, dass es da war.

Das Neugeborene.

Von Zahlen bezeugt, auf zahlreichen Bildschirmen neben ihm, hinter ihm, im Raum dahinter und so weiter. Es war da, weil Zahlen sagten, dass es da war. Diese Zahlen, gruppiert, gefügt, in Formeln gepresst, waren unmissverständlich.

Eine Fehlgeburt.

Gebettet in flüssigem Helium, eingehüllt in 271 Grad minus. Keiner wusste, ob das richtig war. Es schrie nicht.

Jemand hatte ein Pappschild auf die Anlage gestellt.

Руками не трогать!
Ne pas toucher!
Nicht anfassen!

Er verließ das Labor, spazierte hinaus auf die röhrende Route de Meyrin. Die Herbstsonne brannte, so gut sie konnte. Er blieb stehen, sah in Richtung der Grenze zu Frankreich. In der Ferne flirrten die Berge.

Nichts deutete darauf hin, dass etwas passiert war.

Er überschlug die Zahl der Leute, die davon wussten. Dann zählte er die, die zu informieren ihm unumgänglich erschien, drehte und wendete das Ergebnis, kombinierte es mit den Wissenden, bis eine Handvoll übrig blieb.

Minimierung von Wahrscheinlichkeiten.

Das, was jetzt vom Traum einer exakten Wissenschaft übrig war, der Albtraum eines jeden Pedanten, aber für ihn eine Selbstverständlichkeit, schon seit der Zeit, als er noch in Tel Aviv und Lyon Professoren hinterhergerannt war, Papierstapel unter dem Arm und dicke Taschenrechner im Turnbeutel.

Der Preis würde hoch sein. Höher noch als die anstehende Reparatur irgendwelcher Leiterstrecken und Kühltanks, für die schon jetzt mit achtstelligen Ziffern gerechnet wurde. Die Finanzierung würde ihr Hauptproblem werden.

Grundlagenforschung, das klang gut.

Rettung von Grundlagenforschung klang noch besser.

Aber Grundlagenvernichtung. Wer bezahlte so etwas?

Er ging weiter, bewegte sich auf Frankreich zu.

Sie hätten nach dem Zwischenfall nicht weitermachen dürfen. Keine Sekunde, keinen Bruchteil einer Sekunde. Er würde daran zu tragen haben, wahrscheinlich für den Rest seines Lebens. Dabei ging es nicht um Schuld. Eine Maschine, die über dreitausend Leute beschäftigte, produzierte keine Alleinschuldigen.

Er blinzelte, jemand kam ihm entgegen. Es war Jegor.

Einer von denen, die alles wussten. Er spürte, wie ihm ein wenig leichter wurde.

An den Masten mit den Nationalfahnen, die den Parkplatz der Anlage in einer langen und klirrenden Reihe begrenzten, genau zwischen Finnland und Bulgarien, trafen sie aufeinander.

Jegor hatte den kümmerlichen Rest einer Eistüte in der Hand. »Wenn du dich beeilst, kriegst du noch was«, sagte er im Vorbeigehen. Er schien nicht mit ihm reden zu wollen, wahrscheinlich hatte er ihm seine pessimistischen Gedanken schon von weitem angesehen.

»Dann bis unten.«

Er blieb stehen und sah Jegor nach, wie er in einer der Türen verschwand, die nach unten führten.

Unten? Wieso eigentlich immer unten?

Er setzte seinen Spaziergang fort und näherte sich der Grenze. Die Straße wurde an dieser Stelle breiter. Eine Reihe weißer Lieferwagen rollte an ihm vorbei. Er hoffte, dass noch mehr kommen würden, denn bei Krach konnte er gut denken. Zu seiner Rechten entdeckte er hinter einem leeren Parkplatz einen leeren Pool, der ihm bisher nie aufgefallen war.

Ebenso leer hatte der kleine tiefgekühlte Zylinder im Labor ausgesehen, leer und irgendwie unerheblich. Jeder normale Mensch hätte ihn, wäre er nicht wie in einer Intensivstation an zischende Tanks und Drähte gekettet, in die nächste Mülltonne werfen können. Aber die Zahlen auf den Bildschirmen am anderen Ende der Drähte erlaubten das nicht.

Er nahm einen Schluck aus seiner Wasserflasche.

Bisher wussten sie nur zwei Dinge.

Erstens, es strahlte nicht. Nicht mal ein bisschen. Eher

schien es sogar Strahlung zu absorbieren. Das hatte sein Gutes. Niemand würde damit eines Tages unbemerkt Frauen sterilisieren, Dissidenten markieren oder Journalisten verkrebsen. Die Kehrseite war, dass damit ein spendables und schweigsames Fördererklientel für die nötige Forschung wegfiel.

Zweitens, es interagierte auf unerklärliche Weise mit seiner Umgebung. Der Zylinder verlor kontinuierlich an Gewicht, ohne dass das jemand verstand. Seit der Konservierung nach dem Zwischenfall, seit alle möglichen Detektoren daran hingen, waren nur wenige Zahlen auf den Bildschirmen nicht konstant geblieben, unter anderem die des Gewichts. Es wurde leichter.

Erst hatten sie vermutet, dass es irgendwann einfach verschwinden, sich selbst abschaffen würde. Doch dagegen sprachen andere, unverändert feststehende Zahlen.

Er betrat den Parkplatz der Grenze und grüßte mit einem Wink die Wachposten, denen die Hitze glitzernde Perlen über die Gesichter trieb. Einer wies mit einem einladenden Lächeln auf die kleine Eismaschine im Inneren seiner Hütte.

»Monsieur?«

Er war nicht in der Verfassung.

»Merci, pas aujourd'hui.«

Er senkte die Hand, wandte sich um und bewegte sich wieder auf die grauen Komplexe zu. Die Idee, die ihn seit heute Morgen umhertrieb, hatte ihm schon das Frühstück vergrault.

Was, wenn nicht der Inhalt des Zylinders an Gewicht verlor, sondern bereits der Zylinder selbst? Das tiefgekühlte Gas vielleicht oder die Elektronik der Detektoren?

Wahrscheinlich war es nicht, aber was war schon wahrscheinlich?

Wahrscheinlichkeit bedeutete nichts anderes, als dass alles möglich war, das eine nur mehr als das andere, das eine früher, das andere später. Auszuschließen war gar nichts. Er hatte seine Idee während der Mittagsbesprechung geäußert, aber niemand hatte sich interessiert gezeigt, auch Jegor nicht.

Wahrscheinlich weil sie alle Angst hatten, er könnte Recht haben.

Denn wenn er Recht hatte, war sofort Schluss mit kostenlosem Grenzbeamten-Eis und netten Gesprächen mit Händen und Füßen.

Wenn er Recht hatte, dann war Zeit von nun an eine harte Währung. Er würde sich sofort daranmachen müssen, einer Handvoll Leuten behutsam klarzumachen, was ihnen bevorstand. Außerdem war die Zahl der Mitwisser zu verringern, wie auch immer er das anstellen sollte.

In jedem Fall würden sie nicht hierbleiben können. Sie würden die Fehlgeburt fortschaffen müssen, am besten noch heute und am besten an irgendein Ende der Welt, wo sie ungestört daran arbeiten konnten, Wahrscheinlichkeiten zu minimieren.

Er erreichte eine Tür und beschloss, noch einmal ins Labor zu gehen, um einen Blick auf die Zahlen zu werfen.

Er fragte sich, wohin sie gehen würden, wenn er Recht hatte. Doch ganz gleich, was sie tun würden, gleich, wo und wie gut sie sich verbargen.

Irgendwann würde irgendjemand kommen.

Es war wahrscheinlich.

FERNWÄRME

1

Die ersten Tage konnte man sich schenken. Sie dauerten kaum länger als eine Stunde und waren nicht mehr als eine kurze schäbige Dämmerung, die zu nichts anderem nütze war, als dass man den Smog etwas besser sehen konnte als sonst.

Kolja Blok ließ den Motor laufen.

Er zog sich eine Mütze über die Glatze und stieg aus. Der Neuschnee, der den Dronow-Park unter sich begraben hatte, war kniehoch und hatte die Farbe eines Umzugskartons. Blok fluchte, als er die frisch getrampelten Spuren entdeckte, die von den anderen Streifenwagen aus in den Park führten.

Er war zu spät dran.

Seine Beförderung war so alt wie dieser kurze Tag und schon riskierte er sie.

Hastig fischte er eine Tüte aus dem Kofferraum, prüfte ihren Inhalt und folgte den Spuren.

Wachruschews Anruf vom Vormittag klingelte immer noch in seinen Ohren. »Machst du das, Kolja? Ich muss es gleich wissen.« Der Morgen hatte gerade zu dämmern begonnen und Blok hatte, ohne nachzudenken, »Ja« gesagt. Niemand war so dumm und würde, nach fünfzehn Jahren

Streife, einen Posten bei der Kriminalpolizei ausschlagen. Niemand außer vielleicht Kolja Blok. Aber er hatte »Ja« gesagt und sich ein Fischbrötchen gekauft. Dann hatte Wachruschew erneut angerufen, und jetzt hatte Blok, keine Stunde später, die Prüfung eines möglichen Mordfalls am Hals.

Er hatte sich noch die Zeit genommen, über seinem restlichen Brötchen in einem Lehrbuch zu blättern, bevor er zum Dronow-Park gefahren war. Sein erster Fehler, denn es wurde schon wieder dunkel.

Blok sah auf die Uhr, es war erst kurz nach zwei Uhr mittags. Aber die Polarnacht wartete nicht, bis jemand sein Fischbrötchen aufaß. Sie kam, würde 22 Stunden bleiben und sich keinesfalls um so etwas wie eine Spurensicherung scheren.

Blok hörte die anderen, bevor er sie sah. Es waren vier Mann, sie standen in der Nähe einer verkrüppelten Birke. Blok kannte keinen von ihnen. Er wusste nur, dass sich nahezu jeder im Bezirk auf seine Stelle beworben hatte, im Unterschied zu ihm. Feierlaune war also keine zu erwarten.

Blok umklammerte die Plastiktüte. Als er sich den Männern näherte, drückte er seinen Rücken durch. Doch es war aussichtslos, er würde ihnen allen bestenfalls bis zur Brust reichen. Bloks Körpergröße hatte für die Aufnahmeprüfung der Polizei gerade so ausgereicht.

Er quetschte sich durch eine Lücke und grüßte in die Runde. Das Gerede erstarb, ohne dass ihn jemand ansah.

»Guten Abend, Sir«, murmelte ein junger Rothaariger. Blok zuckte zusammen. Es ging also gleich los. Sir. Jemand musste seine Schwäche für amerikanische Polizeifilme weitergetratscht haben.

Der Tote, der quer zu seinen Füßen lag, war von einer dünnen Schneeschicht bedeckt. Er lag auf dem Rücken und hatte die Arme und Beine von sich gestreckt, als ob er einen Engel machen wollte. Es sah nach einem kräftigen Rückstoß aus, von was auch immer.

Blok ging in die Hocke, strich dem Toten nach und nach den Schnee vom Kopf und versuchte, sich nicht um das Getuschel von hinten zu kümmern. Als er über das Gesicht der Leiche wischte, erschrak er. So etwas hatte er noch nie gesehen, in seinen fünfzehn Dienstjahren nicht und auch in keinem Polizeifilm.

»Wer von Ihnen hat das gemacht?«, fragte er sauer in die Runde, als er sich gefasst hatte.

»So was geht noch nicht, Sir. Dazu ist er noch nicht steif genug. Warten Sie, ich zeig's Ihnen …«

Der Rothaarige beugte sich vor und wollte sich am Gesicht des Toten zu schaffen machen. Blok schoss Blut in den Kopf. Das ging nicht nur gegen die Totenruhe und alle Regeln einer Tatort-Ermittlung, das ging vor allem gegen ihn und seine ungetestete Autorität. Der Angriff überraschte ihn nicht, wohl aber, dass er so schnell kam und dass keiner der anderen Anstalten machte, ihm zur Seite zu stehen. Sie mussten ihn noch weniger leiden können, als er erwartet hatte. Er stieg hastig über die Leiche und stellte sich dicht vor dem Rothaarigen auf.

»Wer ist für die Spurensicherung verantwortlich?«

Der Rothaarige hob kraftlos die Hand. »Ich, Sir.«

»Wurden schon Fingerabdrücke genommen?«

»Wir wussten nicht, ob wir die Handschuhe entfernen dürfen.«

Blok warf einen prüfenden Blick auf die Leiche, deren Hände tatsächlich in dicken Fäustlingen steckten. Er seufzte und hielt dem Rothaarigen die Plastiktüte hin.

»Die Umgebung ist nicht gesichert. Fangen Sie damit an.«

Der Mann sah auf die Rolle Absperrband in der Tüte, schien aber nicht einmal daran zu denken, sie herauszufischen.

»Hier ist doch kein Schwein, Sir.«

Jetzt hatte Blok genug.

»Da bin ich mir nicht sicher, mein Lieber.« Er hielt ihm die Tüte vors Gesicht. »Soll ich Sie wegen Befehlsverweigerung oder wegen Dilettantismus in Schwierigkeiten bringen?«

Der Rothaarige griff nach der Tüte und machte sich mit ihr davon. Blok fuhr sich erleichtert über das Genick. Einer weniger, dachte er. Mochte Wachruschew ihn unter die Wölfe geschickt haben, ein Schaf war er nicht.

»Also, was haben wir hier?«

»Das ist ein Penner, Sir! Hat die Kälte nicht vertragen«, sagte ein älterer Beamter, der den aufgeschreckten Blick eines Huhns hatte.

»Hat er Ihnen das gesagt?«, erkundigte er sich, ohne aufzusehen. Keiner lachte. Blok begann, den restlichen Körper des Toten vom Schnee zu befreien.

Er konnte nicht leugnen, dass an der Idee etwas dran war. Der Tote hatte einen ganzen Kleiderschrank am Leib. Nicht nur, dass er zwei Jacken und noch einen Mantel trug, auch die Pullover und Hemden darunter bildeten einige Schichten.

Er kramte Latexhandschuhe aus seiner Jackentasche, ließ sie über die Hände schnalzen und konnte die Blicke der anderen in seinem Genick spüren. Sie würden nun jeden seiner Handgriffe genau beobachten und nur darauf warten, dass er Fehler machte. Die Beförderung stand auf keinem Papier, Wachruschew hatte die Bürokratie auf später verschoben. Wenn Blok die Sache verpatzte, war er den Posten so schnell wieder los, wie er ihn bekommen hatte.

Er blätterte die Hosenbeine des Toten durch und zählte

vier Lagen Stoff. Es waren gute Hosen, nicht das, was normalerweise an Bedürftige ausgeteilt wurde. Das galt auch für die Schuhe aus braunem Leder, die sich wegen der vielen Socken, die aus ihnen hervorquollen, steinhart anfühlten. Blok sah auf. Auch das Gesicht des Toten schien, abgesehen von diesem seltsamen Anblick, den er noch nicht einordnen konnte, einigermaßen gepflegt.

Blok stutzte. Hätte man beim Tod eines Obdachlosen, was in dieser Jahreszeit durchaus vorkommen konnte, ganze fünf Leute von der Kriminalpolizei herbeordert? Es musste einen Grund dafür geben, dass sie hier waren. Es ärgerte ihn, dass Wachruschew es nicht für nötig erachtet hatte, ihm irgendetwas davon mitzuteilen.

Er begann, die Manteltaschen des Toten zu durchsuchen. Währenddessen kam der Rothaarige wieder zurück und ließ die Tüte mit der Rolle neben Blok ins Gras fallen.

»Da ist ein Journalist«, meldete er.

Blok blickte über die Schulter nach hinten. Tatsächlich stand ein mit Kameras behängter Mittdreißiger hinter dem Absperrband. Er hatte ein abartig großes Objektiv auf seine Spiegelreflex geschraubt und schien auf einen freien Blick auf die Leiche zu warten. Der wurde ihm gewährt, bevor Blok irgendetwas ausrichten konnte. Blok ließ die Kaskade von Auslöserklicks mit geschlossenen Augen über sich ergehen. Dann stand er auf, stapfte durch den Schnee und hielt dem Journalisten die offene Hand hin.

»Den Film.«

Der Mann lächelte freundlich.

»Geht nicht. Ist digital.« Er machte ein paar Schritte zurück. Blok griff nach dem Absperrband, hielt aber inne. Wenn er jetzt diesem Typ nachlief, würde er sich endgültig zum Affen machen.

»Für wen arbeiten Sie?«, fragte er stattdessen.

»Vogue«, kam die Antwort aus sicherer Entfernung. Die Polizisten brachen in schallendes Gelächter aus. Der Mann machte, dass er davonkam.

Blok hätte am liebsten eine der Birken ausgerissen, die überall herumstanden. Aber er atmete tief durch, denn er war sich sicher, dass es schlimmer nicht mehr werden konnte.

Sein Telefon klingelte. Es war Wachruschew.

»Nun, wie läuft's, Kolja?«

Blok tauchte unter dem Absperrband durch und stieg in die frischen Spuren des Journalisten.

»Scheint ein Obdachloser zu sein«, sagte er flüchtig.

»Gut möglich«, kam die Antwort. Etwas überhastet, wie Blok empfand. Er warf einen Blick zur Seite und überprüfte die Hörweite zu den anderen. Er musste jetzt wissen, was das Ganze sollte.

»Wieso sind hier vier Mann?«, flüsterte er.

»Was ist dein Problem? Jemand ist tot, ich schicke Leute, so geht das immer.«

»Wenn das hier ein Obdachloser ist, warum so viele?«

»Hast du es im Griff, Kolja?«

Blok seufzte.

»Klar.«

»Pass auf, ich muss Schluss machen. Bringt die Leiche zu Oleg in die Nekrasowa. Am besten, bevor es dunkel ist.« Dann riss die Verbindung ab.

Blok schüttelte den Kopf und steckte das Telefon ein. Er hatte kalte Füße. Die anbrechende Nacht schob einen eisigen Wind vor sich her und aus der Ferne hörte Blok das monotone Rumpeln eines Güterzugs. Er lief zur Gruppe zurück und platzte dort in gereiztes Getuschel.

»Wir packen ein«, verkündete er laut.

Das Gerede erstarb.

»Schon? Hier ist doch noch nichts gelaufen«, bemerkte der Rothaarige.

Blok ging nicht darauf ein.

»Holen Sie, was nötig ist, alle zusammen. Veranlassen Sie den Transport in die Nekrasowa!«

Die Männer sahen ihn für einen Moment dankbar an. Wahrscheinlich hatten sie auch kalte Füße. Das Knirschen ihrer Schritte im Schnee verschmolz mit dem leisen Rumpeln des Zuges.

Endlich hatte Blok die Leiche für sich alleine.

Er fuhr mit der Durchsuchung der Manteltaschen fort. Sie waren alle leer. Doch in den Taschen der darunter liegenden Jacke wurde Blok fündig. Er zog einen Schlüsselbund hervor, an dem mehr als zehn Schlüssel hingen. Das war es dann mit der Obdachlosen-These, dachte er.

An dem Bund hing auch ein kleiner Anhänger aus durchsichtigem Plastik, nicht größer als ein Daumen. Darin war so etwas wie ein Computerchip eingelassen. Sein Besitzer musste ihn gerne und lange getragen haben, denn die Oberfläche des Plastiks war stumpf und voller Kratzer. Am linken Rand waren gerade noch Buchstaben zu erkennen, »LHC«, dahinter eine Jahreszahl, die mit 20 begann, dann aber unleserlich wurde. Am rechten Rand waren die Überreste eines Firmenlogos zu erkennen, das aus ein paar roten Strichen und Kurven bestand.

Blok tütete den Schlüsselbund ein und durchsuchte die restlichen Taschen. Bis auf einen abgewetzten Geldschein und einige Münzen waren sie alle leer. Keine Papiere, keine Kreditkarten, nichts.

Er richtete sich auf. Der Wind war stärker geworden, Eiskristalle rieselten von der Birke neben ihm. In der näheren Umgebung standen einige Büsche, die sich zu einem dunklen Dickicht verhedderten. Nicht allzu weit hinter dem flatternden Absperrband führte ein schlecht geräumter Weg vorbei, der von Laternen in großem Abstand beleuchtet wurde. Hinter dem Weg verlief ein Strang grauer Fernwärmerohre. In der anderen Richtung, am Ende des Parks, glaubte Blok einen Bahndamm zu erkennen.

Er umrundete den Toten ein paarmal mit zunehmendem Abstand, um den Schnee nach Spuren und Gegenständen zu durchsuchen. Doch die Dunkelheit machte ihm einen Strich durch die Rechnung und er gestand sich ein, dass er das früher hätte machen müssen.

Nach einer Weile hörte er Stimmen.

Blok seufzte. Er musste sich für den Bericht noch schnell einen Gesamteindruck der Leiche verschaffen, bevor sie weggebracht wurde. Er trat zurück und schoss ein paar Fotos. Das war zwar die Aufgabe seiner Leute gewesen, aber Blok ging lieber auf Nummer sicher.

Taghell leuchtete der Körper in den Blitzen seiner Kamera auf. Blok machte auch eine Nahaufnahme des Kopfes. Wenn er es sich recht überlegte, setzte ihm dieser Anblick mehr zu als alles andere, einschließlich seiner Beförderung und der Versuche der anderen, sie zu sabotieren.

Der Kopf des Toten war unverletzt. Das war es auch nicht. Blok hatte schon so gut wie alles gesehen, was mit Köpfen passieren konnte.

Es war die Freude in seinem Gesicht.

So glücklich hatte Blok seit Jahren keinen Lebenden mehr gesehen. Der Tote strahlte, als ob man ihn mitten in einem Lachanfall schockgefroren hätte. Seine Mundwinkel drückten sich weit in die Wangen, seine Augen waren umgeben von Lachfältchen und mehr als nur glücklich blickten sie in den dunklen Himmel hinauf.

Fröstelnd machte Blok noch eine Aufnahme und trat zurück. Mit seinen ausgestreckten Gliedern lag der Tote da, als ob das Sterben die wunderbarste Sache der Welt wäre. Blok war beinahe froh, als die anderen kamen und der Anblick kurz darauf hinter dem Reißverschluss des Transportsacks verschwand.

2

Mika Mikkelsen untersuchte mit einer Lupe den Oberarm der Braut. Ihre Haut war glatt und rein, da gab es nichts auszusetzen. Sie hatte auch eine schöne Farbe, irgendwo zwischen Schlagsahne und Karamell. Ein Problem war jedoch die viel zu enge Stulpe aus weißer Spitze, die bis kurz über das Armgelenk gezogen war und über der sich, so musste man das leider sagen, Speck staute. Mika reichte die Lupe dem Praktikanten.

»Was meinst du?«

Der Praktikant beugte sich vor und hielt die Lupe vor das Bild.

»Beeindruckend.«

»Du sollst auf den Oberarm gucken.«

Der Kopf des Praktikanten wanderte ein Stück nach rechts.

»Also, was würdest du machen?«, fragte Mika.

Der Praktikant tat so, als würde er überlegen.

»Liebe. Hochzeitsnacht. Keine Ahnung, Herr Mikkelsen.« Er legte die Lupe weg und lehnte sich zufrieden zurück.

Mika war unentschlossen, wessen Stirn er gleich auf die Tischplatte knallen sollte, seine eigene oder die des Praktikanten. Seine Geduld mit den Zehntklässlern, die er regelmäßig zu betreuen hatte, war in den letzten Jahren auf ein Minimum zusammengeschrumpft.

»Also pass auf. Die Oberarme sind eindeutig zu – viel.«

Er wandte sich dem Computer zu, auf dem das Bild als Datei geöffnet war, und fuhr mit dem Mauszeiger über der betreffenden Stelle hin und her. »Aber das ist für das Programm hier kein Problem.« Er markierte einen der beiden Arme, stellte ein paar Parameter ein und verdünnte ihn schließlich in winzigen Schritten. »Man darf es nur nicht übertreiben, das geht bei den Kunden nach hinten los, wenn sie sich nicht mehr wiedererkennen.«

Der Praktikant nickte und schob den Unterkiefer vor.

»Willst du den anderen Arm machen?«, fragte Mika, als er fertig war.

»Aber dann muss ich wirklich los, Herr Mikkelsen.«

Mika schob ihm die Maus zu und stützte den Kopf in die Hände. Der Praktikant würde seine Sache gut machen. Mika beobachtete den Mauszeiger, wie er hin und her glitt, durch Menüs und Untermenüs streifte, alle möglichen Kästchen, Kurven und Gitter erscheinen und verschwinden ließ, hier und da Kreuzchen machte und Kreuzchen löschte. Irgendwann verlor Mika ihn aus den Augen und starrte nur noch in die untere Ecke des Bildschirms. Der Praktikant machte die Sache gut.

Mikas Kinn drückte sich immer schwerer in die Handflächen, er wurde schläfrig. Das Schrubben der Maus auf dem Tisch schien sich zu entfernen, während das monotone Säuseln des Lüfters unter dem Tisch anschwoll, bis es ein Sausen war, das seinen Körper wie eine Bettdecke einhüllte.

Klötze aus Eisen, die sich seltsam vermehrten, hängten sich an seine Augenlider, auf denen schon die ersten Filme liefen. Mikas Handflächen waren kurz davor, auseinanderzudriften und seinen Kopf ins Bodenlose stürzen zu lassen, als ihn ein fernes Klirren aufschreckte.

Er öffnete die Augen und war mit der Braut alleine. Auf dem Bildschirm klebte ein Blatt Papier.

»Schönes Wochenende, Herr Mikkelsen.«

Mika rupfte die Nachricht ab und warf sie in den Papierkorb unter dem Tisch. Als sein Blick wieder auf den Bildschirm fiel, fragte er sich, wie lange er weg gewesen war.

Der Praktikant hatte nicht nur den Oberarm der Braut sorgfältig bearbeitet, sondern auch das übrige Bild. Statt Rosen hielt sie nun ein Bügeleisen in der linken Hand. Überall befanden sich dunkle Abdrücke, die zur Form des Bügeleisens passten, auf dem Boden, auf ihrem Kleid und im Gesicht ihres lächelnden Bräutigams. »Ich bügle alles«, stand in einer Sprechblase über der Braut. »Ich liebe bügeln«, sagte der Bräutigam.

Mika atmete tief durch, bevor er begann, die Rückgängig-Funktion im Sperrfeuer zu bearbeiten. Während er das tat, dachte er darüber nach, warum er sich eigentlich immer wieder dazu breitschlagen ließ, Betriebspraktikanten anzunehmen, kam aber auf keinen brauchbaren Gedanken. Die Sprechblasen und Bügeleisenabdrücke verschwanden nach und nach im Nichts, zuletzt pflanzte sich der Rosenstrauß blitzartig zurück in die Hand der Braut. Mika speicherte das Bild, stand auf und ging in den Verkaufsbereich.

Dort stand die gläserne Ladentür offen und kalte Luft strömte in den langgezogenen Raum, dessen Wände mit Hochzeitsfotografien in Goldrahmen zugepflastert waren. Sein Praktikant war, mehr oder weniger, geflohen.

Mika blieb hinter der Theke stehen und sah durchs Schaufenster auf die Straße hinaus. Allzu weit war der Junge noch nicht weg. Er stand auf der beleuchteten Verkehrsinsel, ein kleines Stück die Straße hinunter, und wartete zusammen mit einigen anderen Passanten auf grünes Licht. Kabel hingen aus seinen Ohren und er trat hektisch von einem Fuß auf den anderen. Mika wartete auf so etwas wie einen verstohlenen Blick zurück, aber der kam nicht.

Kälte drückte sich in den Laden. Mika verschränkte die Arme vor der Brust und stierte weiter nach draußen. Im Verkehr tat sich eine Lücke auf, die der Junge sofort nutzte. Er huschte als Einziger über die Straße und drängelte sich durch die wartenden Leute auf der anderen Seite. Mika sah ihn noch einige Male zwischen den parkenden Autos am Straßenrand auftauchen, bis er schließlich hinter einem Büroblock verschwand.

Mika wusste nicht, was er von ihm halten sollte. Er blieb dabei, dass er ihn nicht leiden konnte. Aber das hatte nichts mit Geringschätzung zu tun und auch nichts mit den Scherzen, die er machte. Die waren nicht der Rede wert und denen der früheren Praktikanten oft erschreckend ähnlich, aber sie hatten immerhin den Alltag in *Järvet's Super Studio* aufgelockert. Es musste etwas anderes sein, etwas, das ihn seltsam kratzte.

Draußen sprang die Fußgängerampel auf Grün.

Die Leute trotteten los wie Schafe, denen man ein Gatter geöffnet hatte. Mika schaltete die Deckenbeleuchtung ein. Der Hochglanz der Bilder und die Reflexe auf den schimmernden Rahmen tränkten den Raum in ein sprödes Zwielicht. Inzwischen war es drinnen genauso kalt wie draußen.

Doch nicht die Kälte ließ Mika frösteln, sondern ein

unangenehmer Gedanke, der sich in ihm breitmachte. Er wusste nun, warum er dem Jungen so lange nachgeschaut hatte.

Aus Neid.

Nicht auf sein Alter, davon war er selbst keine zehn Jahre entfernt. Auch nicht auf sein durchaus vorhandenes Talent, das er ihm in keiner Weise missgönnte. Er war nur auf eine bestimmte Sache neidisch.

Dass er gehen konnte.

Einfach verschwinden, solange der Abend noch zu etwas zu gebrauchen war.

»Schönes Wochenende, Herr Mikkelsen«, einfach so.

Sein Blick fiel auf ein Bild an der Thekenwand. Wadim Järvet hatte es persönlich bearbeitet und dort aufgehängt.

Es war in breites Gold gerahmt. Braut und Bräutigam saßen auf einer Betonmauer. Der Bräutigam trug einen violetten Anzug, lag im Schoß der Braut und versuchte zu lächeln. Die Braut, eine Ansammlung weißer Schleifen, hielt seinen Kopf wie einen Säugling. Järvet hatte die Betonmauer mit allen Farben des Regenbogens eingefärbt und einen blauen Himmel darüber gezaubert.

Der Rahmen des benachbarten Bildes hatte Herzform. Die Braut stand, der Bräutigam sprang. Sein Gesicht war sonnengebräunt. Mika konnte sich erinnern, wie es durch die vielen Sprünge krebsrot gewesen war. Järvet hatte außerdem den ein oder anderen Schweißflecken entfernen müssen. Den Hintergrund schmückte das 35 Meter hohe Aljoscha-Monument, das Gewehr am Rücken und den Blick nach Westen gerichtet.

Mika wusste bis heute nicht, ob Wadim Järvet vielleicht einfach nur einen seltsamen Humor hatte. Er wandte sich ab und sah durch die offene Tür nach draußen.

Einfach gehen.

Järvet's Super Studio den Rücken kehren.

Einem Ort, an dem selbst Zehntklässler merkten, dass sie nach einer Woche alles gesehen hatten. Einem Ort, an dem man nicht fotografierte, sondern mit Farbverläufen und dicken Rahmen zauberte. Wo man sich darauf spezialisiert hatte, mit dem schlechten Geschmack, den die meisten Leute nun einmal hatten, Geld zu verdienen. Und, das war der Trick, mit ihrer Unvollkommenheit. Am schönsten Tag ihres Lebens waren sie auf seltsame Weise schlanker, kräftiger, farbiger oder irgendetwas anderes. Trickserei, von der man nicht redete und die es gut zu dosieren galt – indem man es nicht übertrieb. Jeder halbwegs wache Praktikant konnte das nach ein paar Tagen. Und hatte, wenn er wirklich halbwegs wach war, Besseres vor.

Zum Beispiel: »Schönes Wochenende, Herr Mikkelsen.«

Mika hatte auch einmal Besseres vorgehabt, zumindest bis er Wadim Järvet getroffen hatte.

Zuerst hatte Järvet ihm den Wegzug ausgeredet. »Diese Stadt wird wieder groß werden«, hatte er damals gesagt. »Wenn sie endlich das Gasfeld anstechen, dann kommen die Reichen. Und mit denen kommen die Galerien. Und wenn die kommen, bist du schon hier.«

Das Gehalt war in Ordnung. So hatte Mika sich entschieden, in einer Stadt zu bleiben, in der es nur zwei Möglichkeiten gab: Man ging weg oder man wartete.

Wadim Järvet betrieb inzwischen drei Super Studios, träumte von einer Kette und Mika wartete. Er wusste schon gar nicht mehr worauf. Er hatte schon seit Jahren keine Frau mehr fotografiert, ohne dass ein Bräutigam in der Nähe war. Er nahm einen tiefen Atemzug. »Schönes Wochenende, Herr …«

»Soll ich auflassen?«

Der Mann mit der Einweg-Atemschutzmaske, der in der Ladentür stand, füllte ihren Rahmen fast vollständig aus. Er starrte Mika für einen kurzen Moment über die Länge des Raums an, nahm mit einer höflichen Geste seinen schwarzen Hut ab, dann schloss er, ohne Mikas Antwort abzuwarten, die Tür.

»Besser so!«, murmelte er durch grünen Zellstoff.

Dann schlenderte er in den Laden, blieb stehen und strich sich etwas Schnee von seinem schwarzen Regenmantel. Dabei wanderte sein Blick die Wände entlang, blieb irgendwann an einem Bild hängen, das etwas Haut und weiße Spitze mit roten Rosen kontrastierte. Er kippte den Kopf und krauste die Stirn unter seinem dunklen Haar. Dann machte er einen Schritt zurück und wandte sich dem Regal auf der gegenüberliegenden Seite zu.

Nicht hinsehen, dachte Mika. Dort standen einige der Bilder, die ihm am peinlichsten waren, Perlen auf tätowierter Bauchhaut, Brautsträuße auf Mauern und so weiter. Der Mann betrachtete sie sorgfältig, während sich die Maske wie eine Pumpe über seinen ruhigen Atemzügen aufblähte und zusammenzog.

»Kann ich helfen?«, fragte Mika irgendwann vorsichtig.

Es hatte etwas von anstehender Operation, als sich ihm die Augen über der Maske plötzlich zuwandten, und Mika lehnte sich unwillkürlich zurück. Das bisschen Smog, dachte er.

Der Mann schien sich für einen Moment besinnen zu müssen. Dann nahm er die Maske ab, stopfte sie in die Manteltasche und setzte seinen Hut wieder auf. Er räusperte sich vornehm und mit vorgehaltener Hand, und nach einigen wenigen schwebenden Schritten war er an Mikas Theke angelangt. Er stellte eine Filmdose auf die Ablage neben der Kasse.

»Abzüge bräuchte ich hiervon. Große und heute.«

Mika stellte fest, dass ihm der heisere Tonfall des Mannes nicht gefiel. Demonstrativ sah er auf die Uhr, die über der Ladentür hing. Es war vier durch.

»Sie sind spät …«

»Ihr habt bis zwanzig Uhr auf, so steht es draußen.«

»Tut mir leid. Das Labor nimmt trotzdem für heute keine Aufträge mehr an.«

Mika *war* das Labor. Doch in seiner augenblicklichen Verfassung würde er sich hüten, das zuzugeben. Der Mann fingerte mit seinen dicken Lederhandschuhen hektisch nach der Filmdose auf der Theke, öffnete sie und ließ einen 400er TX herausrutschen.

»Ist schwarz-weiß. So was geht nicht in ein Labor raus. Ihre Dunkelkammer müsste dahinten ums Eck sein.«

Er wies mit seinem kräftigen, etwas lieblos rasierten Kinn auf die offen stehende Tür hinter der Theke. Mika seufzte. Der Kerl hatte Recht.

»Jeder Fotograf, der was auf sich hält, hat eine gescheite Dunkelkammer.«

»Wenn Sie das sagen.«

»Sie sind ein Guter, das habe ich gleich gesehen. Sie helfen mir bestimmt.«

Bevor Mika irgendetwas erwidern konnte, landeten einige Geldscheine auf der Theke. Es waren mehrere tausend Rubel.

»So was gibt's gleich noch mal, wenn Sie fertig sind. Sagen wir, um sieben.«

Mika schnappte nach Luft. Das ging über jedes Maß. Hatten sie das Gasfeld doch schon angestochen, und er hatte es nicht mitbekommen? Seine Laune stieg schlagartig. Da er den Laden alleine zu hüten hatte, beschloss er, es als Privatauftrag zu verbuchen. Er zog einen Abholzettel unter der Theke hervor und griff nach einem Kugelschreiber.

»Ihr Name?«

Der Mann sah Mika prüfend an.

»R…«, er stockte. »Rosenbusch.«

Mika ließ sich das buchstabieren und hielt ihm den Durchschlag des Abholzettels hin.

»Na, bis um sieben dann.«

»Nun denn.«

Er nahm den Zettel und lief zur Tür. Auf halber Strecke drehte er sich noch einmal um.

»Was ich noch sagen wollte …«

Mika, der schon dabei war, die Scheine in seine Hosentasche zu stopfen, hielt inne.

»Ich brauche den ganzen Film. Alle Bilder. Ziehen Sie auch die ab, die so aussehen, als wären sie missraten oder so.«

»Selbstverständlich.«

Der Mann nickte zufrieden.

»Ich habe gleich gesehen, dass Sie ein Guter sind.«

Die Tür fiel ins Schloss. Mika steckte das restliche Geld ein und nahm den Film von der Ablage. Er war nur eingeschränkt neugierig auf die Bilder, es konnte sich eigentlich nur um ein eiliges Geburtstagsgeschenk oder um irgendeine Büroferkelei handeln. Aber die Bezahlung stimmte und er hatte Lust auf die Dunkelkammer, in der er ohnehin viel zu selten zu tun hatte und die er jederzeit gegen den Computer eintauschen würde. Während er den Film in der Hand wog, entdeckte er, dass ein Name darauf gekritzelt war.

Irina.

Mika lächelte. »Ich würde sagen, wir gehen zu mir«, sagte er, stellte eine Glocke auf die Theke und verschwand mit dem Film in der Dunkelkammer.

3

Hypothermien werden in drei Stärkegrade unterteilt«, erklärte Oleg Jakowlew mit finsterem Blick auf die Leiche, die vor ihm auf der silbernen Platte lag. »Der erste Grad ist im Grunde ungefährlich und reversibel. Die Unterkühlung färbt die anfangs bleiche Haut mit der Zeit braun und es entstehen Blasen, die bald wieder verschwinden, vorausgesetzt, man lebt noch.« Jakowlew räusperte sich.

»Beim zweiten Grad kommen Schwellungen hinzu und die Blasen kriegen Farbe. Sind sie hell, kann man die Unterkühlung immer noch als harmlos bezeichnen. Schlecht wird es, wenn die Blasen sich mit Blut füllen und sich dadurch verdunkeln. Man kann das vorzugsweise an Füßen und Händen beobachten. Darf ich?«

Jakowlew griff nach einem der Fäustlinge, die die Hände des Toten verbargen, und warf Blok einen fragenden Blick zu. Blok schüttelte heftig den Kopf.

»Oleg, du weißt, dass du hier drin eigentlich nichts zu suchen hast.«

Jakowlew zog die Hand zurück. »Wirklich unappetitlich wird es erst beim dritten Grad. Das Gewebe stirbt ab und wird trocken und schwarz. Doch diese Symptome sind erst nach Wochen zu beobachten und setzen voraus, dass der Betroffene noch lebt.«

»Warum bist du eigentlich nicht Arzt geworden?«, unterbrach ihn Blok.

Oleg Jakowlew überhörte die Frage.

»Im Übrigen tippe ich auf Kälteidiotie«, sagte er.

»Auf was?«

»Kälteidiotie. Wenn die Körpertemperatur auf unter 32 Grad sinkt, kriegt man Wahnvorstellungen, fängt an, irgendwelchen Blödsinn zu machen.«

Jakowlews faltiger Finger zeigte auf das Gesicht der Leiche.

»Genauso sieht er aus. Als hätte sich ihm der Himmel geöffnet.«

Blok hatte immer noch Probleme mit dem Anblick, auf den Jakowlews Worte ziemlich genau zutrafen. Gleichzeitig war es ihm vor den anderen, die wie eine Rouletterunde um den Obduktionstisch standen, peinlich, dass er von dieser Kälteidiotie noch nie etwas gehört hatte.

»Wie lange bist du jetzt schon hier, Oleg?«, fragte er.

»Fast zehn Jahre«, antwortete Jakowlew.

Blok zwang sich, in das vergnügte Gesicht des Toten zu schauen.

»Der sieht nicht aus, als wäre er erfroren, oder?«

»Um das ausschließen zu können, müsste man ihn ausziehen. Dazu muss ein Mediziner hier sein«, sagte Jakowlew und runzelte die Stirn. »Wenn du mich fragst, ich verstehe nicht, warum Wachruschew euch hierhergeschickt hat. Das andere Institut, drüben in der Klinik, ist die ganze Nacht besetzt.«

Mit diesem Gedanken rannte Jakowlew bei Blok offene Türen ein. Er hatte sich schon die ganze Fahrt darüber den Kopf zermartert.

»Ich glaub das nicht mit der Kälteidiotie«, sagte der Rothaarige unvermittelt und steckte die Hände in die Taschen. »Soweit ich weiß, ziehen sich die Betroffenen aus, wenn sie das kriegen. Sie halluzinieren, ihnen sei zu heiß, und sie machen sich deshalb nackig. Dann sterben sie irgendwo im Gemüse und die Leute glauben, sie wären vergewaltigt worden.«

Oleg Jakowlew nickte anerkennend.

»Richtig, das hatte ich vergessen.« Er zupfte an den Jacken des Toten herum. »Der ist so ziemlich das Gegenteil von nackig.«

»Könntest du bitte die Finger weglassen!«, schaltete sich Blok ein. Er hatte den alten Jakowlew gern, aber manchmal schien ihm jegliches Gefühl für die Grenzen seiner Kompetenz abzugehen. Mochte er der ambitionierteste Nachtwächter der Gerichtsmedizin sein, er war trotzdem nur der Nachtwächter.

»Ist wirklich kein Arzt mehr im Haus?«

Jakowlew schüttelte den Kopf.

»Es ist Freitag nach sechs. Wegen so etwas bleibt keiner freiwillig hier, vor allem nicht nach den letzten Kürzungen. Ich kann natürlich jemanden rufen lassen, aber solange du keine Anhaltspunkte dafür hast, dass es sich hier nicht einfach um den dritten erfrorenen Obdachlosen in dieser Skisaison handelt, machst du dir damit keine Freunde.«

Blok biss auf seinen Lippen herum. Wieder klebten sämtliche Blicke auf ihm. Er griff in seine Jackentasche und nestelte die Tüte mit dem Schlüsselbund hervor.

»Der Kerl hatte mehr als nur ein Obdach«, sagte er und reichte die Tüte weiter. Ein leises Raunen machte die Runde.

»Ich schlage vor, du bestellst einen Arzt, Oleg.«

BELICHTUNGSZEIT

1

Die Frau, die Mika aus der schwappenden Tunke des Fixierbades heraus ansah, war keine Braut.

Das Wenige, das sie trug, bestand aus einem Bündel glitzernder Armreifen und einem langen, fast ärmellosen Pullover, dessen Ausschnitt über ihren rechten Oberarm gespannt war und so den Blick auf eine makellose Schulter freigab. Aus dieser ging ein gerader und schlanker Hals hervor, dessen andere Seite von schwarzem Haar begrenzt war. Sie trug es offen, dennoch war es wie ein einziger glatt gestrichener Bund hingelegt und endete in wenigen, penibel geschnittenen Spitzen auf ihrem Schlüsselbein.

Ihr Mund war schön. Über ihm lagen kräftige Wangenknochen, die durch ihre gekonnte Ausleuchtung sanfte Schatten auf die Wangen warfen. Mika fischte das Bild mit einer Zange aus der Flüssigkeit und ließ es in das danebenstehende Wasserbad gleiten.

Jetzt schien sie ihn direkt anzusehen.

Der Pigmentierung nach waren ihre Augen grün, vielleicht aber auch blau. In jedem Fall waren sie hell und standen in einem schönen Kontrast zum schmal, aber kräftig gezogenen Lidstrich, der alles, was er umzeichnete, wie geschliffenes Glas aufblitzen ließ.

Mika nahm das Bild aus dem Wasser und hängte es mit einer Klammer an die Trockenleine. Als das zweite Bild im Entwickler Konturen annahm, beschleunigte sich Mikas Puls. Schon beim Entwickeln des Filmstreifens hatte er festgestellt, dass er nichts anderes als Portraitaufnahmen derselben Frau zu enthalten schien. Doch nun konnte er auf Details achten.

Irina, wie Mika sie der Kritzelei auf der Filmdose nach getauft hatte, stand nun im Profil und blickte lächelnd über ihre freie rechte Schulter, die sie mit gespielter Arroganz hochhielt. Dazu stemmte sie ihre Hände in die Hüften und zog die Ellenbogen zurück.

Als das Bild den richtigen Kontrast erreicht hatte, zog Mika es aus der Flüssigkeit und versenkte es vorsichtig in der Wanne daneben, die den Entwicklungsprozess stoppte.

Mit diesem Moment stand und fiel das endgültige Ergebnis. Die Tatsache, dass er, im Unterschied zur Arbeit am Computer, keinen weiteren Einfluss auf die Bilder hatte, also weder Falten glätten, Leberflecken entfernen oder Farbe auftragen konnte, berührte ihn auf eigenartige Weise. Dazu kam, dass diese Bilder ohnehin nicht den geringsten Anlass boten, irgendetwas an ihnen zu ändern. Mika blieb also nur die Aufgabe, ihre Makellosigkeit nicht zu trüben.

Als zwei Fotos nebeneinander an der Leine hingen, seufzte er. So etwas wie Freude bei der Arbeit zu haben, war ein seltener Ausnahmezustand geworden. Und sosehr er dem Zufall dankte, der ihm diese Bilder zugespielt hatte, so sehr war es eine Kränkung, nur so wenig Zeit für sie zu haben.

Ein Blick auf die Digitaluhr, die neben der Wanne mit dem Entwickler stand, bedeutete ihm, dass er sich beeilen musste, wollte er bis sieben Uhr fertig werden.

Auf dem dritten Bild war Irinas Lächeln verschwunden,

dennoch lag ein unbestimmtes Vergnügen in ihrem Gesicht, das Mika für einige Sekunden den Atem raubte. Sie hielt ihren Kopf schief und spitzte die Lippen, wodurch ihre Wangenknochen entschieden hervortraten. Im Vergleich zum vorherigen Bild hatte sie ihre Augenlider um wenige Millimeter gesenkt. Der Effekt war einschneidend und man sah ihr an, dass sie um ihn wusste.

Mika vergaß beinahe, das Bild rechtzeitig in die Stopperwanne zu legen, bevor es schwarz wurde.

Während er nach Fotopapieren suchte, malte er sich den Fluch und den Segen aus, den eine solche Frau bedeuten mochte, und er war sich nicht sicher, ob er den Fotografen beneiden oder bedauern sollte. Im Schutz der Dunkelkammer tendierte er aber zu Ersterem. Schmerzlich drang ihm ins Bewusstsein, dass gerade eine Dunkelkammer der letzte Ort war, an dem er sich Hoffnungen auf eine vergleichbare Bekanntschaft zu machen brauchte.

Hier traf man, wenn es hochkam, auf Praktikanten.

2

Der Arzt roch nach Ethanol und Anis. Zu jedem Handgriff schnaufte er wie ein alter Hund und sah unentwegt auf seine Armbanduhr, die den Diebstahl an seinem Feierabend sekundengenau bemaß. Neben dem Obduktionstisch lagen bereits drei volle Kleidersäcke. Blok und Jakowlew halfen dem Mediziner, die letzte Unterhose von den Hüften der Leiche zu zerren. Ihr grinsendes Gesicht wippte dabei hin und her, als hätte sie Spaß dabei. Blok konnte kaum hinsehen.

»Erfroren«, maulte der Arzt, nachdem er die Unterhose in die Plastiktüte gesteckt hatte.

»So einfach?«, fragte Blok.

Der Arzt sah ihn böse an und lief den Tisch entlang zum Kopfende des Toten, der nun nackt vor ihnen lag.

»Gewalteinwirkung? Nein. Druckstellen und Blutergüsse? Nein. Nichts ist aufgeplatzt, nichts geschürft. Ich denk mal, der Fundort sah auch nicht nach einer Prügelei aus?«

Blok musste verneinen.

»Erfroren«, wiederholte der Arzt und sah auf seine Uhr.

»Das ist schon mindestens Grad zwei, oder?«, erkundigte sich Jakowlew eifrig und zeigte auf die entsprechenden Stellen an den Händen und Füßen des Toten. Der Arzt musterte ihn verwundert.

»Wenn Sie so wollen, ja.«

Blok ging das Ganze zu schnell.

»Und was ist mit seiner Hand?«, fragte er.

Ein Stück des rechten kleinen Fingers fehlte. Blok hatte es beim Ausziehen der Leiche nicht bemerkt, aber Jakowlew war es sofort aufgefallen und er hatte ihn leise darauf hingewiesen. Der Stumpf war etwa zwei Zentimeter lang, ab dem ersten Fingergelenk fehlte der Rest.

»Ist alt.«

Blok seufzte.

»Und wie erklären Sie sich diesen Gesichtsausdruck?«, fragte er.

Der Arzt zuckte mit dem Schultern.

»Vielleicht hat er sich was Schönes ausgedacht.« Er zog sich die Gummihandschuhe aus und warf sie in die Mülltonne. »Oder ein paar Spaßvögel haben ihn bearbeitet.«

Schnaufend lief er zur Tür und griff nach seiner Jacke, die er über die Klinke gehängt hatte. »Obdachlos war er nicht, dazu riecht er zu sehr nach Tod und zu wenig nach Sekret. Sie entschuldigen mich. Noch habe ich eine Familie.«

»Und was soll jetzt mit ihm passieren?«, schob Blok hastig nach. Er hätte sich am liebsten auf die Glatze gehauen, als ihm klar wurde, wie überflüssig diese Frage war, und er glaubte, den Rothaarigen hinter sich glucksen zu hören.

Der Arzt schlüpfte in seine Jacke. Dann ließ er seinen Blick über die metallisch schimmernde Wand mit den Kühlkammern schweifen, die sich auf der gegenüberliegenden Seite des hellgrün gefliesten Raums befand.

»Packen Sie den Glückskeks doch einfach in den Adventskalender hier.« Er zeigte auf eine der Schubladen in der untersten Reihe. »Türchen 24 ist noch frei.«

Damit ließ er Blok und die anderen im Obduktionsraum zurück. Aus dem Treppenhaus war noch eine ganze Weile sein Atmen zu hören, bis es im dröhnenden Hallen der schweren Eingangstür unterging.

»Wolltest du mich ärgern?«, fragte Blok und sah Jakowlew düster an.

»Die Vermittlung lief über deine Dienststelle, ich habe ihn nicht rausgesucht«, sagte Jakowlew unschuldig. »Aber er hat Recht, wir sollten ihn langsam kalt stellen.«

Blok befahl den anderen, sich Schürzen und Handschuhe anzuziehen. Dann hoben sie den Körper auf einen Rolltisch und schoben ihn zur Schublade 24. Mit den Füßen voran versenkten sie ihn schließlich in der kühlen Dunkelheit. Nachdem die Schublade eingerastet war, atmete Blok auf.

»Gentlemen, wir sehen uns Montag, danke«, sagte er freundlich.

Die Männer ließen sich das nicht zweimal sagen. Wenig später türmte sich Schutzkleidung auf dem Rollwagen, der Rothaarige stand als Letzter in der Tür.

»Wenn ich noch etwas tun kann, Sir …«, fragte er, etwas mühsam gegen den Lärm im Treppenhaus ankämpfend. Da es ehrlich geklungen hatte, nahm Blok an, dass ihm das letzte »Sir« aus Gewohnheit herausgerutscht war, und blieb ruhig.

»Wie heißen Sie?«, fragte er.

»Marat, Dinijar.«

Blok warf ihm einen netten Blick zu.

»Ich melde mich, wenn ich Sie brauche«, sagte er. Marat nickte und verschwand nach draußen.

Blok half dem Nachtwächter, die Kittel und Schürzen in den Sack zur Desinfektion zu stecken. Während sie sich aus ihrer eigenen Schutzkleidung schälten, schlug Jakowlew vor, in seinem Büro noch einen Kaffee zu trinken. Sie gingen in den dritten Stock. Das Treppenhaus war spärlich beleuchtet.

»Kannst du kurz warten?«, bat Jakowlew, als sie vor der Tür seines Büros angekommen waren.

»Oleg, du hast doch keine Geheimnisse vor mir?«, fragte Blok grinsend, während sich Jakowlew durch den Türspalt drückte. Blok blieb stehen und spitzte die Ohren, aber er konnte sich auf das leise Klappern, das aus dem Zimmer drang, keinen Reim machen.

Schließlich rief ihn Jakowlew rein und kurz darauf hielten sie, in lederne Sessel zurückgelehnt, ihre Nasen in den heißen Dampf, der aus den Tassen stieg.

»Wie geht's Megan?«, fragte Jakowlew.

Blok zuckte mit den Achseln.

»Wie immer. Ich habe zu wenig Zeit für sie.«

»Mit deiner neuen Position wird das nicht gerade besser!«, sagte Jakowlew schlürfend.

»Was soll ich machen?«

»Ich nehme sie gerne.«

»Du bist ja nicht mal nachts zuhause«, lachte Blok.

Dann fiel ihm etwas ein. Er stellte seine Tasse ab und holte die Tüte mit dem Schlüsselbund des Toten hervor und legte sie auf Jakowlews Schreibtisch. »Vielleicht kannst du mir bei etwas anderem helfen!«, sagte er und tippte mit dem Finger auf den Plastikanhänger mit dem eingelassenen Computerchip. »Du weißt nicht zufällig, woher so etwas kommen könnte?«, fragte er.

Jakowlew zog die Tüte zu sich, straffte sie über dem Anhänger und musterte ihn.

»Ich werd es rauskriegen«, sagte er nach einem kurzen Augenblick.

»Hast du eine Vermutung?«, fragte Blok verwundert.

»Nein. Aber eine ganze Nacht Zeit.«

3

Für ihren letzten Auftritt hatte sich Irina etwas Besonderes einfallen lassen, und obwohl die Pose ein solches Klischee war, funktionierte sie. Irina hielt ihr Haar hoch, lose, so dass einzelne Strähnen auf ihre freie Schulter fielen. Die Augen hatte sie geschlossen.

Mika konnte sich kaum abwenden, nachdem er das Bild zu den übrigen an die Leine gehängt hatte. Neben dem Entwicklerbad stapelten sich geschwärzte Fotopapiere – von konzentrierter Arbeit konnte schon seit einer Stunde keine Rede mehr sein. Es ging auf sieben zu, als Mika einen Föhn aus der Schublade unter der Wanne zog und begann, die schwarz-weiße Girlande zu trocknen.

Eher beiläufig zählte er die in der heißen Luft baumelnden Bilder durch, musste noch einmal von vorne beginnen und kam auf 23. Das war seltsam. Er schien ein Bild übergangen zu haben. Er schaltete den Föhn ab und blätterte die Negativstreifen noch einmal durch.

Tatsächlich hatte er die letzte Aufnahme des letzten Streifens ausgelassen.

Der Film war an dieser Stelle fast vollkommen durchsichtig, was normalerweise auf eine starke Unterbelichtung hindeutete, etwas, das in den meisten Fällen versehentlich passierte. Um Papier zu sparen, wurde so etwas sonst nicht weiterbearbeitet. Aber Mika erinnerte sich an die klare Anweisung seines Kunden, was die Vollständigkeit anging. Die Geldscheine drückten in seiner Hosentasche und er hielt das Negativ gegen die Deckenleuchte. In der diffusen Bleiche des kleinen Rechtecks war, bis auf ein paar adrige Flecken, fast nichts zu erkennen.

Fünf Minuten hatte er noch. Er schaltete das Licht aus, legte Fotopapier bereit und platzierte das Negativ im Vergrößerer. In den wenigen Sekunden der Projektion konnte Mika nur eine nächtliche Landschaft mit einer unscharfen Person im Vordergrund erkennen. Er schaltete das Gerät ab und machte sich an die Entwicklung des Papiers, bei der es nun darauf ankam, die wenigen Konturen, die die schlechte Belichtung hergab, herauszuarbeiten.

Es war eine Minute vor sieben, als er das Bild föhnte und dabei genauer betrachtete. Die nächtliche Landschaft war offensichtlich ein Park. Der Weg, auf dem die Person stand, wurde von Laternen beleuchtet, die eine Kette von Lichtkreisen auf den dreckigen Schnee warfen. Die Unschärfe ließ einen Mann mittleren Alters erahnen, dick angezogen, dunkel ums Kinn, die Augen in ungeduldiger Spannung aufgerissen. Mit seinem ausgestreckten Arm schien er auf etwas Bestimmtes zeigen zu wollen. Am Rand des Bildes befanden sich Fernwärmerohre, jedes musste etwa einen Meter Durchmesser haben. Der Mann wies auf eine bestimmte Stelle auf einem der vier Rohre. Was da aber sein sollte, war nicht zu erkennen, Mika interessierte es auch nur bedingt. Die Uhr schlug auf sieben um.

Das hieß, Abschied von Irina zu nehmen.

Er holte einen Umschlag aus dem Lagerschrank und begann, ein Bild nach dem anderen darin zu versenken, wobei er jedes einzelne mit einem letzten Blick bedachte. Schließlich steckte er das Parkfoto und die Negative in den Umschlag, dann verschloss er das Ganze und atmete tief durch.

Vor ihm lag eine lange Nacht, die ihm zwei Möglichkeiten bot. Erstens konnte er sich nach Ladenschluss noch schnell etwas Bier für die Sauna holen und das Ganze ausschwitzen. An die zweite Möglichkeit, den Plan B, wagte er kaum zu denken. Vor allem, weil das, was er hierfür zu tun hatte, schon erschreckend genau feststand. Er verließ die Dunkelkammer und trat in den Flur. Plan B verlangte einen augenblicklichen ersten Schritt.

Das Klirren der Ladentür nahm ihm die Entscheidung ab.

Während er zum Verkaufsraum vorging, öffnete er den Umschlag und zog wahllos ein Bild heraus. Er ließ es unbesehen unter seinem Pullover verschwinden. Die Bilder waren alle gut. Und die Chancen standen 23 zu eins, dass Irina darauf war.

An der Theke wurde er bereits erwartet. Die Miene des Mannes hellte sich auf, als Mika mit dem Umschlag um die Ecke kam, es lag beinahe etwas Blödes darin.

»S-Sie sind f-fertig geworden?«

Mika legte ihm den Umschlag hin und nickte. Das Stottern war ihm vorhin nicht aufgefallen.

»Was bin ich Ihnen sch-schuldig?« Der Mann nestelte den Abholzettel aus seiner Tasche und legte ihn auf die Theke. Mika wurde sauer, das war nicht die Abmachung gewesen.

»Na ja, eigentlich hatten Sie …«, setzte er an.

»W-wie?«

Mika hatte keine Lust, sich die Blöße zu geben, und wollte gerade anfangen, den regulären Betrag für seine Arbeit in die Kasse zu tippen, als sein Gegenüber unvermittelt einen Schritt zurück machte und die Handflächen an die Schläfen presste, sie kreisen ließ und schwer zu atmen begann.

»Alles in Ordnung?«, fragte Mika erschrocken.

Der Atem des Mannes beschleunigte sich und begann zu pfeifen.

Er beugte sich etwas nach vorne, drückte Mund und Nase in den Ärmel seines Mantels und schloss die Augen. Sein breiter Rücken hob und senkte sich wie der eines großen sterbenden Tieres.

»Brauchen Sie ein Glas Wasser?«

Seine Stirn lief dunkel an und verzerrte sich wie unter plötzlichen Schmerzen. Kleine Schweißperlen sammelten sich darauf.

Er kam ins Wanken und hielt sich an der Theke fest. Gleichzeitig begann er, wie panisch in einer Innentasche seines Regenmantels zu kramen.

Mika lief hin, um ihn zu stützen.

»Nicht anfassen!«

Der Mann schüttelte sich frei und presste sich eine neue

Zellstoffmaske ins Gesicht. Nach und nach wurde sein Atem langsamer, und nach einer Weile öffnete er die Augen.

Sein Blick schien auf einmal völlig klar.

Die Fältchen, die sich in den Winkeln seiner dunklen Augen bildeten, verrieten sogar ein Lächeln. »… aber danke, sehr nett von Ihnen!«, sagte er heiser und betupfte sich mit der Maske sorgfältig die Stirn. »Dieser Staub in der Luft – ich kann das einfach nicht mehr.« Er legte einige tausend Rubel auf die Theke. »So war es doch, nicht wahr?«

Mika nickte. »Kann ich noch etwas für Sie tun?«, fragte er.

»Entschuldigen Sie meinen Ausfall eben, bitte. Ich wollte Sie nicht …« Er knüllte die Maske in seine Faust. »Ach, vergessen Sie's.«

Schlagartig machte er kehrt und verließ ohne ein weiteres Wort den Laden. Mika sah ihm verwundert nach und wartete, bis er außer Sichtweite war, dann zog er das Bild unter seinem Pullover hervor.

Es war das mit den Fernwärmerohren.

STANDARDABWEICHUNG

1

Leutnant Wachruschew quoll aus seinem Kunstledersessel hervor wie Hefeteig aus einer Backform. Blok hatte ihm gerne ein paar Knöpfe seiner Uniform geöffnet, damit sie ihm nicht im nächsten Moment um die Ohren flogen. Stattdessen versenkte er seine Hand in der Wachruschews, der ihm zum neuen Posten gratulierte.

»Kolja, wie fühlst du dich?«, fragte er schließlich und ließ sich in den Sessel zurückgleiten. Blok setzte sich ebenfalls.

»Der Einzige, der mich noch mag, ist der Nachtwächter.«

»Oleg? In der Not erkennt man den wahren Freund.«

Wachruschew neigte sein bleiches vernarbtes Gesicht ins Licht seiner Schreibtischleuchte. Jahrzehnte bei der Drogenfahndung gingen nicht spurlos vorüber.

»Wer hat mich für die Stelle vorgeschlagen?«, fragte Blok.

Wachruschew antwortete nur zögernd.

»Sagen wir es so – ich war nicht unmaßgeblich beteiligt.« Sein kurzes Lachen klang wie eine Vollbremsung auf Schotter.

»Aber du wusstest doch, dass ich mich nicht um den Job reiße«, sagte Blok.

»Eben.«

Während Blok sich an der Logik dieser Ansage versuchte, fuhr Wachruschew fort.

»Kolja, es ist gut, dass du noch einmal hergekommen bist – da kam eine Meldung rein, von den Stadtwerken. Es hieß, sie müssten heute Nacht ein paar Leitungen prüfen. Dafür werden sie in unserem Bezirk den Strom kappen. Es wäre gut, wenn dann jemand hier ist und dafür sorgt, dass genügend Streifen unterwegs sind.«

Blok seufzte. Genau deswegen hatte er sich nicht beworben.

Wachruschew wusste, dass er seit heute früh um sechs auf den Beinen war. Eigentlich war er nur noch mal gekommen, um ein paar Sachen zu holen. Aber es wäre unklug gewesen, jetzt schon zu bocken.

»Ich wollte sowieso dableiben«, log er.

»Gut. Wird bestimmt keine große Sache.«

»Hast du eine Ahnung, wann das heute Nacht stattfinden soll?«

Wachruschew zuckte schwerfällig mit den Schultern.

»Das Fax kam über die Bezirksverwaltung, ich habe dort nachgefragt, die wissen nichts Genaueres. Wird wohl in den frühen Morgenstunden sein.«

»Stand nichts davon in der Zeitung?«

»Komm schon, Kolja. Damit das Gesocks die Nacht in Ruhe planen kann? *Homo homini lupus est.* Ohne Alarmanlagen wäre die Stadt schon längst ruiniert.«

»Es heißt ›homini‹. Und das ›est‹ kannst du weglassen.«

Wachruschew ließ sich ins Leder zurückkippen und rieb sich die Augen. Blok entspannte sich. Er liebte es, hin und wieder etwas zu Wachruschews Hobby-Humanismus beisteuern zu können. Wachruschew nahm ihm das nie krumm, solange sie unter sich waren. Blok beschloss, das Thema zu wechseln.

»Wegen des Toten aus dem Dronow-Park …«, setzte er an.

»Der liegt bei Oleg, denke ich«, fuhr ihm Wachruschew sofort dazwischen.

Blok schwieg für einen Moment. Diese Sache schien Wachruschew seltsam anzugehen. Schon sein Anruf im Dronow-Park war bereits eine Posse gewesen. Leiche wegpacken, keine Nachfragen, fertig aus. Blok war sich unsicher, ob er überhaupt noch etwas dazu sagen sollte. Andererseits interessierte es ihn nach wie vor, was fünf Leute von der Kriminalpolizei bei einem scheinbar erfrorenen Obdachlosen zu suchen hatten.

»… ich dachte, ich versuche, noch etwas rauszukriegen«, sagte er.

»Was willst du machen?«, fragte Wachruschew beinahe aggressiv. Sein Hals schwappte dabei über den hochgeschlossenen Kragen seiner Uniform.

Blok schien nichts anderes übrig zu bleiben, als das Harmloseste anzugeben, was ihm gerade einfiel.

»Vermisstenmeldungen durchgehen. Oder so.«

Wachruschew beugte sich vor und streichelte den Bonsai-Baum, der am rechten Rand seines Schreibtisches stand.

»Kannst du machen. Allerdings glaube ich kaum, dass dich das weiterbringen wird. Diese Leute sucht niemand.«

Blok berichtete von dem Schlüsselbund und dem Anhänger mit den Buchstaben darauf, die dem lateinischen Alphabet entstammten. Wachruschew gab sich desinteressiert. Aber Blok kannte ihn gut genug, um eine wachsende Hellhörigkeit zu bemerken, vor allem in der Geschwindigkeit, mit der er das Bäumchen streichelte.

»Hast du sie dabei?«, fragte Wachruschew irgendwann dazwischen.

»Was meinst du?«

»Die Schlüssel.«

»Die liegen noch in der Nekrasowa. Oleg wollte versuchen, etwas über den Anhänger herauszukriegen.«

Wachruschew keuchte leise.

»Du hast den Nachtwächter beschäftigt?«

»Wen sonst, es ist nach sieben!«

»Tempus fugit.«

Blok erhob sich, um zu gehen. In der Tür fiel ihm jedoch ein, dass er noch eins draufsetzen konnte.

»Ich habe einen Arzt draufschauen lassen.«

Wachruschews Reaktion fiel, auch wenn Blok sich nach wie vor keinen Reim darauf machen konnte, wie erwartet aus. Eine Mischung aus Schreck und Neugier blitzte über sein zerfurchtes Gesicht.

»Und?«, fragte er.

»Erfroren.«

»Beeindruckend, Watson«, sagte Wachruschew. Blok bemerkte, wieder wie erwartet, einen Anflug von Erleichterung in seiner Stimme. Er zog die unterste Schublade seines Schreibtisches auf und zauberte seine Wodkaflasche hervor.

»Nunc est bibendum«, sagte er und kippte einen Schluck in den Topf des Bonsais, bevor er seine Tasse mit dem Rest auffüllte. Kaum jemand wusste, dass Wachruschew nur Wasser trank. Er ließ die Leute glauben, dass er laufend betrunken sei, und indem sie ihn unterschätzten, zeigten sie ihr wahres Gesicht.

Blok nickte ihm zu, verließ das Büro und ging durch die Reihen von Schreibtischen. Das Deckenlicht war abgestellt, nur an wenigen Tischen brannten noch Arbeitsleuchten, ein paar wenige Computerbildschirme ließen ihre Umgebung kalt schimmern.

Blok erreichte seinen Tisch und schaltete den Computer an.

Er war müde, hatte Bauchschmerzen vor Hunger und malte sich das Theater aus, das Megan machen würde, falls er tatsächlich erst mitten in der Nacht heimkommen sollte. Er legte die Hände in den Nacken, drehte sich, die Beine baumelnd, in seinem Stuhl und ließ den Blick durch das weiträumige Büro schweifen.

In der Ferne, zwischen Lampen und Bildschirmen und schließlich durch Glas hindurch, erkannte er, dass Wachruschew zu telefonieren begonnen hatte.

2

Mika schloss *Järvet's Super Studio* ab. Eine gute Stunde vor Ladenschluss. Das gehörte zu Plan B, sofern man von einem Plan sprechen konnte. Die Fußgängerampel schaltete auf Grün. Mikas Kunde überquerte die Straße und folgte ihr in Richtung Lenin-Prospekt. Ein Trolleybus der Linie 106 kämpfte sich durch den Schnee. Die knisternden Blitze in der Oberleitung ließen die dunklen Büroblocks zu beiden Seiten kalt aufleuchten.

Mika ließ sich Zeit. Er hielt den Abstand weit genug, um nicht aufzufallen, aber blieb nah genug, um den Atemdunst sehen zu können, den der Mann in kurzen Abständen ausstieß. Obwohl Mika gerade seine Stelle riskierte, fühlte er sich großartig.

Über die Knipowitscha näherten sie sich dem Zentrum.

Es war nur wenig los. Mika wunderte sich, denn es war Freitag und die Werte auf der meteorologischen Zentralanzeige waren gut: Es bestand nur eine geringe Wahrscheinlichkeit für Neuschnee, die Temperatur betrug minus 13 Grad und die Radioaktivität hielt sich in Grenzen.

Am Lenin-Prospekt hing noch die Weihnachtsbeleuchtung. Eine Limousine parkte mit laufendem Motor. Was fuhr, quälte sich langsam durch den grauen Schnee. Sie kamen auf den riesigen Platz vor dem Hotel Arktika. Dem Weihnachtsbaum dort hatte man den Strom abgedreht. Darunter standen Männer, die sowjetische Orden an Touristen verkauften. Mikas Kunde verschwand unter der wuchtigen Fassade. Er rempelte einen kofferschleppenden Jungen an, als er in eine dunkle Seitengasse neben dem Haupteingang abbog. Mika wartete einen Moment.

Die Gasse führte hinter dem Hotel vorbei und bestand vornehmlich aus Laderampen. Es roch nach Waschmittel. Mika vergrößerte den Abstand etwas und hielt den Blick auf den Boden gesenkt.

Das Knirschen seiner Schuhe hallte zwischen den hohen Wänden. Aus den Augenwinkeln konnte er erkennen, dass der Mann anhielt, um sich umzusehen. Mika zwang sich, nicht auch stehen zu bleiben. Dennoch schien er sich verdächtig gemacht zu haben.

Der Mann ging nun schneller weiter, und Mika hatte Mühe hinterherzukommen, ohne das allzu offensichtlich zu tun. Sie kamen an einem Büroblock vorbei, dessen Front mit riesigen Werbeplakaten für Keksriegel und Strumpfhosen bedeckt war.

Die Gegend dahinter kannte Mika gut. Sie war voller Fotomotive für Anfänger und grenzte an das Sperrgebiet am Hafen. Es gab hier ein paar alte Häuser aus der Gründungszeit vor 90 Jahren, Vogelbeerbäume und einen Kinderspielplatz, der auch im Winter geräumt wurde. Der Mann stieg eine Treppe hinauf, die in ein höher gelegenes Wohngebiet führte.

Mika vergrößerte den Abstand, indem er auf halber Höhe der Treppe stehen blieb und sich auf das Geländer stützte. Hier hatte er einmal Enten fotografiert. Es war Sommer gewesen. Er war in die zehnte Klasse gegangen und hatte Monate auf seine Kamera, eine gebrauchte Zenit-E, gespart. Mit ihr hatte er sich unter dem Geländer auf den Bauch gelegt, um mit den Tieren auf Augenhöhe zu sein, wie sich das für einen Profi gehörte. Es musste albern ausgesehen haben, denn der Grünstreifen neben der Treppe fiel hier steil ab. Mikas Schieflage hatte ihm sämtliches Blut in den Kopf getrieben.

Gerade als ein paar Entenweibchen in nächster Nähe vorbeikamen, waren ein paar Jungs aus seiner Klasse auf der Treppe aufgetaucht. Von dort, wo Mika in diesem Augenblick stand, hatten sie ihre halb ausgetrunkenen Coladosen ins Gras geworfen und damit die Tiere aufgescheucht, während er seinen teuren Film verschoss.

Seine Wut war groß gewesen, doch die Böschung zu steil, um sofortige Rache nehmen zu können. Erst Tage später, in der Garage seiner Eltern, wo er eine kleine Dunkelkammer betrieben hatte, stellte sich heraus, dass ihm die Bande einen Gefallen getan hatte. Die Enten, die panisch zwischen den spritzenden Getränkedosen aufflogen, brachten Mika am Ende des Schuljahres den ersten Preis eines Schüler-Fotowettbewerbs ein – in der Kategorie »Tier und Umwelt«.

Er wandte sich wieder der Treppe zu.

Oben bog die nur noch schemenhaft zu erkennende Gestalt des Mannes nach links ab. Mika nahm mehrere Stufen auf einmal. Die Straße oben war leer. Er wartete einen Moment und ging dann weiter. Nichts regte sich, nirgends fiel eine Tür ins Schloss.

Weit konnte er nicht sein.

Nachdem Mika einige Meter gegangen war, entdeckte er rechts eine Lücke zwischen zwei Wohnblocks. Hier begann ein Schleichweg, der in dunkles Gestrüpp führte. Von dort hörte Mika Schritte, die sich entfernten und unter denen immer wieder Eis knackte. Er wusste nicht, ob der Mann sich einfach nur gut auskannte oder ob er ihn schon loszuwerden versuchte. Auf jeden Fall würde er ihn verlieren, wenn er es jetzt nicht darauf ankommen ließ.

Der Pfad war kurz. Er endete zwischen einer Garage und einem mannshohen Schneehaufen, neben dem ein steif gefrorener Schoßhund lag. Die Straße davor war ordentlich geräumt. Die Laternen hatten bessere Birnen als die meisten anderen in der Stadt.

Es war ein Wohngebiet für Großfamilien und Bessergestellte. 40 Quadratmeter pro Wohnung waren hier Standard und kaum jemand kam auf die Idee, aus seinem Balkon ein zusätzliches Zimmer zu machen, indem er ihn mit Glassteinen zumauerte. Die Blocks hatten selten mehr als fünf Stockwerke und manche der oberen Wohnungen boten durch ihre Lage am Hang freie Sicht auf den Fjord.

Mika hielt sich im Schatten der Garage. Der Mann blieb vor einem Block stehen, dessen eingezäunter Eingangsbereich mit Schnee zugeschüttet war. Dann sah er plötzlich die Straße hinunter, ziemlich genau dorthin, wo Mika stand.

Ihn durchzog ein frostiger Schauer. Möglichst geräuschlos machte er einen Schritt zurück. Der Mann zog ein Stück Papier hervor und hielt es an einen Torpfosten, um etwas darauf zu kritzeln. Er behielt dabei die Straße die ganze Zeit über im Blick. Als er fertig war, stieß er, ohne zu zögern, das Tor auf und verschwand kurz darauf im Haus. Die Treppenhausbeleuchtung ging an.

Mika wagte es nicht, sich zu bewegen, weder vorwärts noch rückwärts, obwohl seine Füße durchgefroren waren. Er musterte den toten Hund, der erbärmlich erfroren sein musste. Irgendwann erlosch das Licht im Treppenhaus. Mika lehnte sich an die Garage. Der Mann war offensichtlich einfach nach Hause gegangen. Glückspilz, dachte Mika. Viel Platz in der Wohnung, eine funktionierende Heizung und Irina.

Wenn sie hier wohnte.

Das ließ sich herausfinden.

Gerade als er um die Garagenecke biegen wollte, öffnete sich die Tür des Hauses wieder. Mika blieb nichts anderes übrig, als gemächlich weiterzugehen. Der Mann hastete die Straße in die andere Richtung davon, ohne eine Notiz von ihm zu nehmen. Mika verspürte keine Lust mehr, ihm weiter nachzulaufen. Seine Füße waren reif für die Sauna, außerdem hatte er nicht vor, als möglicher Psychopath in einer Beobachtungszelle zu enden.

Langsam ging er auf das Tor zu, sah sich nach Klingeln um und entdeckte sie neben der Eingangstür. Die Namensschilder waren verblichen und nicht beleuchtet. Mika zog sein Feuerzeug hervor, durchsuchte seine Hosentaschen nach dem Abholzettel und fand ihn irgendwo zwischen den Tausenderscheinen.

Es war der letzte Rest von Plan B. Jetzt, wo er den Namen vor sich hatte, fiel er ihm auch wieder ein.

Es brauchte eine Weile, bis sein Feuerzeug anging, das Gas war so gut wie verbraucht. Doch schon im ersten Aufblitzen der Zündung erkannte er den Namen auf einem der Klingelschilder. Im Flackern der röchelnden Flamme bekam er schließlich Gewissheit.

I. Rosenbusch.

Es war so einfach gewesen, beinahe war er enttäuscht.

Der Name stand, mit Schreibmaschine geschrieben, unter der Klingel für eine Wohnung im ersten Stock. Neben dem I hatte ein weiterer Buchstabe gestanden, er war jedoch mit einem dicken Stift durchgestrichen worden und nicht mehr lesbar.

Ein kalter Windstoß blies das Feuerzeug aus. Mika drückte gegen die Tür. Sie war nicht abgeschlossen. Er trat ein, ließ aber das Licht im Treppenhaus aus.

Nur langsam gewöhnte er sich an die Dunkelheit. Vor ihm zeichnete sich eine geflieste Treppe ab. Seine Schritte hallten, als er hinaufging. Die Luft roch nach nassem Stein und Gulasch.

Schneller als ihm lieb war, erreichte er den Treppenabsatz des ersten Stocks. Er bot Zutritt zu drei Wohnungstüren. Durch ein kleines hoch gelegenes Fenster über der Treppe fiel etwas Licht von der Straße.

Leise näherte Mika sich einer der Türen und beäugte das Schild neben der Klingel. Er musste ziemlich dicht ran. Petja Dautow – falsche Adresse.

Mit einem leisen Klick wurde es plötzlich hell.

Unmengen von Licht pressten sich in Mikas Augen, und bevor er die Hand davor halten konnte, sah er nur noch bunte Flecken mit der Form von Petja Dautows Klingelschild.

»Besser so?«

Es war die Stimme einer Frau.

Sie lehnte im Rahmen der offenen Wohnungstür gegenüber und musterte Mika aus den zwei kreisrunden Löchern in der Quarkmaske auf ihrem Gesicht. Sie trug ein Handtuch auf dem Kopf und einen Jogginganzug mit einer 49 auf der Brust. In der Hand hielt sie ein Stück Papier.

»Ist das von Ihnen?«, fragte sie und hielt ihm das Papier hin.

Mika schüttelte hastig den Kopf. Zweifellos handelte es sich um den Zettel, den Rosenbusch vor wenigen Minuten unten am Torpfosten beschrieben hatte.

»Sie haben das auch nicht gerade unter meiner Tür durchgeschoben?« Ihre Stimme war ungewöhnlich tief.

Mika schüttelte erneut den Kopf, nachdem er begriffen hatte, dass sie ihn tatsächlich nicht zweimal dasselbe gefragt hatte.

Sie las das Papier. Offenbar zum ersten Mal.

»Verdammt.«

Sie lief an Mika vorbei ans Treppengeländer und sah nach unten.

»Mosche?«

»Er ist weg«, sagte Mika.

Sie drehte sich zu ihm um und schaute ihn fragend an. Der Quark bildete Tropfen an ihrem Kinn.

»Der, der das gebracht hat. Ich habe ihn weglaufen sehen«, sagte Mika.

»Verdammt.«

Ohne ein weiteres Wort zu verlieren, lief sie an Mika vorbei in ihre Wohnung und ließ die Tür hinter sich zuschlagen. Mika tat einen Schritt näher. Irina Rosenbusch stand auf dem Schild neben der Klingel.

NEBENRAUM

Norbert Noller war schlecht. Obwohl er seine Augen geschlossen hatte, sah er das schwarze Telefon, das weder Wählscheibe noch Tasten hatte, vor sich. Er sank in das zerschlissene Sofa zurück und stellte sich vor, wie jetzt Millionen unsichtbar kleiner Tiere, die die Polster bewohnten, auf seinen Hals sprangen und in den Ausschnitt seines Kittels krochen. Er wünschte sich weit weg. Es würde aber auch schon reichen, wenn einfach nur das Telefon weit weg wäre. Das Telefon, das nur eine Nummer kannte und dessen Verwendung nie etwas Gutes bedeutete.

Er öffnete die Augen. Wie immer, der weiß gekachelte Raum, die billige Neonlampe an der Decke. Sofas wie vom Sperrmüll, ein Tisch voller Aschenbecher und irgendwo dazwischen das Telefon. Aufenthaltsraum nannten sie das. Noller wusste keinen Raum in der ganzen Anlage, in dem er sich weniger aufhalten wollte.

Iwan kam rein. Das hatte ihm gerade noch gefehlt. Und es ging auch sofort los.

»Du hast doch nicht …«

Iwan zeigte auf das Telefon und verzog entsetzt das Gesicht.

»Nein«, seufzte Noller, »habe ich nicht.«

»Du hast nicht angerufen?«

Noller hob die Hände und ließ sie auf seine Knie sinken.

Iwan schien erleichtert.

»Was machst du dann hier? Wir brauchen dich drüben.«

»Lass mich fünf Minuten in Ruhe, einfach fünf Minuten. Mir ist nicht gut.«

Noller schluckte. Angesichts dessen, dass er es nicht mochte, sich vor Leuten rechtfertigen zu müssen, die ihm eigentlich unterstellt waren, passierte ihm genau das in der letzten Zeit immer häufiger. Er hoffte, dass Iwan wieder gehen würde. Doch der setzte sich neben ihm aufs Sofa.

»Du darfst nicht schlappmachen. Nicht heute Nacht.«

»Fünf Minuten, Iwan, und ich komm rüber, in Ordnung?«

Iwan hatte keinen Sinn für Botschaften innerhalb von Botschaften, und waren sie auch noch so deutlich.

»Wenn das heute Nacht gut geht«, begann er zu schwärmen und lehnte sich zurück, »dann können wir bald hier raus. Glaubst du, dass es gut geht?«

»Ich weiß es nicht, Iwan.«

»Ich bin so auf Anschlag. Ich muss bald raus.«

Noller sah zu ihm hinüber und rang sich ein Lächeln ab.

»Ist doch egal, ob du dir hier unten einen runterholst oder draußen.«

Iwan grinste. »Ich will dich nur an unsere Vereinbarung erinnern.« Noller wusste, was jetzt kam. »Wenn du heute noch wegen dieser Sache mit Mosche oder Jegor rausgehst, dann bin ich dabei.«

»Sicher doch«, sagte Noller.

»Das bist du mir schuldig.«

»Ist ja gut!« Noller spürte, dass Jähzorn in ihm aufstieg.

Iwan schien es zu merken. Er stand auf und ging zur Tür.

»Halt mal«, rief Noller. »Sag noch, was machen die Tiere?«

»397, letzter Stand.«

»Ich bin gleich bei euch.« Noller versuchte, Zuversicht in seine Stimme zu packen.

Iwan drehte sich mit der Türklinke in der Hand noch einmal zu ihm um und warf einen prüfenden Blick auf das schwarze Telefon, dann auf Noller.

»Und du hast wirklich nicht angerufen?«

Noller schüttelte langsam den Kopf.

»Du weißt, was das bedeuten würde. Für uns alle.«

»Ich weiß es«, sagte Noller.

Iwan nickte beruhigt und verließ den Aufenthaltsraum.

Noller rutschte in die Mitte des Sofas, legte sich hin und stellte seine Füße auf die Armlehne. Er hatte Iwan die Wahrheit gesagt. Er hatte nicht angerufen.

Er war angerufen worden. Es war schon Stunden her. Und seitdem war ihm schlecht.

NIEDERSCHLAG

1

Und dann sind sie ihm bis hierher nachgelaufen? Das ist sehr nett von Ihnen, aber haben Sie nichts Besseres zu tun?«

Irina Rosenbusch schien eine Expertin für unangenehme Fragen zu sein. Mika saß an einem kleinen runden Esstisch, vor sich eine Tasse kalten Kräutertee und das Bild mit den Fernwärmerohren, das zusammen mit Rosenbuschs Abholzettel seine Eintrittskarte in die Wohnung gewesen war – nachdem er sich dazu durchgerungen hatte, noch einmal bei ihr zu klingeln.

Sein Bericht hatte Schwächen, doch es gelang ihm, ihn an entscheidenden Punkten zu schönen, als wäre er eines seiner Hochzeitsfotos. So lag das Fotostudio nicht am anderen Ende der Innenstadt, so war diese Straße ohnehin Teil seines Heimwegs, so hatte er das letzte Bild im Fixierbad vergessen und so hatte Rosenbusch seine Rufe in den Straßen merkwürdigerweise nicht hören wollen.

Irina schien zu nervös, um auf Details zu achten. Sie lief etwas rastlos hin und her, legte verschiedene Kleidungsstücke auf Sessel und Stühle, nahm andere weg und wischte sich, während sie die Kombinationen betrachtete, mit einem Waschlappen, den sie immer wieder in der

Küche auswusch, nach und nach die Quarkmaske vom Gesicht.

Die Wohnung war kahl und von so etwas wie Einrichtung konnte man kaum sprechen. Auf der gegenüberliegenden Seite des Zimmers, entlang der Fenster, war eine große Schreibtischplatte aufgebockt, die von Büchern, Zetteln und Ordnern überquoll. Daneben stand eine Spülmaschine, die nicht angeschlossen war und an der ein schwarzer Cellokasten lehnte. Die Wände waren leer, nur ein einziges, in Gold gerahmtes Bild hing über dem Tisch neben Mika. Es war ein Foto, das die Teilnehmerinnen an der Wahl zur »Miss Atom« zeigte. Alle trugen schwarzgelbe Badeanzüge und standen aufgereiht wie eine Fußballmannschaft vor den Kühltürmen eines Kraftwerks. In der zweiten Reihe erkannte Mika Irina, sie hatte kurze blond gefärbte Haare.

»Gucken Sie da nicht so genau hin!«, sagte Irina im Vorbeigehen. »Mosche hat das aufgehängt.«

»Ist er Ihr Mann?«, fragte Mika vorsichtig.

»Wenn ich das wüsste«, sagte sie abwesend, hielt einen glitzernden Pullover hoch und musterte ihn.

»Was ist mit ihm?«

Irina ließ den Pullover heruntersacken.

»Ist das Ihr Problem?«

»Auf keinen Fall!«

Mika trank einen Schluck Tee, Irina verschwand in der Küche. Für eine Weile rauschte ein Wasserhahn. Dann kam sie zurück und rieb sich mit einem Badetuch das Gesicht trocken.

»Was ich Sie eigentlich fragen wollte …«

Sie setzte sich ihm gegenüber.

»Ist Mosche auf dem Weg hierher noch woanders vorbeigegangen? Hat er sonst irgendetwas Auffälliges gemacht?«

Mika musste sie enttäuschen.

»Es war ja auch kein weiter Weg«, sagte er.

»Komisch, dass ich Ihr Geschäft nicht kenne, wo es doch hier in der Gegend ist.«

Mika merkte, wie kurz er davor war, rot zu werden.

»Es ist ein Atelier. Wir haben keine Schaufenster. Das übersieht man leicht.« Er dankte seinem Schöpfer für diesen Einfall.

Irina nickte, dennoch war die Skepsis nicht vollständig aus ihren Blicken gewichen.

»Hat er Ihnen eine Adresse oder Telefonnummer gegeben? Man muss so etwas doch immer auf diese Papiertaschen schreiben.«

»Im Supermarkt schon.« Mika tat etwas beleidigt.

»Richtig. Entschuldigung.« Sie stand auf. »Ich habe Sie ohnehin schon zu lange aufgehalten. Sie haben sicher noch etwas Besseres vor.«

Das hatte Mika nicht. Aber ihm blieb nichts anderes übrig, als ebenfalls aufzustehen. Sie nahm das Foto mit den Fernwärmerohren vom Tisch und wollte es ihm geben, hielt aber plötzlich inne.

»Sagen Sie mal, was war eigentlich auf dem restlichen Film?«

Jetzt spürte Mika, dass nichts in der Welt verhindern konnte, rot zu werden.

»Sie«, sagte er zögernd.

»Was noch?«

»Nur Sie. Vor einer weißen Wand. Der ganze Film.«

Ein kurzes Lächeln flog über ihr Gesicht, sie schien sich zu erinnern.

»Was denken Sie?«, fragte sie und hielt ihm das Bild hin. »Kommt er am Montag noch einmal vorbei, um das hier abzuholen?«

Mika nahm ihr das Foto ab.

»Kommt darauf an, was er wollte. Ich weiß nur, dass es ihm ernst war. Und es schien ihm nicht sehr gut zu gehen.« Mika erzählte von der Atemschutzmaske und seinem plötzlichen Anfall im Laden, kurz nachdem er die Bilder bekommen hatte.

»Nicht gut«, flüsterte sie ernst.

»Ist er Asthmatiker oder so etwas?«

»Das wäre mir neu.«

Mika warf einen Blick auf das Bild in seiner Hand.

»Und wissen Sie, wer das hier ist?«

»Er ist ein Freund von uns beiden. Aber fragen Sie mich nicht, was er an diesem Rohr macht. Ich kenne die Gegend nicht. Sieht wie ein Park aus …«

In der Küche explodierte ein Wecker, Irina schreckte auf.

»Ich muss mich jetzt fertig machen. Sie haben mir sehr geholfen.« Es klang endgültig.

Sie begleitete ihn zum Korridor. Er war nur schummrig beleuchtet von einer elektrischen Menora, die auf einem Schuhregal stand. Bunte Glühbirnen steckten in den sieben goldenen Armen. Im Vergleich zum Wohnzimmer war es hier beinahe gemütlich. An den Wänden hingen Konzertplakate, alle von derselben Band, »Kola-Klezmer«.

»Sie gehen aus?«, fragte Mika so beiläufig wie möglich, während er seine Jacke anzog.

»So in etwa. In weniger als zehn Minuten.«

Mika begriff, wie wenig Zeit ihm blieb, während sie ihn zur Tür begleitete und ihn in den Flur hinausdrängte. Er griff nach der nächstbesten Frage, die ihm einfiel. »Wegen dieses Bildes, das drinnen am Tisch, das mit dieser Miss-Wahl. Haben Sie die gewonnen?« Er bereute den Satz, schon während er ihn aussprach.

»Was glauben Sie?«, fragte sie und schloss, ohne irgendeine Antwort abzuwarten, die Tür.

2

Blok war die Vermisstenmeldungen der letzten Tage durchgegangen, dann die der letzten Wochen. Vergeblich, keine Beschreibung passte auch nur annähernd. Einmal war Wachruschew vorbeigekommen, nur um ihm mitzuteilen, dass aller Anfang schwer sei, den Tapferen aber das Glück helfe. Dann war er wieder in sein Büro verschwunden.

Blok hatte keine Ahnung, wie er weitermachen sollte. Seit er den Bericht fertig geschrieben hatte, der so gut wie nichts enthielt, das einen Staatsanwalt oder sonst wen interessieren könnte, plagte ihn das unbestimmte Gefühl, im Dronow-Park etwas Wichtiges vergessen zu haben. Erleichtert atmete er auf, als das Telefon auf seinem Schreibtisch klingelte. Es war Oleg Jakowlew. Er war merklich vergnügt.

»Megan wird rasen. Ich dachte, du fährst schnurstracks nach Hause«, flötete er.

»Man braucht mich hier noch«, sagte Blok. »Aber wenn du mich kontrollieren willst …«

»Kolja, ich habe was rausgefunden, über den Schlüsselbund«, sagte Jakowlew atemlos.

Blok erschrak. Keine Stunde war es her, dass er Jakowlew

die eingetüteten Schlüssel dagelassen hatte. Der Mann war mehr als nur ein heimlicher Gerichtsmediziner.

»Du hast hoffentlich nichts angefasst.«

»Es ist ein Mitbringsel«, sagte Jakowlew.

»Was?«

»Der Plastikanhänger. Die gibt es in einem Besucherzentrum, das zum CERN in Genf gehört. Das ist in der Schweiz.«

»Ich weiß, dass Genf in der Schweiz ist.«

»Large Hadron Collider. Dafür steht das LHC auf dem Anhänger. Riesiger Teilchen-Kollidierer, hat etwas mit Physik zu tun, mit Nuklearforschung. An dem haben sie jahrelang gebaut, unterirdisch, siebzehn Kilometer lang. Das kommt sofort in jeder Suchmaschine, wenn du die drei Buchstaben eingibst.«

»Und?«

»Ich war auf der Seite des Touristenshops dort und da gibt es genau diese Anhänger zu kaufen. Die enthalten ein zertifiziertes Stückchen Supraleiterkabel.«

»Was ist das?«

»Keine Ahnung.«

»Was hilft uns das also?«

Blok hoffte, dass Wachruschew keine Möglichkeiten hatte, die Leitung abzuhören. Er sollte nicht mitbekommen, wie ein betagter Nachtwächter im Begriff war, ihm aus der Patsche zu helfen.

»Der Anhänger alleine hilft vielleicht nicht«, fuhr Jakowlew fort, wobei sich seine Stimme vor Erregung überschlug. »Aber zusammen mit den Schlüsseln …«

»Was ist mit denen?«, erkundigte sich Blok fügsam, denn Jakowlew hatte die Frage abgewartet.

»Ich habe sie mir noch einmal angesehen. Da sind extrem moderne Sicherheitsschlüssel dabei, ein paar haben sogar Elektronik, die man fast nicht sieht. Nur zwei der Schlüssel könnten zu normalen Wohnungstüren passen, der Rest ist für anderes bestimmt.«

»Und woran denkst du?«

»Eine Firma. Öffentliche Gebäude. Institute. Irgendetwas in der Art. Vielleicht gehören sie auch nach Seweromorsk, wo sie sich um die verstrahlten U-Boote kümmern.«

»Damit wissen wir aber auch nicht mehr, als dass der Tote kein Obdachloser war – wenn es überhaupt seine Schlüssel sind.«

Für einen Moment blieb die Leitung still. Blok beschlich das Gefühl, dass er drauf und dran war, Jakowlew zu frustrieren. Aber das Gegenteil war der Fall.

»Du musst die Dinge zusammentun«, sagte Jakowlew energisch. »Kein Mensch aus diesen Breiten fährt bis in die Schweiz, ohne ein bestimmtes Interesse an einer solchen Anstalt, das kann ich dir versprechen. Ich habe nachgesehen, für Besuche dort muss man sich Monate vorher anmelden. Das macht man nicht einfach mal so.«

Blok spürte, dass Jakowlew noch nicht fertig war.

»Du hast noch mehr, oder?«

»Einer der Schlüssel kam mir bekannt vor. Ich glaube, dass die Gerichtsmedizin der Universität das gleiche System benutzt.«

»Was heißt, du glaubst es?«

»Ich weiß es. Ich kenne die Kollegen dort. Die laufen alle mit solchen Schlüsseln rum.«

Blok ging alles wieder einmal zu schnell.

»Noch mal für müde Polizisten, Oleg. Was willst du mir sagen, unterm Strich?«

»Der Typ, der da tot in der Kühltruhe liegt, arbeitete vielleicht für die Stadt oder sogar für die Universität. Wo auch immer, er hatte Zugang zu sehr vielen Etagen. Da er sich für so etwas wie CERN interessierte, denke ich mal, dass er nicht zum Reinigungspersonal gehörte.«

Blok wollte nachhaken, konnte sich die Antwort jedoch selbst zusammenreimen. Zufrieden war er aber noch lange nicht.

»So jemand krepiert nicht unbeachtet in einem gottverlassenen Park.«

»Das habe ich mir erst auch gedacht …« Blok fragte sich, warum sich Jakowlew überhaupt mit ihm unterhielt, anstatt ihm gleich alles auf dem Serviertablett zu liefern. Er sah nach draußen. Es begann zu schneien. Einzelne Schneeflocken wehten gegen die ausgedehnte Fensterfront und klebten an der Scheibe fest.

»… aber vielleicht wollte es jemand so«, sagte Jakowlew vorsichtig.

»Was?«

»Dass der arme Kerl still und heimlich vor die Hunde geht. Vielleicht wurde es so veranlasst.«

»Vergiftung?«

Blok wurde unruhig und sah auf die Uhr. Er hätte den Arzt vorhin nicht so einfach abhauen lassen dürfen. Jakowlew schien Gedanken lesen zu können.

»Wenn du gleich morgen früh eine Autopsie anforderst, sollte das reichen!«

Blok seufzte. Die Zeit bis dahin kam ihm mit einem Mal unendlich lang vor.

»Und was soll ich jetzt tun?«, fragte er.

»Verdammt, Kolja, du bist der Cop. Mach dich lang, wenn du nicht mehr kannst.«

»Auf dem Schreibtisch?« Blok rieb sich die Augen. Sein

Kinn hing tief, den Hörer hielt er nur noch zwischen Daumen und Zeigefinger. Auf der Fensterfront bildeten sich die ersten Flecken aus Schnee. Ein paar schwarze Vögel flogen vorbei.

»Ich mach jetzt weiter«, verkündete Jakowlew. »Ich habe ein gutes Gefühl bei der Sache.«

»Ich nicht«, sagte Blok. Aber Jakowlew hatte schon aufgelegt.

3

Noch war Plan A nicht gestorben. Wenn Mika sich recht erinnerte, gab es in der Nähe einen Getränkehandel, der auch gutes Bier hatte. Von dort würde er mit dem Bus bequem die Sauna erreichen und einige Stunden ausspannen können.

Er war auf eine seltsame Art stolz, es in Irina Rosenbuschs Wohnung geschafft und sie tatsächlich kennengelernt zu haben. Aber unterm Strich hatte er sich wie ein Idiot benommen, gelogen und seinen Arbeitsplatz aufs Spiel gesetzt.

Es begann zu schneien. Mika nahm den Schleichweg zurück, auf dem er Mosche Rosenbusch gefolgt war, und tastete sich durch das Gestrüpp. Eis rieselte in seinen Nacken. Fröstelnd zog er den Kragen enger. Was hatte er erwartet?

Dass Irina Rosenbusch ihn zum neuen Helden ihres Lebens ernennen würde? Mit ihm essen gehen und ihm beim Abschied die Telefonnummer abringen würde?

Es war wieder einer der Momente, in denen er das Gefühl hatte, nicht in dieser Stadt zu leben, obwohl er hier lebte.

Irgendwie hier zu sein und gleichzeitig nicht hier zu sein. Ihm fiel Wadim Järvet ein. Järvet sagte immer, dass ein Foto nur dann zu etwas nütze war, wenn das, was es zeigte, nicht da war. Oder nicht zu haben. Und je weniger etwas zu haben war, zum Beispiel ein vergangener Hochzeitstag, desto mehr wert war das Foto. »Das ist unser Kerngeschäft«, sagte Wadim Järvet. »Darauf müssen wir uns konzentrieren.«

Mika hatte es nicht einmal hinbekommen, sich eine der Aufnahmen von Irina Rosenbusch zu sichern. Stattdessen trug er das seltsame Bild mit den Fernwärmerohren mit sich herum und konnte den Getränkeladen nicht finden. Dazu hatte er Hunger.

Er folgte den Hauptstraßen zum Hotel Arktika. Dort gab es einen kleinen Laden, der guten Fisch hatte. Der Platz vor dem Hotel war seltsam leer. Die Kälte hatte alles nach drinnen gescheucht, was nicht damit Geld verdiente, draußen zu sein. Vor einer Metzgerei wedelten ein paar Rentner mit ihren Essensmarken.

Mika bestellte ein Fischbrötchen. Es war versalzen und mit Zwiebelringen vollgestopft. Der Geschmack war ungefähr das Gegenteil von Irina Rosenbusch und das war gut so. Er musste sie aus seinem Kopf kriegen und dazu war ihm jetzt jedes Mittel recht.

Sein Blick fiel auf ein Stadtmagazin, das auf der Theke auslag. Eher beiläufig begann er, darin zu blättern. Dabei kam ihm eine Idee, die ihn die Zwiebeln augenblicklich bereuen ließ. Er legte das Brötchen weg und blätterte zum Programm des Abends vor.

Es war nur eine vage Vermutung, aber vielleicht hatte er Glück.

Sorgfältig ging er die Hinweise zu den aktuellen Veranstaltungen durch, Spalte für Spalte, und schließlich war es ganz einfach: Unten, auf der Seite der Konzertankündigungen, stand, wenn auch nur ganz klein: »Kola-Klezmer – Konzerthalle Grit, blauer Saal – Einlass ab 20 Uhr«.

Weder Nässe noch Fischgeschmack konnten verhindern, dass Mika wie ein Junkie reagierte, dass ihm warm wurde, sein Puls sich beschleunigte und er mit kribbelndem Kopf das Magazin zurücklegte. Das Grit befand sich nur eine Busstation entfernt, etwas nördlich des Stadtzentrums, und mit etwas Glück würde er noch rechtzeitig hinkommen.

4

Das Telefon klingelte. Blok schreckte auf und riss den Hörer an sein Ohr. Er hatte vom schlimmsten Stromausfall aller Zeiten geträumt, von bewaffneten Meuten, die Polizeistationen überfielen und Eisbrecher kaperten. Wachruschew war ihr Anführer gewesen.

»Ich bin's noch mal. Oleg.«

Blok sagte nichts und massierte sich die Abdrücke aus dem Gesicht, die Kugelschreiber, Bleistifte und ein Ringbuchring darauf hinterlassen hatten.

»Ich wollte dich nicht wecken«, beteuerte Jakowlew.

»Schon gut. Was verschafft mir die Ehre?«

»Ich habe mich ein bisschen auf der Homepage der Universität umgesehen, genauer gesagt bei den Physikern.«

Blok roch förmlich, dass jetzt am anderen Ende der Leitung so etwas wie ein neugieriges Nachbohren erwartet wurde, aber er war zu müde für so etwas.

»Und? Verkaufen sie auch diese Anhänger mit Kabelstückchen?«

»Kolja, ich muss das hier nicht machen.«

»Weiß ich.«

»Ich habe CERN und LHC und Technische Universität zusammen eingegeben. Gleich mit dem ersten Treffer kam ich auf die Pressemitteilungen der Polytechnischen Fakultät. Da gibt es einen kurzen Text vom letzten Herbst, ein Interview mit dem Dekan des Instituts. Es geht um den Forschungsaufenthalt eines seiner Teams im CERN.«

Blok merkte, wie er wach wurde.

»Der Dekan platzt vor Stolz, dass seine Einrichtung zu den ersten gehört, die an diesem LHC Experimente machen. Das musst du mal lesen. Wenn ein Pfau sprechen könnte, würde er genau so reden. Ich sag dir, Kolja. Wir sind ganz dicht dran.«

»Worum geht's?«

»Der Forschungsaufenthalt wurde von einem deutsch-französischen Unternehmen mitfinanziert. Die arbeiten an den U-Booten in der Bucht, ich habe das nachgeprüft. Hat irgendwie mit Strahlung zu tun.«

»Du hast was gut bei mir«, sagte Blok und rieb sich die Augen.

»Ich muss jetzt meinen Rundgang machen. Wenn du nichts anderes zu tun hast, kannst du dir ja die Seite der Fakultät genauer anschauen.«

»Sag schon, was bin ich dir schuldig?«

»Grüß Megan von mir«, sagte Jakowlew und legte auf.

Etwas widerwillig startete Blok seinen Internetbrowser. Einerseits hatte Jakowlew eine ordentliche Spur vorgelegt, andererseits zog Blok für Recherchen das Telefon, unangekündigte Hausbesuche und fremde Schubladen vor. Im

Internet standen nur Dinge, von denen immer irgendjemand wollte, dass sie bekannt würden.

Er ging auf die Seiten der Universität und klickte sich zur Polytechnischen Fakultät durch. Gleich deren Startseite präsentierte ein Portrait des Dekans, von dem Jakowlew erzählt hatte. Es war umkränzt von berühmten Namen, die die Einrichtung im Laufe ihres jahrzehntelangen Bestehens offenbar hervorgebracht hatte. Blok kannte keinen davon, und er war sich sicher, dass sie auch sonst keiner kannte. Links befand sich eine Auflistung der einzelnen Lehrstühle: Festkörperphysik, Gravitation, Nuklearphysik, theoretische Physik und so weiter.

Probehalber öffnete er das Institut für Gravitation. Die Seite hatte einen nahezu identischen Aufbau wie die darüber liegende, nur dass anstatt des Dekans nun ein Bild des Lehrstuhlinhabers zu sehen war und statt der Institute eine Liste der einzelnen wissenschaftlichen Mitarbeiter, darunter Habilitierte, Promovierte und Diplomierte. Klickte er auf die einzelnen Leute, erschien jeweils ein kleines Portrait, Kontaktdaten und unterschiedlich lange Publikationslisten.

Blok ahnte, dass ihm nun ein endloses Klickfest bevorstand, und er wusste, dass seine eben erst verloren geglaubte Müdigkeit dabei unaufhaltsam zurückkehren würde. Er stand auf, ging zur Fensterfront und hielt für einige Augenblicke seine Glatze in den fallenden Schnee. Nachdem genug Flocken auf seiner Kopfhaut getaut waren, schloss er das Fenster wieder und kehrte er an seinen Schreibtisch zurück.

Die Mitarbeiter der Festkörperphysik sahen, den Inhaber des Lehrstuhls einmal ausgenommen, insgesamt schlechter aus als die Leute von der Gravitation: Blässe, Pickel,

Großraumbrille. Vergleichsweise attraktiv gab sich dagegen die theoretische Physik. Mit Formeln und Büchern durfte man sicher auch mal raus in die Sonne und mit Leuten reden, dachte Blok. Aber nirgends fand sich jemand, der auch nur annähernd Ähnlichkeit mit dem Toten aus dem Park hatte.

Er kam auf das Institut für Nuklearphysik, vielleicht gab es ja dort wenigstens eine Frau zu sehen oder eine kleine Mutation, irgendetwas, das ihn vom Einschlafen abhielt.

Die Institutsleitung war in der Tat weiblich, aber nicht ganz Bloks Fall. Als er auf einen der Mitarbeiter klickte, einen Dr. Boris Volkow, erschien eine Fehlermeldung: Derzeit nicht verfügbar. Blok ging zurück und klickte den nächsten an, Dr. Leonid Gaj. Auch hier kam er nicht weiter. Er probierte Jegor Karadschow, ebenfalls nicht verfügbar. Blok ging die komplette Liste durch bis runter zu einer Marfa Abramowa. Wie er schon erwartet hatte, war der gesamte Lehrstuhl gesperrt. Blok wusste nicht, ob das vielleicht eine Spur war oder einfach nur ein Ärgernis, weil er hier keine Portraits prüfen konnte.

Er durchsuchte die restlichen Institute, deren Seiten allesamt tadellos funktionierten. Fündig wurde er nicht. Nachdem er noch einmal seinen Kopf in den Schnee gehalten hatte, ging er zurück auf die Übersicht der Polytechnischen Fakultät. In den Pressemitteilungen des letzten Jahres stieß er auf das Interview, von dem Jakowlew berichtet hatte. Dem war zu entnehmen, dass sich das Team, das zum CERN gereist war, abgesehen von zwei Mathematikern, vornehmlich aus Mitarbeitern der Institute für Nuklearphysik und Gravitation zusammengesetzt hatte.

Jakowlew schien tatsächlich den richtigen Riecher gehabt zu haben. Blok rieb sich mit dem Ärmel den Hinterkopf trocken. Er lud sich vom Server der Polizei die Privatnummer der Institutsleiterin herunter und rief an. Es klingelte kein einziges Mal, stattdessen gab es einen kurzen Piepton, gefolgt von einer lieblichen Frauenstimme: »Diese Rufnummer ist nicht vergeben.«

Blok brauchte nicht auf die Uhr zu sehen, jeder Anruf in irgendwelchen Sekretariaten war sinnlos. Aber bevor er sich jetzt daranmachte, aufgrund von Vermutungen eines hyperaktiven Nachtwächters die Privatnummern sämtlicher Mitarbeiter der Nuklearphysik durchzuklingeln, nur um zu fragen, ob einer von ihnen tot wäre, wollte er weitere Hinweise.

Die Übersichtsseite der Polytechnischen Fakultät bot eine Zusammenschau der Publikationen aller zugehörigen Institute, aufgeschlüsselt nach Erscheinungsjahr und dem jeweiligen Fachbereich der Verfasser. Am emsigsten erschienen auf den ersten Blick die von der Gravitation. Durch die meisten der zahlreichen Titel, die oft in Zusammenarbeit mit der theoretischen Physik entstanden waren, spukten seltsame Begriffe wie Higgs-Bosonen, Quark-Gluon-Plasma und D-Branen. Oft standen diese in Verbindung mit Abkürzungen wie GUT, MSSM, GERDA und LHC.

Relativ untätig erschienen dagegen die Festkörperphysiker. Sie begnügten sich mit Einführungsbändchen auf Russisch und dem ein oder anderen Zeitschriftenaufsatz, wobei sie selten auf mehr als einen pro Jahr kamen. Ein Bruch deutete sich wieder einmal bei den Nuklearphysikern an. Bis Mitte des vorletzten Jahres hatten sie ähnlich häufig veröffentlicht wie die Gravitationsphysiker und auch oft mit ihnen zusammengearbeitet. Doch nach dem Titel »Hochenergiephysik am LHC – Proton-Proton-Kollisionen« von Volkow und Gaj hörte es auf. Während alle anderen Institute munter weiterschrieben, war hier plötzlich Schluss. Blok ging die Namen der Nuklearphysiker noch einmal durch, um nachzuprüfen, ob sie sich vielleicht noch an späteren Arbeiten anderer Institute beteiligt hatten. Möglicherweise war der Lehrstuhl im Zuge einer Sparmaßnahme einem anderen einverleibt worden oder etwas Ähnliches. Doch nichts deutete darauf hin. Die Namen tauchten einfach nirgends mehr auf.

Der Schneefall draußen wurde stärker. Blok wollte gerade damit anfangen, die Pressemeldungen nach Hinweisen zur Auflösung eines kompletten Lehrstuhls abzusuchen, als Jakowlew anrief.

Er hatte seinen Rundgang gemacht und verlangte nun einen Zwischenbericht, den Blok bereitwillig gab.

»So weit war ich auch schon«, sagte Jakowlew, als Blok fertig war.

Blok stellte sich vor, wie er einfach auflegte.

»Warum übernimmst du das hier nicht einfach?«

»Pass auf, Kolja, noch ein Tipp, dann lass ich dich in Ruhe machen.«

Blok sagte nichts.

»Befrag den Pförtner!«

Blok sagte immer noch nichts.

»Überall gibt es Pförtner. Das sind alte eifersüchtige Leute, die sich Gesichter gut merken. So wie ich. Du solltest den Pförtner anrufen.«

5

Mika stieg an der Karla Libknechta aus. Sie war ähnlich befahren wie der Lenin-Prospekt, aber der Schnee war weniger dreckig und die Weihnachtsbeleuchtung fehlte. Er musste ein ganzes Stück gehen, das Grit lag doch weiter nördlich, als er geglaubt hatte.

Er passierte einige Verwaltungsgebäude mit Fassaden, die so taten, als seien sie älter als 90 Jahre, dann kreuzte er die Tscheljuskintsew und kam an einem in Neon leuchtenden Kiosk vorbei – wurde langsamer und blieb stehen.

Er machte ein paar Schritte zurück zum Zeitungsstand, den er im Vorbeigehen nur flüchtig betrachtet hatte. Die Auslagen waren in flatternde Planen gehüllt, um das Papier vor dem Schnee zu schützen. Ein paar Überschriften der Abendzeitung waren noch gut lesbar.

Es war nicht »Der lachende Tod«, der Mikas plötzliche Aufmerksamkeit erregt hatte. Es war das Bild darunter. Zertrampelter Schnee, darin ein fröhliches, aber aschfahles Gesicht zwischen Polizeistiefeln.

Mika kannte das Gesicht. Er brauchte nicht das Bild aus seiner Jacke zu ziehen, um sich zu vergewissern. Er tat es trotzdem, mit dem Ergebnis, dass er am ganzen Leib zitterte. Das Wechselgeld fiel ihm aus den Händen, als er die Zeitung kaufte.

SPURENELEMENTE

1

Der Pförtner der Polytechnischen Fakultät wusste nichts von der Auflösung eines Lehrstuhls in seinem Haus. Aber er redete gerne über das, was er wusste.

Er wusste zum Beispiel von so einer Unruhe im Haus, die seit einiger Zeit herrschte, die es früher nicht gegeben hatte. Früher war alles friedlich gewesen. Er wusste von lautem Gezänk in Fluren, von Professoren, die sich nur noch über ihre Sekretärinnen miteinander verständigten. Er wusste auch, dass es dabei, wie so immer, ums liebe Geld ging, was die Sekretärinnen wiederum wussten. Genauer gesagt, um die Verteilung von Forschungsgeldern, denn über etwas anderes stritten diese Naturwissenschaftler nicht. Mehr wusste er dazu nicht, nur dass der eine dies wollte, der andere das und am Ende keiner verstand, worum es eigentlich ging. Eine der Sekretärinnen war inzwischen nur noch ein Strich in der Landschaft und hatte ständig Ohrensausen. Es gab schon auch Alkoholprobleme, aber darüber redete man nicht. Außerdem, was waren schon Alkoholprobleme, mal ehrlich gefragt? Letzten Herbst hatte das alles angefangen, genauer vielleicht im Oktober oder war es doch erst November, nein, doch Oktober, seit das mit den Kisten auch war. Seither war die Stimmung schlecht im Haus. Auch zu ihm sagten nur noch die wenigsten Hallo. Natürlich konnte man nicht alle über einen Kamm scheren, es gab solche und solche und schon auch noch Nette, aber insgesamt war es schlecht. Ja, und die paar Kisten, die in dieser Zeit, also so Mitte Oktober, im Flur gestanden hatten, gleich neben der Pforte. Das waren nicht nur Pappkartons gewesen, nein, auch Metallkisten mit Sachen fürs Labor. Er hatte damals die Sekretärin gefragt, die mit den Ohren, aber die hatte keine Ahnung gehabt. Irgendwann waren die Kisten weg gewesen. Er war früh morgens angekommen, und alle waren auf einmal weg gewesen. So hatte er nicht mehr danach gefragt. Aber von der Streichung eines Lehrstuhls wusste er nichts. Keine Ahnung, wer da gegangen worden war. Er wusste ja nicht einmal, ob es ein Einzug oder Auszug war, das mit den Kisten. Leute kamen und gingen, so Doktoranden hatten ja oft sehr unterschiedlich lange Verträge. Einer blieb ein halbes Jahr, der andere drei. Schwer zu sagen, wer zu wem gehörte, es redete ja kaum einer mit ihm. Na ja, einer hatte immer mal wieder gern mit ihm geredet, aber der war seit Oktober nicht mehr da. Hatte hin und wieder sogar in seinem Büro gesessen, anfangs nur selten, dann immer öfter. Vermutlich war er nur scharf auf Kaffee und Pralinen gewesen, die es bei ihm nämlich umsonst gab. Aber es war immer nett, sie hatten über dies und das geplaudert, über Frauen und andere Sachen. Deswegen: Nicht alle über einen Kamm scheren, nein. Den Namen vielleicht? Vielleicht irgendwas mit N oder M. Wie das eben so ist, man sagt sich anfangs die Namen, vergisst sie und traut sich dann aber nicht mehr zu fragen.

Blok faxte dem Pförtner eines der Bilder, die er im Dronow-Park geschossen hatte. Eine Weile war es still in der Leitung.

Ganz sicher nicht. Ist der tot, großer Gott? Nein, der war es nicht. Aber – irgendwie bekannt war er auch. Kann sein, dass er im letzten Herbst ein paarmal raus und rein ist, aber ohne Hand ins Feuer. Letzten Herbst kamen viele raus und rein, nicht jeder wurde in die Listen eingetragen. Man kann ja nicht jeden kontrollieren, manche wollen ja einfach nur aufs Klo. Soll man die draußen platzen lassen, nur weil sie keine Wissenschaftler sind? Ach ja, und Rosenbusch, so hieß der mit dem Kaffee, also mit Nachnamen. Den Vornamen könnte man natürlich rauskriegen …

Blok dankte und legte auf. Er wusste den Vornamen von Rosenbusch bereits, er hatte ihn in der Auflistung der Nuklearphysiker auf der Universitätshomepage gesehen: Mosche. Er besorgte sich die Nummer von Mosche Rosenbusch und rief an.

Keiner zuhause.

2

Klezmer war nicht Mikas Ding. Irina Rosenbusch mit dem Cello dagegen umso mehr. Er war nicht überrascht gewesen, sie im Grit zu finden, er hatte sie nur nicht auf der Bühne erwartet. Beinahe vergaß er die Zeitung in seiner Hand – seine möglicherweise schlechte Nachricht –, trotz der Musik, die sich nicht zwischen Lachen und Weinen entscheiden konnte und den schlecht abgestimmten Farbscheinwerfern, die dem Ensemble auf der kleinen Holzbühne den Teint von Entengrütze verpassten.

Gerade spielten sie einen Bulgar, der sich von Takt zu Takt dermaßen steigerte, dass sich die Leute in den vorderen Reihen kaum auf ihren Sitzen halten konnten. Während auch die Musiker immer mehr tobten, saß Irina die ganze Zeit ruhig in der rechten Ecke der Bühne und bearbeitete die Saiten ihres Instruments mit solcher Konzentration, dass sich ihr kurzer Pferdeschwanz nur dann bewegte, wenn sie das Cello hin und wieder wie einen kleinen Tanzpartner um seine eigene Achse kreisen ließ.

Erst nach und nach begriff Mika die Musik. Oberflächlich ein Plärren und Trillern, aber da war auch ein bitterer Ernst in einer Tiefe, die ihm Gänsehaut machte. Irgendwann fand er sogar, dass Grün eigentlich ganz gut dazu passte. Es schien sogar zu passen, dass er mit dem Bild eines Toten dasaß. Das Einzige, was ihm missfiel, waren die häufigen und herzlichen Blicke, die Irina mit dem Hackbrettspieler wechselte, sie waren zu häufig und etwas zu herzlich.

Der Saal war kurz vorm Überkochen, als zehn Minuten Pause angekündigt wurden und die Musiker, allesamt schweißnass, die Bühne verließen. Alle bis auf den Hackbrettspieler. Das war ärgerlich, denn der einzig sichtbare Weg hinter die Bühne führte über die Bühne, und es lag etwas Eifersüchtiges in der Art, wie der Hackbrettspieler dort ein Kabel aufwickelte, mit Armen, welche den Durchmesser von Mikas Oberschenkeln hatten.

»Was 'n?«, murrte er, ohne hinzusehen, als Mika mit der Zeitung auf den Bühnenrand stieg.

»Irina Rosenbusch, ich muss zu ihr.«

»CDs gibt's hinterher.«

»Ich habe schon eine.« Immerhin sah ihn der Hackbrettspieler jetzt an. »Es dauert auch nicht lange«, setzte er nach.

»Wie heißt 'n?«

»Mika Mikkelsen.«

»Hör mal, wenn du mich …«, er hielt inne. »Na gut, wart mal.«

Er legte das Kabel auf den Boden und verschwand. Wenig später kam er zurück und ließ Mika durch.

»Letzte Tür links. Es geht ihr nicht gut, also mach keinen Ärger.«

Der Gang war kurz, die Tür stand offen. Dahinter wusch sich Irina Rosenbusch gerade die Hände. Durch den Spiegel, der über dem Waschbecken hing, erkannte sie ihn sofort.

»Ehrlich, jetzt werden Sie mir unheimlich«, sagte sie, als sie sich zu ihm umdrehte und nach einem Handtuch griff.

Er hob die Zeitung an und faltete sie auf. »Ich wollte Ihnen nur etwas zeigen, falls Sie es noch nicht wissen.«

Sie warf einen kurzen Blick auf das Bild.

»Oh, verdammt.«

Sie nahm ihm die Zeitung ab und überflog den Text. Der war unerheblich, wie Mika schon auf dem Weg ins Grit festgestellt hatte. Seine Recherchelücken kaschierte der Autor mit »erbarmungslosen Killernächten« und »fassungslosen Ermittlern«, mit Spekulationen über Discodrogen und etwas halbherziger Sozialkritik zum Schluss.

Irina Rosenbuschs Gesicht war bleich geworden. Sie sank auf einen Hocker und ließ die Zeitung auf ihren Schoß fallen. »Ich versteh das nicht«, flüsterte sie so leise, dass Mika es kaum hören konnte. Dann verstummte sie, starrte reglos in eine Ecke des Zimmers. Entsetzen lag in ihren Augen.

»Kann ich etwas tun?«, fragte Mika irgendwann.

Sie sah zu ihm auf, schien erst jetzt wieder zu bemerken, dass er überhaupt da war.

»Tür zu«, sagte sie knapp.

Er schloss die Tür.

»Ist es ein Freund von Ihnen?«

»Jegor. Jegor Karadschow.« Sie zögerte. »Ein Freund von mir und meinem Mann«, sagte sie. Ihr Blick suchte wieder die Zimmerecke, fand sie und blieb dort. »Wir kennen uns lange. Wir hatten eine Weile nichts mehr miteinander zu tun, trotzdem ist das ein Schlag.«

»Das tut mir leid.«

Mika ging zum Waschbecken und füllte ein Glas Wasser auf. Sie nahm es, trank aber nichts. Mika setzte sich auf einen Hocker an der gegenüberliegenden Wand. Eine Weile schwiegen sie sich an. Manchmal waren Schritte zu hören, die draußen den Flur entlanggingen. Irina achtete nicht darauf.

Plötzlich schien ihr etwas einzufallen. Sie rieb sich mit dem Handrücken die Wangen und stellte das Wasser neben sich auf den Boden.

»Zeigen Sie mir noch mal das Foto, das Sie haben, das aus Ihrem Labor!«

Mika gab es ihr, und sie hielt es neben die Zeitung.

»Die schreiben, Jegor wäre im Dronow-Park gefunden worden. In der Nähe des Bahnhofs, wo sie die Kohle verladen.« Sie tippte auf das Foto. »Das hier muss derselbe Park sein. Sehen Sie, wie dunkel der Schnee auf beiden Bildern ist?«

»Ist möglich«, sagte Mika.

»Aber diese Rohre. Was soll das? Worauf zeigt er da und warum lässt er sich dabei fotografieren?«

»Keine Ahnung«, sagte Mika. »Ein Hinweis für jemand anderen? Vielleicht brauchte er den Film deswegen heute Abend noch. Weil er das Bild jemandem zukommen lassen wollte.« Jetzt erst wurde ihm klar, dass er Mosche Rosenbusch mit seinem Diebstahl möglicherweise in Schwierigkeiten gebracht hatte. Sie hatte eigentlich allen Grund, sauer auf ihn zu sein.

Es klopfte laut gegen die Tür, die Stimme des Hackbrettspielers erklang dumpf: »In zwei Minuten machen wir weiter, also beeilt euch!«

Mika warf Irina einen fragenden Blick zu.

»Das ist Petja, mein Nachbar, eifersüchtig bis in die Ritzen«, sagte sie, legte Zeitung und Foto auf den Rand des Waschbeckens und begann, sich ihre Pumps von den Füßen zu streifen.

»Was wollen Sie jetzt machen?«, fragte er.

Sie zog ein paar blaue Turnschuhe aus einer karierten Reisetasche unter dem Waschbecken und zog sie an.

»Auf keinen Fall Musik«, sagte sie und stand auf. »Die werden ohne mich zurechtkommen müssen. Das ist beim Cello kein Problem.«

»Sie gehen einfach?«

Sie warf sich einen Mantel über.

»Ich danke Ihnen. Auch wenn ich keine Ahnung habe, warum Sie das überhaupt tun.« Sie lief zum Waschbecken und griff nach der Zeitung und dem Foto. Mika ahnte, was sie vorhatte.

»Sie wollen doch jetzt nicht alleine im Hinterland eines Güterbahnhofs herumschleichen?«, fragte er vorsichtig.

Sie sah ihn schief an. »Lassen Sie mich raten, ich soll mich sicherer fühlen, wenn Sie dabei sind?«

Mika zuckte die Schultern.

»Hören Sie, ich habe Sie vorhin nur in meine Wohnung gelassen, weil Petja da draußen mein Nachbar ist. Er war die ganze Zeit nebenan, und er ist es auch jetzt wieder.«

»Dann nehmen Sie doch ihn mit«, schlug Mika vor.

»Das kann ich vergessen. Ohne Hackbrett ist der Abend gelaufen.«

Von draußen klopfte es wieder.

»Sofort!«, rief Irina gegen die Tür. »Ihr könnt schon mal ohne mich anfangen.«

»Na klar«, kam es vom Flur, leicht beleidigt. Dann entfernten sich langsame schwere Schritte.

»Warum rufen Sie nicht die Polizei? Die halten Ihren Freund Karadschow für einen Obdachlosen, so steht es zumindest in der Zeitung. Und das ist er doch nicht.«

»Ich kann die Polizei nicht anrufen.«

»Wenn Sie jetzt alleine losziehen, schicke ich Ihnen die Polizei hinterher. Ich habe keine Lust, Sie morgen auch in der Zeitung zu finden.«

Irina war jetzt sichtlich genervt. »Was muss ich tun, damit Sie nicht die Polizei rufen?«

»Fahren Sie nicht alleine.«

Sie schüttelte den Kopf.

»Und woher weiß ich, dass Sie nicht der lachende Tod sind?«

»Dann würde ich wohl kaum mit der Polizei telefonieren wollen. Außerdem«, er zog Rosenbuschs Abholzettel aus der Tasche. »Das ist doch die Unterschrift Ihres Mannes, oder? Wie hätte ich von diesen Portraitfotos mit Ihnen wissen sollen, wenn er nicht bei mir war?«

Er sah ihr an, dass das nicht genügte.

»Warum sind Sie hinter ihm her? Diese blöde Geschichte vorhin, er hätte Ihre Rufe in den Straßen nicht gehört – für wie schwachsinnig halten Sie mich eigentlich?« Sie sah ihn auf einmal durchdringend an, ihre Augen blitzten. »Was wollen Sie hier?«

Jetzt spürte Mika die Wand in seinem Rücken. Er wusste, dass er nun mit der Wahrheit rausrücken musste. Mit irgendeiner.

»Mir haben diese Bilder gefallen«, presste er hervor. »Die von Ihnen. Bei dieser Misswahl mit dem Kernkraftwerk wären Sie bei mir die Nummer eins gewesen.«

»Und deswegen soll ich jetzt beruhigt mit Ihnen in einem dunklen Park spazieren gehen?«

Sie schob die Tür ein Stück auf. Die Band hatte wieder zu spielen begonnen und aus dem Flur drang eine peitschende Polka.

»Ja«, sagte Mika. »Das wäre schön.«

»Sie wollen sich also wirklich nützlich machen?«, fragte sie, den Blick nach draußen.

»Bitte.«

Sie öffnete die Tür ein Stück weiter und sah zu ihm zurück. »Auch wenn ich nicht vorhabe, in den Park zu gehen, zumindest jetzt noch nicht, kommen Sie trotzdem mit?«

Mika versuchte, nicht zu hastig zu nicken.

»Dann los!«

Sie schlich hinaus und winkte ihm, ihr zu folgen. Sie liefen durch den Flur, von der Bühne weg, die leiser werdende Polka im Rücken. Durch eine schwere Eisentür gelangten sie in einen kleinen Hinterhof, in dem mehrere Autos standen. Irina lief zu einem gelben Kombi und schloss auf. Mika stieg ein.

3

De mortuis nihil nisi bene.«

Wachruschews teigige Hand legte sich von hinten auf Bloks Schulter. Dann landete eine Zeitung neben ihm auf dem Tisch. Blok warf einen kurzen Blick darauf und wurde sofort feuerrot.

»Sieht so aus, als hättest du nicht nur den Nachtwächter bei deiner Fahndung eingespannt, Kolja, sondern auch das lesende Proletariat.« Wachruschew keuchte. »Ich will dich in meinem Büro sprechen. Jetzt gleich.«

Blok ließ sich Zeit auf dem Weg dorthin.

Alles hatte seine Zeit.

Das Aas mit der Spiegelreflex im Doronow-Park hatte seine Chance bekommen. Er hatte die seine vertan. Wozu sollte er sich beeilen? Wachruschew hatte ihm nichts mitzuteilen, was er nicht wusste. Zu machen war da nichts, denn nichts hatte er schriftlich. Ein Gutes hatte das Ganze, denn ganz unten, da ging man anständig miteinander um.

So war er ganz ruhig, als im Büro Wachruschews Wut auf ihn niederging wie der Schnee draußen auf die Stadt – schwer, viel und kalt. Er stand da und lernte einen Haufen neuer Umschreibungen für Dilettant, Anfänger und Trottel. Manches war originell, manches hätte er gerne selbst einmal benutzt, zum Beispiel für den Rothaarigen. Wie hieß er noch? Dinijar oder so ähnlich. Obwohl – zuletzt war er ja ganz nett gewesen. Was hatte er nur im Dronow-Park vergessen? Irgendetwas war noch zu tun gewesen, da war er sich sicher. Man hatte ihn ins Messer laufen lassen, daran bestand kein Zweifel. War es etwas, das er noch nachholen könnte?

Wachruschew war aufgestanden, hatte die Fäuste auf den Schreibtisch gestellt. Die rechte auf einen Stapel Fahndungsakten, die linke auf ein kleines Buch über die Pflege von Bonsaibäumen. Er befahl Blok, sich hinzusetzen, und Blok setzte sich und überlegte weiter. Müde war er. Wachruschews Gebrüll änderte nichts daran.

Ältere Vermisstenakten durchgehen, das konnte er noch machen. Das war eine Idee, falls Jakowlews Spur die richtige war. Dieser Pförtner hatte vom letzten Herbst gesprochen, da war an der Polytechnischen Fakultät Seltsames vor sich gegangen. Ein Teil der Internetseite war gesperrt. Es sprach also nichts dagegen, ein paar ältere Vermisstenmeldungen durchzugehen, Namen zu vergleichen, nichts Aufwendiges. Was hätte er im Dronow-Park tun sollen, was jeder getan hätte, nur er nicht? Aber die Sache ging ihn ja wohl nichts mehr an, sobald er hier aus diesem Büro heraus war, war es gelaufen. Sein Bett. Er würde sich in sein Bett legen. Dronow-Park und Stromausfall, alles nicht mehr sein Problem. Auch nicht schlecht. Nur um das Geld war es schade. Und um Oleg Jakowlew – er konnte sich die Enttäuschung ausmalen. Und Megan …

Etwas verebbte.

Wachruschew näherte sich dem Ende, die Pausen zwischen seinen Sätzen wurden länger und die Farbe aus seinem Gesicht wich. Er setzte sich. »Ich hatte einfach mehr von dir erwartet, Kolja. So geht das nicht.«

»Ich weiß«, sagte Blok.

»Und ich weiß, dass du's weißt.«

Das war seltsam. Blok wurde hellhörig. Da lag etwas Versöhnliches in Wachruschews Stimme. Blok blickte auf. Wachruschews Augen glitzerten freundlich. Es wirkte etwas gezwungen, aber freundlich. Hatte er etwas verpasst?

»Ich werd jetzt losmachen, Kolja. Du kümmerst dich dann hier.«

Wachruschew ging um den Schreibtisch, nahm seinen Mantel vom Ständer und warf ihn sich über den Arm. »Vergiss nicht, rechtzeitig ein paar Leute für die Streifen rauszuklingeln, wenn sie den Strom abstellen.«

Blok schüttelte verständnislos den Kopf. Wachruschew blieb in der Tür stehen und seufzte. »Kolja, du hast nicht zugehört.«

»Heißt das, ich mach weiter?«

»Natürlich machst du weiter.«

Die Tür fiel zu und Kolja Blok war allein.

Er war zu müde, um sich zu wundern, sich zu freuen oder zu ärgern. Das Ganze war eine Farce, da gab es nichts zu verstehen. Er sollte nur weitermachen, ob er nun wollte oder nicht. Stumm nickte er vor sich hin, dann stand er auf und ging an seinen Platz. Inzwischen war er der Einzige im Großraum, die restliche Bereitschaft saß wahrscheinlich unten und rauchte. Er setzte sich an seinen Computer und begann, die Vermisstenmeldungen vom letzten Herbst durchzugehen.

4

Sie fuhren die Schmidta nach Süden. Die Kohlekräne des nahe gelegenen Hafens waren doppelt so hoch wie die davorliegenden Wohnblocks. Sie sahen aus wie riesige schwarze Schwäne, die immer wieder abtauchten, um zu fressen. Scheinwerfer fluteten blaues Licht in den aufsteigenden Staub.

Mika sah sich in Irinas Kombi um. Am Rückspiegel baumelte ein längliches Kästchen, das mit hebräischen Buchstaben beschriftet war. Darunter, zwischen Windschutzscheibe und Armaturenbrett, hatte Irina die Zeitung und das Foto mit Jegor Karadschow gestopft.

Irina brach das Schweigen.

»Sagen Sie, Herr Mikkelsen, Ihr Atelier, worauf sind Sie spezialisiert?« Sie gab sich interessiert, aber ihr Tonfall hatte etwas Prüfendes. Mikas Kopf fühlte sich plötzlich an, als würde jemand Stecknadeln darin ausleeren.

»Werbung«, sagte er. Und um noch eine Kurve in Richtung Wahrheit zu kriegen, fügte er hinzu: »Aber oft auch Privataufträge, Portraitfotografie und so was. Landschaft.«

Sie nickte anerkennend. »Und was haben Sie für Referenzen?«

Zu den Stecknadeln kamen Nägel. Mika fiel keine einzige Firma ein, die ihm glaubhaft erschienen wäre.

»Verschiedene. Ich – habe mit der Werbung nichts zu tun, ich mach die Privatpersonen.« Er musste sie von diesem Thema wegbringen. »Ich habe einen Praktikanten«, war das Einzige, was ihm dazu einfiel.

»Sie bilden aus?«

Sie hatte ein Talent, aus jeder Unschärfe ein Minenfeld zu machen.

»Nicht ganz, die Praktikanten sind immer nur ein bis zwei Wochen da. Sie kommen von der Schule.«

»Ach so.«

Mika zog laut Luft ein, ohne zu wissen, was er sagen sollte.

»Wirklich seltsam, dass ich Sie nicht kenne. Wie heißt das Atelier noch mal?«, fragte sie.

»Studio Järvet.«

Das klang gut und war nur halb gelogen. Innerlich wischte sich Mika Schweiß aus dem Gesicht.

»Ich frage mich nämlich eines«, sagte Irina nachdenklich. »Wenn Mosche es so eilig hatte, diese Bilder zu bekommen – wieso geht er in einen so feinen Laden wie den Ihren?«

Mika schloss die Augen, schlagartig war er ruhig. Es war perfekt: »Er konnte sich darauf verlassen, dass wir rechtzeitig liefern. Nicht jeder macht noch analog und schwarzweiß. Vor allem nicht in so kurzer Zeit. Bei uns ist der Kunde König.« Er stoppte und kniff die Augen zu. Hatte er das gerade wirklich gesagt? Er konnte sich nicht ausstehen, wenn er so redete.

Doch Irina nickte zufrieden, es ergab offenbar Sinn. Mika öffnete sein Fenster einen Spalt und ließ einen Stoß frische Luft an seinen Kopf. Die Gefahr, auf dem Standstreifen heimlaufen zu müssen, schien fürs Erste gebannt.

»Sagen Sie mal, Herr Mikkelsen, Ihre Praktikanten – aus welcher Klasse kommen die?«, fragte Irina beiläufig. Mika schloss das Fenster wieder.

»Juri, der gerade bei mir ist, geht in die Zehnte.«

Sie hob das Kinn. »Juri und weiter?«

Mika warf ihr einen fragenden Blick zu.

»Nur so!«

»Juri Kuzenko oder so ähnlich.«

Irina schien zu überlegen, dann stieß sie ein kurzes Lachen hervor. »Nicht wirklich, oder? Rotbraune Haare, Stupsnase, kleine Drecksau?«

Mika nickte.

Sie sah ihn belustigt an. »Begabt, aber faul.«

»Kommt hin.«

»Ach was, das ist er. Der ist jetzt bei Ihnen Praktikant? Sehr schön.«

»Woher kennen Sie ihn?«, fragte Mika.

»Ich habe meine Promotion mit Vertretungsstunden finanziert. Ich hatte ihn in einer sechsten Klasse fast ein ganzes Schuljahr lang.«

»Kein Spaß.«

»Großer Spaß.«

Sie unterdrückte ein Lachen. »Jetzt will er Fotograf werden? Er war hoffentlich nicht dabei, als Sie diese Bilder von mir entwickelt haben …«

»Keine Sorge, auf seine Faulheit ist Verlass. Er bleibt keinen Tag länger als bis vier.«

Sie schüttelte den Kopf. »So ist er. Schade um ihn. Ich habe damals immer gehofft, dass er nicht mal als Baustellenclown endet. Ich denke, er lernt viel bei Ihnen. Er hat sicher großes Glück gehabt, zu Ihnen kommen zu dürfen.«

Mika zuckte mit den Schultern. Plötzlich sah sie ihn durchdringend und interessiert an. »Und Sie, Herr Mikkelsen? Was können Sie gut?«

Mika wusste keine richtige Antwort und sah aus dem Fenster. Die Sicht auf den Hafen war nun frei. Der Eisbrecher *Lenin* lag unten am Dock, ein turmhoher dunkler Schrotthaufen, der schwimmen konnte. Mika hatte ihn früher ein Mal monatlich fotografiert, für ein Kalenderprojekt. Das erste atombetriebene Schiff der Welt im Januar, im Februar und so weiter. Da man ihm damals keinen Zugang gewährte, hatte er sich ein 300er Teleobjektiv zugelegt. Aus dem Kalender war nichts geworden. Aber er hatte darüber Wadim Järvet kennengelernt.

Was er gut konnte?

»Die Dinge festhalten«, sagte er schließlich. »Was Fotografen eben tun. Leuten helfen, Dinge festzuhalten.« Wieder konnte er nicht ausstehen, dass er so redete, aber er hatte keine Ahnung, wie er sonst auf ihre Frage reagieren sollte, ohne entweder zu lügen oder wie ein Depp dazustehen. Draußen waren nur noch vereinzelte Häuser zu sehen, Irina umfuhr eine Schneewehe.

»Kann man das denn, Herr Mikkelsen?«

»Was meinen Sie?«

»Die Dinge festhalten. Mein Mann Mosche sagt das auch immer. Er will auch immer alles festhalten. Er liebt das Fotografieren.«

»Sie nicht?«

»Nein.« Sie schaltete einen Gang hoch und trat aufs Gas. »Kein Bild hält etwas fest. Es tut so, aber in Wirklichkeit tut es das Gegenteil. Es zeigt nur, dass das, was es zeigt, vorbei ist. Nicht da und vorbei.«

»Aber ist es nicht schön, später mal sehen zu können, was nicht mehr da ist?«, protestierte Mika.

»Ja. Aber daran will ich nicht denken, solange etwas noch da ist, und genau das tue ich, wenn ich ein Bild mache. Deswegen mag ich den Moment des Fotografierens nicht.«

»Hm«, machte Mika.

»Wenn ein Bild dann da ist, dann ist das auch gut so. Dann ist es Teil der Welt und es passiert dadurch wieder etwas Neues.«

Mika sah sie fragend an. Sie zeigte auf das Foto auf dem Armaturenbrett. »Ohne das da wären wir nicht hier«, sagte sie.

Mika nickte. »Aber, eins verstehe ich dann nicht. Wenn Sie das Fotografieren nicht mögen, warum haben Sie dann …« Er brach ab, denn ihm wurde plötzlich klar, dass er zu weit ging.

»Bitte?«, fragte sie.

»Ach nichts.«

»Was wollten Sie wissen?« Sie sah ihn energisch von der Seite an.

»Ich meine die Bilder von Ihrem Mann.«

»Ja?«

Mika hatte A gesagt, jetzt musste er B sagen: »Er hat einen ganzen Film mit Ihnen verschossen.« Sein Blick fiel auf den Standstreifen. Das Zentrum von Murmansk schrumpfte im Außenspiegel.

»Ach das. Das war nicht Mosche«, sagte sie knapp.

Mika sah auf.

Seine nächste Frage pfiff er innerlich zurück. Irinas Blick war finster geworden. Sie sagte nichts weiter und sah stumm und mit zusammengepressten Lippen nach vorne auf die Straße. Sie kamen an der Brücke über Kola-Bucht vorbei.

Mika lehnte sich zurück und betrachtete ihre schmalen Hände am Lenkrad, die durch die Straßenlampen immer wieder orange aufleuchteten. Er überlegte, wie alt sie war. Zehn Jahre älter, dachte er, höchstens zehn Jahre. Ihre Hände waren wunderschön.

»Worin haben Sie promoviert?«, fragte er nach einer Weile.

»Mathematik.«

Sie schien nun völlig abwesend.

Mika merkte, wie er eifersüchtig auf ihre Gedanken wurde.

»Und Ihr Mann, was macht der?«

»Physik.«

Prima, dachte Mika. Das waren gleich zwei Anknüpfungspunkte für ein großartiges Gespräch. Was er zu diesen Themen wusste, das passte auf einen sehr kleinen Zettel. Er hatte in seiner Ausbildung zwar irgendwie mit Licht und Brechung zu tun gehabt und sicher die eine oder andere Formel gebraucht, doch sein Kopf hatte in diesen Stunden auf Durchzug gestanden.

»Mathe und Physik, das passt gut, oder?« Mehr fiel ihm dazu nicht ein.

»Muss wohl«, sagte Irina und schwieg wieder.

Er konnte es auch einfach lassen. Sich wieder zurücklehnen und ihre schmalen Hände anschauen, ihr Parfum riechen, das wie eine frisch geöffnete Fruchtgummitüte roch, vielleicht ab und zu einen Blick auf ihr Gesicht wagen, wenn das Licht passte. Dem seltsamen, schief hängenden Kästchen beim Baumeln zusehen. Sich nicht darum scheren, dass Irina vermutlich in Trauer war, und einfach nachher tun, worum sie ihn zu Beginn der Autofahrt gebeten hatte. Aber das war es auch irgendwie nicht, er wollte über irgendetwas reden.

»Sie haben ihn lange nicht gesehen, Ihren Mann?«, fragte er nach einiger Zeit.

Irina reagierte zuerst nicht, dann begann sie plötzlich, nervös auf das Lenkrad zu trommeln.

»Fast drei Monate«, sagte sie knapp. »Seit Oktober ist er weg. Man denkt immer, vom Erdboden verschwinden, das gibt es nicht, aber das gibt es.«

»Was genau hat er gemacht?«

»Mosche?« Sie schien sich einen Ruck geben zu müssen. »Mosche ist Kernphysiker. Er war hier an der Universität und stand kurz vor dem Abschluss seiner Habilitation. Er schrieb über die Entstehung von Plasma bei Beschleunigerexperimenten.«

»Plasma?«

»Interessiert Sie das?«

»Ja, ja.« Mika war um jeden Strohhalm froh, nach dem er greifen konnte.

»In solchen Experimenten werden Teilchen, zum Beispiel Protonen, in einem ringförmigen Rohr beschleunigt, jeweils in entgegengesetzter Richtung. Je schneller die Teilchen fliegen, desto höher wird ihre Energie. Sie lassen dabei ihre gewohnten Eigenschaften hinter sich, verhalten sich immer seltsamer. Schließlich treffen sie in einer kontrollierten Umgebung aufeinander. Für Sekundenbruchteile ist dann alles möglich.«

»Was zum Beispiel?«, fragte Mika.

»Neue, fremdartige Teilchen entstehen. Auch die kollidierten Teilchen sind nicht wieder zu erkennen, und ihr Verhalten trotzt jeder Berechenbarkeit. Sie platzen, strahlen Energie ab, gehen völlig neue Bindungen ein.«

»Und warum macht man so etwas?«, fragte Mika.

»Es ist wie mit Bauklötzen. Wenn man wissen will, wie etwas zusammengesetzt ist, muss man es für gewöhnlich zerlegen. Das Besondere an der neuen Physik ist, dass man sogar die Bauklötze selbst zerlegt. Das Plasma, das in einem Beschleuniger entsteht, ist ähnlich dem, woraus sich vor Milliarden Jahren, kurz nach dem Urknall, die heutige Materie geformt hat. Ihre Vorstufe, sozusagen. Als Plasma verlieren Teilchen ihre normalen Bindungseigenschaften. Alles Gewohnte löst sich auf.«

»Vielleicht hat er sich selbst aufgelöst«, sagte Mika.

»Mosche? Sie werden lachen, aber das habe ich mir auch manchmal gedacht. Nicht dass er sich weggesprengt hätte. Aber es kommt vor, dass Wissenschaftler im Thema ihrer Arbeit ein Lebensprinzip entdecken.«

»Sie meinen, er hat das mit dem Bindungsverlust wörtlich genommen und ist durchgebrannt?«

»Unwahrscheinlich.« Sie lächelte. »Er ist ein ausgeglichener Mensch. Die meisten Naturwissenschaftler sind das.

Sie legen Wert darauf, sich mit etwas zu befassen, das außerhalb ihrer selbst liegt. Das ist etwas sehr Gesundes.«

»Trotzdem war er von heute auf morgen weg?«

Sie überlegte. »Es war nicht von heute auf morgen. Es gab schon so etwas wie eine Inkubationszeit. Aber die war sehr kurz. Da war ein Forschungsaufenthalt in der Schweiz, letzten September. Er und ein paar Kollegen vom Lehrstuhl arbeiteten an einem neuen Beschleuniger am CERN in Genf. Als er davon zurückkam, übrigens Wochen später als geplant, war er wie ausgewechselt. Dass er viel zu tun hatte und spät nach Hause kam, war nichts Besonderes. Ich kannte das schon aus der Zeit davor. Er ist ehrgeizig und liebt seine Arbeit. Ich liebe meine Arbeit auch, insofern kreide ich ihm das nicht an. Die Zeit in Genf hatte sich, wie gesagt, länger als geplant hingezogen, und ich war froh, ihn überhaupt wieder dazuhaben. Es hatte wohl technische Schwierigkeiten gegeben.

Einmal, kurz nach seiner Rückkehr, deutete er an, dass sie vielleicht etwas Besonderes entdeckt hätten, er aber nicht darüber reden dürfe. Es hatte wohl mit seinem Plasma-Projekt zu tun. Ich wollte mehr wissen, aber er schwieg sich zu allem aus, schien sogar zu bereuen, überhaupt etwas gesagt zu haben. Ich ließ ihn daher lieber in Ruhe, was das anging. Innerhalb weniger Tage verschlechterte sich seine Stimmung, er kam immer später nach Hause. Irgendwann schlief er nur noch im Wohnzimmer, um mich nicht zu wecken.«

Sie wechselte auf die linke Spur, um einen Lieferwagen zu überholen. »Ich weiß, wonach das klingt, aber ich würde mich sehr in ihm täuschen. So etwas riecht man. Da war etwas anderes im Gange. Als ich begann, ihm Vorwürfe zu machen, sagte er nur, ich solle froh sein, dass er überhaupt noch herkomme. Das war ungefähr drei Wochen nach Genf. Ich dachte erst, das sei nicht sein Ernst, und machte ihm eine solche Szene, dass sogar der neue Nachbar Petja klingelte. Und dann kam er in der nächsten Nacht einfach gar nicht mehr nach Hause.«

»Haben Sie ihn vermisst gemeldet?«

»Was glauben Sie denn, natürlich!« Sie sah ihn kopfschüttelnd an. »Ich bin auch sofort zur Universität. Dort sagte man mir, dass am Lehrstuhl für Nuklearphysik einige schwerwiegende Personalentscheidungen getroffen wurden. Ob mir mein Mann nichts davon erzählt hätte? Sie gaben mir zu verstehen, dass dies mein privates Problem sei, wenn wir nicht reden würden. Ich bin noch durch die eine oder andere Tür des Lehrstuhls. Da saßen nur noch Leute, die ich nicht kannte. Mosches Chefin, die Doktoranden, alle waren weg, alle zumindest, die ich hätte fragen können …«, ihr Blick fiel auf die Zeitung auf der Armatur, »einschließlich Jegor.«

Mika nahm die Zeitung zu sich und hielt das Bild des Toten neben das Bild des lebenden Jegor Karadschow. »Auch Physiker?«

»Biophysiker. Er arbeitete am selben Lehrstuhl. Jegor ist zwei Tage nach Mosches Verschwinden bei mir aufgetaucht. Nur um mir zu sagen, dass Mosche keine Wahl hätte und so weiter. Ich solle um Gottes willen die Polizei raushalten, alles, bloß keine Polizei. Die Vermisstenanzeige sei kein Problem, aber mehr sollte ich nicht tun. Ich war erst mal erleichtert, überhaupt von Mosche zu hören. Dann ist Jegor los.«

»Und das war's?«

»Na ja, nicht ganz. Jegor kam noch einmal, drei Tage später, spätabends. Sehr spät abends. Er verhielt sich merkwürdig, schien auch etwas getrunken zu haben, machte dumme Witze. Eigentlich schien er mir etwas Bestimmtes sagen zu wollen. Ich merkte es, versuchte, ihn auszuquetschen, wollte wissen, warum er überhaupt gekommen war. Aber nach zwei Stunden ging er wieder. Keine weiteren Unternehmungen …« Sie hielt inne und fuhr auf die rechte Spur zurück.

Mika sah sie fragend an. Irgendetwas war seltsam. Er wartete, bis sie weiterredete.

»Jegor lebte allein, glücklich geschieden. Früher, also vor Genf, war er oft bei uns. Wir konnten nächtelang Durak spielen, zu dritt. Das ging einige Jahre so.«

»Und er kam nur zum Kartenspielen?« Mika hätte sich am liebsten die Zunge rausgerissen, sein Mund war mal wieder schneller als sein Verstand gewesen.

Irina lächelte. »Wir haben nicht die Flasche gedreht, falls Sie das meinen.«

Das Thema war beendet, sie hielten an einer Ampel.

Hinter der Kreuzung erhob sich ein Hang. Einige Wohnblocks standen darauf wie nasse Schachteln. In den wenigsten Fenstern brannte Licht.

»Ich wusste nicht, dass man als Biophysiker so schlecht verdient«, sagte Mika. »Hier soll Karadschow gewohnt haben?«

Irina ließ sich Zeit mit der Antwort.

»Jegor war geizig«, sagte sie schließlich. »Geld fürs Wohnen auszugeben war, ihm ein Unding. Mit dem Essen hielt er es genauso: ein notwendiges Übel. Er nannte es Nutrition, Nahrungsaufnahme. Wir mussten ihn vor dem Kartenspielen regelmäßig aufpäppeln. Das heißt nicht, dass er nicht gerne nutrierte – solange er das Essen nicht selbst zubereiten musste.«

Mika lächelte, er mochte Jegor Karadschow.

»Er hatte«, fuhr sie fort, »egal, wo er neu hinkam, die Angewohnheit, sich mit Leuten anzufreunden, die ihm kostenlose Mahlzeiten in Aussicht stellten. Ich selber fand das nicht schlimm, er machte es bei allen wieder gut, wenn auch auf seine Art. Sorgen machte mir nur, dass Mosche es ihm mit der Zeit nachmachte.«

Sie nahm eine breite Straße in die Blocks. Dunkler Beton zog an ihnen vorbei. »Aber das spielt alles jetzt keine Rolle mehr«, murmelte sie und bog in eine Seitenstraße ab.

Sie näherten sich dem Ziel, Irinas Plan nahm nun so etwas wie Gestalt an. Mika hatte plötzlich das Gefühl, sich nicht ganz im Klaren darüber zu sein, worauf er sich eingelassen hatte.

Sie setzte in eine Parklücke zurück und stoppte. »Wollen wir?« Irina ließ den Motor laufen.

Vor ihnen lag ein Block mit neun Stockwerken. Er musste zum größten Teil leer stehen, ganze Etagen waren dunkel. Nur die Treppenhäuser bildeten senkrechte Lichterketten bis ganz nach oben. Sie stapften über den Schnee auf den Eingang zu, stiegen über zerknüllte Bierdosen und Zigarettenstummel.

Der Flur war kaum einladender. Die Wände sahen aus wie glasierter Schotter und auf dem grün gepinselten Estrich lag ein Läufer, der nach nassen Tieren roch. Mika hätte gerne die Treppe genommen, aber Irina hatte schon den Knopf des Fahrstuhls gedrückt und blieb davor stehen. Die Tür fuhr in einem schleifenden Geräusch auseinander.

»Sind Sie sicher, dass Karadschow nicht einfach Schulden wegen seiner Scheidung hatte? So geizig ist doch kein Mensch!«, bemerkte Mika, als er zu ihr in die enge Kabine stieg.

»Ehrlich gesagt, war ich noch nie hier. Ich wusste, dass er hier wohnt, aber nicht, dass es so heftig ist. Haben Sie die Zeitung und das Bild?« Sie drückte den Knopf für den neunten Stock.

Mika zog beides aus seiner Jacke. Irina nickte zufrieden. Der Fahrstuhl setzte sich missmutig in Bewegung und über ihnen zurrten und eierten die Drahtseile.

»Das wird eine Weile dauern …«, sagte Irina und studierte eine Metallplakette, der zufolge die Wartung des Fahrstuhls seit einigen Jahren überfällig war. Sie lächelte ihn an. »Sagen Sie, Herr Mikkelsen, was denken Sie, was ist nach dem Tod?«

Der Fahrstuhl machte ein Geräusch, als würde er weinen.

»Ich habe mal gehört«, sagte Mika, »dass allen Leuten nach dem Tod genau das passiert, von dem sie glauben, dass es ihnen passieren wird.«

»Und was wird Ihnen passieren?«, bohrte Irina.

»Keine Ahnung«, sagte er. »Nichts.«

»Das ist schade«, sagte Irina. »Wenn es doch so einfach ist.«

Ein blecherner Gong verkündete das Ende der Fahrt. Irina trat auf den Flur hinaus, der sich zu beiden Seiten erstreckte. Vor ihnen gaben hohe dreckige Fenster den Blick auf das gegenüberliegende Gebäude frei, in dem nirgends Licht brannte. Irina ließ ihren Blick über die Wohnungstüren schweifen, die in einer langen Reihe vom Flur abzweigten. »Wir müssen zu 901, das dürfte nicht weit sein«, sagte sie.

Sie hatte Recht. »Mäki« stand neben der Klingel.

»Nicht Karadschow?«, fragte Mika.

»Jegor hat hier mal gewohnt. Mehr weiß ich nicht, deswegen sind wir hier. Sind Sie bereit?«

Mika tat einen tiefen Atemzug und nickte. Sie klingelte. Es dauerte nicht lange, und im Türspion wurde es hell. Irina stellte sich direkt vor die Linse und lächelte zärtlich hinein. Dann ging die Tür auf, soweit, bis die Sicherungskette gespannt war.

»Wir ham schon geschlafen.« Die Stimme war alt und kraftlos.

»Polizei. Entschuldigen Sie bitte die späte Störung«, sagte Irina ruhig. Mika war fassungslos über die Selbstverständlichkeit, mit der Irina ihre Lüge aussprach, und er hoffte, wenigstens ansatzweise mithalten zu können.

»Was gibt's 'n?«

»Ist das die Wohnung von Jegor Karadschow?«

»Nö.«

Irina verdrehte die Augen. »*War* das die Wohnung von Jegor Karadschow?«

»'s war der Vormieter«, kam es angesäuert aus dem Spalt.

»Können Sie uns sagen, wo er sich momentan aufhält? Wo ist er hingezogen?«

»Äh das – nein, das könn' wir nich.« Der Akzent war Mika wohlvertraut. Die Mäkis waren unzweifelhaft Finnen, das konnte beim Eisbrechen helfen. Er hielt die Zeitung in den Türspalt.

»Ham Sie heut' schon Zeitung gelesen?«, fragte er, wobei er seinen eigenen Akzent überspitzte. Eine dürre Hand griff nach der Zeitung und verschwand mit ihr im Spalt.

»Meine Güte!« Dann schloss sich die Tür für einen Moment und ging schließlich ganz auf.

Die Dame war hochbetagt. Sie war in einen rosa Bademantel gehüllt, in dessen linker Tasche ein Heftroman steckte. Mika unterdrückte ein Grinsen, dem Einband nach musste es sich um eine Art Krankenhaus-Horror handeln.

Sie überflog den Artikel, sah Irina argwöhnisch an und gab Mika schließlich die Zeitung zurück.

»Wo iss 'n Ihre Uniform?«

Während Irina an einer Antwort auf diese berechtigte Frage arbeitete, erschien im Hintergrund ein alter Mann in einem hellgrünen Bademantel. Er trug eine dicke Hornbrille.

»Wer sind die jungen Leute?«, fragte er müde.

»Die sagen, sie wär'n Polizei.«

Mika reichte ihm die Zeitung nach hinten.

»Mann, Mann, Mann«, stöhnte der Alte, als er einen kurzen Blick darauf geworfen hatte.

Irina ergriff wieder das Wort.

»Wir müssen wissen, wo Karadschow nach seinem Auszug gewohnt hat!«

»Ham Sie das nich auf so'm Computer?«

»Er ist nirgends gemeldet. Deswegen sind wir hier!«

»Wir ham nichts zu sagen.«

Irina wurde sichtlich ungeduldig. Sie nahm Mika das Foto mit Karadschow ab und hielt es der Frau hin. »Hören Sie, Ihr Vormieter ist tot. Wir müssen einen Mordfall ausschließen und sind auf Ihre Hilfe angewiesen.«

»Mordfall?«, hakte die Frau nach, und ein kurzes Leuchten ging durch ihre kleinen Augen.

»Wir müssen alle Möglichkeiten in Betracht ziehen, auch eine schreckliche Bluttat«, gab Mika mit Akzent und Blick auf das Heftchen in ihrer Tasche zu bedenken. »Nach außen sieht's nicht so aus, aber es gibt ja auch schleichende Vergiftungen, innere Verletzungen oder durch spurenlose Schläge verursachte Hirnblutungen.«

Die Frau sah ihn gespannt an, während Herr Mäki ihm kopfschüttelnd die Zeitung zurückreichte.

»Na ja, der Karadschow hat uns schon 'ne Adresse dagelassen«, sagte sie fiebrig. »Das schon. Aber der wollt nich, dass wir weitersagen, wo er hin is'. Auch nich der Polizei.«

»Mann, Mann, Mann«, kam es leise aus dem Flur.

»Ihr Versprechen bringt ihm jetzt auch nichts mehr«, sagte Irina entschieden.

Mika konnte dazu nur bekräftigend nicken. Das Paar tuschelte für einen Moment im Hintergrund, dann gab die Frau Mika das Bild zurück und verschwand in einem der hinteren Zimmer.

»Ein' Moment, bitte«, sagte der Mann nervös und schien nicht recht zu wissen, wo er hinschauen sollte. Wenige Augenblicke später erschien seine Frau wieder im Flur und gab Irina ein kariertes Papier, auf dem ein Straßenname und eine Hausnummer mit einer säuberlichen Handschrift geschrieben standen. Irina lächelte freundlich.

»Ich danke Ihnen. Wir kommen auf Sie zurück. Entschuldigen Sie noch einmal die späte Störung.«

»Wenn wir was tun können, sagen Sie's an!« Langsam schloss sich die Tür. Dahinter war sogleich aufgeregtes Gemurmel zu hören.

Während sich der Fahrstuhl wieder nach unten weinte, lehnte Irina erschöpft an der silbernen Wand und atmete tief durch. Das Papier mit der Adresse hielt sie fest in ihrer linken Hand.

»Das hätte ich schon viel früher tun sollen!«

NEBENRAUM

Norbert Noller zupfte sein Haargummi fest und hielt sich ein Büschel Spitzen unter die Nase. Schneiden, dachte er. Als Erstes würde er sich die Haare schneiden, gleich morgen, wenn das Schlimmste überstanden war. Er sah auf die Uhr. Kurz vor elf. In seinen Augen hatte die Nacht gerade erst begonnen, sie standen am Anfang. Seine Übelkeit hatte sich einigermaßen beruhigt, obwohl es kaum Grund zur Beruhigung gab. Er würde nun nach den Tieren sehen müssen. Er konnte sich Beruhigenderes vorstellen, aber gut.

Er warf einen letzten Blick auf die vor ihm liegende Korrespondenz. Alles, was schriftlich zu regeln war, war geregelt, ihrem Versuch stand nichts mehr im Wege. Er schloss die Papiere ein und stand auf. Der Flur war leer, nur am langen Ende standen Boris und Iwan und redeten. Sie würden sich auch bald um ihre Haare kümmern müssen, so viel war sicher. Er lief in die entgegengesetzte Richtung, auf die Tür mit dem B zu. Mit jedem Schritt kam die Übelkeit wieder hoch und er musste alle paar Sekunden schlucken. Warum hatte man ausgerechnet ihn nach Mosches Verschwinden hierfür eingeteilt, ihn mit all seinen Phobien? Iwan könnte auch nach den Tieren sehen, aber Iwan war unberechenbar. Nur berechenbare Leute durften nach den Tieren sehen. Noller fragte sich, wie berechenbar er war. Oder für wie berechenbar ihn die anderen wohl hielten.

Er erreichte die Schleuse mit dem B, zog eine Chipkarte aus seinem Kittel und steckte sie in den Leser neben der Tür. Sie zischte schlagartig nach beiden Seiten auf. Er erinnerte sich daran, wie Iwan anfangs nicht müde geworden war, die Öffnungshydraulik der Türen mit willigen Frauen zu vergleichen. »Wenn es doch immer so einfach wäre.« Dann hatte Marfa ihm eine gescheuert.

Es half nichts, Iwan blieb Iwan, und er musste da jetzt rein. Alles war wie gehabt. Das grünstichige Licht, die Kacheln, die Tanks. Die Tiere in den Tanks. Die Stille, mit der sie sich bewegten. Nun gut, er kannte es ja, auch die Frage, ob der Begriff Tiere überhaupt richtig gewählt war. Er nahm Klemmbrett und Papier, notierte die Uhrzeit und begann die Runde. Tank eins – 91, Tank zwei – 95, Tank drei – 114, Tank vier – 98. Er summierte. Wieder einer mehr seit seinem Gespräch mit Iwan. Tank fünf stand schon bereit, Kapazität hatten sie. Aber heute Nacht würde sich entscheiden, ob sie auch einen zweiten Raum B benötigen würden.

ZUFALL

1

Poluchina Ulitsa 171 lag am anderen Ende der Stadt. Mika hatte etwas Glück und mehrere Minuten gebraucht, die Adresse in Irinas Straßenatlas zu finden. Nachdem sie etwas Schnee von den Scheiben gefegt hatten, waren sie losgefahren. Mika zeigte auf das baumelnde Kästchen am Rückspiegel. »Was steht hier?«, fragte er.

»Schadaj. Es heißt ›der Allmächtige‹.« Sie lächelte. »Das ist Mosches Auto-Mesusa.«

»Muss das nicht neben eine Tür?«

»Das habe ich ihm nicht erlaubt …« Sie stockte und beäugte ihn ängstlich. »Aber jetzt, wo Sie's ansprechen – wie war Mosche eigentlich gekleidet, als er bei Ihnen im Atelier war?«

Mika überlegte kurz. »Er hatte diese Maske.«

»Ich meine, ansonsten.«

»Nichts Auffälliges. Schwarzer Mantel, schwarzer Hut.«

»Schwarzer Hut, groß, rund?«

Mika nickte.

Ein Sorgenschauer strich über ihr Gesicht. »Er hat ihn also noch. Fehlen nur noch Bart und Schläfenlocken.« Zwischen ihren Augenbrauen bildete sich eine senkrechte Falte. »Hatte er Locken an den Seiten?«

»Ich habe nichts gesehen.«

Sie stieß einen erleichterten Seufzer aus. »Na, das wär's jetzt gewesen.«

»Ist er denn orthodox?«, fragte Mika.

Sie stemmte ein Knie gegen das Lenkrad und zog ihr Zopfgummi fest. »Er nicht, aber sein Opa war es. Ziemlich sogar. Von ihm hat er auch den Hut. Mosches Vater ist gestorben, als er noch ein Kind war, Leberzirrhose – alles andere als orthodox, Wein und Weiber. Sein Opa stand ihm daher sehr nahe. Mosche war sich nie sicher, wo er selbst hingehörte. Er konnte mit den meisten Speiseregeln und all den anderen Dingen nicht viel anfangen, aber er war immer voller Ehrfurcht, wenn er mit seinem Opa unterwegs war. Er bekam immer eine warme Stimme, wenn er von ihm erzählte. Ich habe mir oft vorgestellt, ich sähe Mosche einige Zeit nicht und dann stünde er eines Tages vor der Tür, mit Bart und Locken – und diesem Hut.«

»Sie sind nicht religiös?«

»Himmel, nein.«

»Sie glauben also auch nicht an etwas nach dem Tod?«

»Bevor irgendjemand irgendwo hinübergeht, wie man so sagt, kommen die Toten zurück. Ich bin mit dem Hier und Jetzt ganz zufrieden.«

»Und die Toten kommen, wenn das Gesetz erfüllt ist?«

Irina sah ihn erstaunt an und lachte. »Das wird spätestens an mir scheitern.«

Mika vertiefte seine Stimme: »Sie halten sich wohl nicht an die Gebote?«

»Hören Sie mal, soll ich jeden Monat für sieben Tage neben dem Bett schlafen oder mich von meinem Nachbarn Petja aus Gründen steinigen lassen? Immerhin ist mein letztes Kamel-Dinner eine Weile her.«

Ihr Lachen verflog, so schnell es gekommen war.

»Für Mosche war es kein Spaß«, sagte sie finster. »Es war bei ihm immer eine Option.«

»Sie steinigen zu lassen?«

»Vorher hätte er sich selbst gesteinigt.«

»Ich versteh das nicht«, sagte Mika. »Wie kann man als Wissenschaftler …?«

»Das ist der Witz dabei«, unterbrach sie ihn. »Es hat mit Wissenschaft nichts zu tun. Die Gesetze Gottes sind nicht rational begründet. Wenn sie das wären, könnte man sie widerlegen. Man könnte sagen, es ist Unsinn, Schweine, Hasen oder Kamele nicht zu essen. Aber darum geht es nicht. Es geht um die Entscheidung, sich an etwas zu halten, was durch nichts in der Welt erklärt werden kann.«

»Aber es ist eine dumme Entscheidung!«

»Das macht sie frei.«

Mika wusste nicht, wie er sich dazu zu äußern sollte, und sah aus dem Fenster. Die vereisten Flächen zu ihrer Linken spiegelten die Lichter des entfernten Stadtzentrums wider. Dürre Bäume und etwas Ödland zogen vorbei, bis ein paar Gebäude vor ihnen in Sichtweite kamen.

»Und Karadschow?«, fragte er, um das Gespräch wieder aufzunehmen.

»Ein glühender Atheist. Dazu einer, der religiöse Menschen oft in Verlegenheit bringt. Ein großer Teil von dem, was er für Wohnung und Nahrung nicht ausgab, ging an alle möglichen Stiftungen, Umweltschutzverbände und so was. Im Himmel hat er sicher einen Sitzplatz.«

Ihre Stimme war leiser geworden, bei den letzten Worten sogar ein wenig ins Stocken geraten. Er konnte es nicht ganz einordnen. Wie Trauer allein klang es nicht.

»Sie bewundern ihn«, sagte Mika vorsichtig.

»Jegor war ein guter Wissenschaftler. Er sah präzise, was die Dinge waren. Vor allem aber auch, was sie nicht waren. Im Hinblick auf seine Mitmenschen nicht immer angenehm.« Sie warf einen ungerichteten Blick aus ihrem Seitenfenster. »Mosche ist anders.«

Mika sah sie fragend an, denn sie schien das ausführen zu wollen.

»Mosche sieht nicht nur, was etwas ist, sondern auch, was es sein könnte. Das tut er auch bei Menschen. Er schätzt ihre Ziele mehr als ihren Stand.«

»Was ziehen Sie vor?«

»Mosche ist mitreißender. Aber im Gegensatz zu Jegor kann man seinem Zuspruch nicht immer trauen.« Sie fuhr sich über den Kopf. »Ich sollte das nicht so vergleichen. Wir reden hier ja nicht über Obst. Unser Verhältnis war nicht immer einfach. Ich wusste schon, warum ich ihn heirate. Mal abgesehen von seinem religiösen Spleen ist er der klassische tragische Physiker.«

»Was ist der klassische, tragische Physiker?«

»Stellen Sie sich einen auf einer Party vor. Ist er klug und sieht halbwegs nach etwas aus, hält er den Mund, was Physik betrifft, dann kriegt er mit etwas Glück ein Mädchen ab. Alle anderen Physiker gehen rechtzeitig nach Hause, füttern ihre Schildkröte oder programmieren an etwas weiter, an dem sie schon seit sehr langer Zeit programmieren. Es gehört zum Wesen des Physiker-Seins, dass er Nichtphysikern nur selten erzählen kann, was ihn eigentlich alles Außerordentliches umtreibt. Und selbst wenn es dazu kommt, finden die anderen das Außerordentliche nicht einmal annähernd so außerordentlich wie er.«

»Was ist daran tragisch?«

»Im Gegensatz zu einem Sachbearbeiter oder Bezirksnotar treibt ihn in seinem Beruf tatsächlich Außerordentliches herum. Man muss nur zuhören, vielleicht Mathe studiert haben und nicht auf Partys stehen.«

»Sie stehen nicht auf Partys?«

Irina atmete tief durch.

»Es geht darum, dass das, was wir im Alltag sehen, nicht ausreicht, um die Welt zu erklären. Nicht einmal annähernd. Derzeit verdichten sich die Hinweise darauf, dass der dreidimensionale Raum, den wir sehen können, nur ein Bruchteil der wirklichen Welt ist.«

Mika schüttelte den Kopf. »Und wo soll der Rest sein?«

»Überall. Hier und jetzt. Es ist alles da, aber unsere Biologie ist nicht darauf ausgerichtet, es wahrzunehmen. Wir sind wie Tiere, die gefangen sind und nur das erkennen können, was innerhalb ihres Käfigs ist.« Irina kam in Fahrt. »Oder nehmen Sie einen Wasserläufer. Stellen Sie sich vor, er lebt sein ganzes Leben auf der Oberfläche eines Teichs und kann sie nicht verlassen. Er ist auf ihr gefangen. Nun trifft er auf einen runden Stock, der aus dem Wasser ragt.« Sie sah Mika an. »Was glauben Sie, wie nimmt der Wasserläufer den Stamm wahr?«

»Keine Ahnung. Ich bin keiner.« Mika mochte solche Fragen nicht. Er kam sich vor wie in der Schule.

»Als Kreis«, sagte Irina. »Als Kreis, den er nicht betreten kann.«

»Okay?«

»Der Wasserläufer weiß nicht, was über und unter der Oberfläche ist. Für ihn ist der Stamm nichts weiter als eine kreisrunde Störung in seiner Welt. Genau das ist auch unsere Situation.«

»Unsere?«

»Von uns Menschen. Wir sind möglicherweise auch in

einer Oberfläche gefangen. Es gibt ein Darüber und ein Darunter, aber wir können das nicht sehen. Doch es ist wahrscheinlich, dass wir in nur einer Brane von vielen Branen leben.«

»Was ist eine Brane?«, fragte Mika.

»So etwas wie eine Ebene, die unseren sichtbaren Raum enthält. Eine, die wir nicht verlassen können. Die Dinge, die wir sehen, sind vielleicht nur Schatten dessen, was eigentlich ist. Die Branenkosmologie sagt, dass unsere Brane nur eine von vielen ist. Es gibt unzählige weitere Branen, die andere, fremde Arten von Raum enthalten. Vermutlich sind sie alle ineinandergeknüllt wie weggeworfenes Papier.«

Irina hielt inne.

»Hier, ich wollte eigentlich …« Sie nestelte einen zerknitterten Zettel aus ihrer Hosentasche.

»Das hat Mosche mir dagelassen, vorhin, als er im Haus war.« Sie reichte Mika das Papier. Er nahm es ihr ab. Die Schrift war krakelig, an einigen Stellen hatte der Bleistift das Papier durchstoßen.

Ich kann nicht bleiben. Bin ab Sonnenaufgang am Strand. Komm allein. Dann sage ich dir alles. Du fehlst mir. Mosche

»Warum ist er nicht geblieben?«

»Deswegen sind wir hier, Herr Mikkelsen.« Sie sah ihn plötzlich bitter an. »Er wird gedacht haben, jemand sei hinter ihm her.«

Mika begriff. Das ging auf seine Kappe.

»Das ist nicht das Problem«, sagte Irina schnell. »Es ging nicht um Sie, da bin ich mir inzwischen sicher. Er hat Sie für jemand anderen gehalten. Er hatte einen Grund, sich verfolgt zu fühlen. Jegor – sein engster Vertrauter – wurde vor wenigen Stunden tot aufgefunden. Plötzlich meldet er sich bei mir, nach einem Vierteljahr ohne irgendein Lebenszeichen.«

»Warum ruft er nicht einfach an?«

»Wer weiß, was hinter ihm her ist. Es muss etwas sein, das ihn dazu treibt, mich über siebzig Kilometer außerhalb der Stadt an einem Ort treffen zu wollen, den nur ich kenne. Das waren nicht Sie. Er hat Sie verwechselt. Mit etwas, das ihm Angst macht.«

»Was ist das für ein Strand?«, fragte Mika.

»Ich weiß nicht, ob …«

»Kein Problem.« Er gab ihr den Zettel zurück.

»Er hat mir dort den Antrag gemacht. Er sagte immer, dort gäbe es gute Ideen. Tatsächlich hatte er die ein oder andere Erleuchtung an dieser Stelle.«

»Erleuchtung?«

»Er nannte es selbst so. Er fand Antworten zu Fragen, die sich sonst keiner stellt.«

»Ich glaube nicht an Erleuchtungen.«

Sie rieb sich ein Auge und dann das andere. »Sie bekommen jetzt trotzdem ein Beispiel. Es war im vorletzten Sommer und ging um Naturwissenschaft und Religion. Mosche und ich saßen am Strand, in der Mittagssonne, und hatten unseren Picknickkorb dabei. Er kauerte wie immer unter seinem gelben Sonnenschirm, den er überall mit hinnimmt, denn er hasst pralle Sonne, auch bei 17 Grad. Irgendwann sah er mich an und sagte, dass nun alles endlich in Ordnung sei. Ich fragte ihn: Was? Er meinte, er habe nun Frieden mit der Größe des Kosmos und der Zeiträume gemacht. Er legte sich auf den Rücken, das Gesicht im Schatten seines Schirms, und sagte: Milliarden Jahre gibt es die Erde schon, aber nur ein paar tausend Jahre die Menschheit. Ein Wimpernschlag, wie manche sagen. Wie das Licht, das Millionen Kilometer von der Sonne zur Erde fliegt, aber auf dem letzten Meter gestoppt wird, nur durch einen kleinen Sonnenschirm. 150 Millionen Kilometer Strahlung verhindern nicht den Schatten auf dem letzten Meter. Wenn man aufhört, Größe mit Bedeutung zu verwechseln, ist Frieden.«

»Ich glaube, wir müssen links rein!«

2

Alle tauchten sie auf. Boris Volkow, vermisst. Leonid Gaj, vermisst. Dan Feng, vermisst. Mosche Rosenbusch, vermisst. Marfa Abramowa, vermisst. So ging das weiter. Nur einer wurde nicht vermisst – Jegor Karadschow. Karadschow war der einzige Angehörige des Instituts für Nuklearphysik, für den nicht irgendwann im vergangenen Oktober eine Anzeige eingegangen war. Blok prüfte die Akten. Obwohl alle Fälle offen waren, war kein Mensch auf sie angesetzt worden.

Das Tischtelefon klingelte, er seufzte. »Na, Süßer, was hast du Neues?«, hauchte er in den Hörer.

»Leitstelle. Spreche ich mit Kolja Blok?«

»Moment!« Blok, wieder hellwach, hielt den Hörer weit von sich und atmete mehrmals tief durch. Mit einem strengen Räuspern nahm er ihn in die andere Hand.

»Blok.«

»Leitstelle. Ein Anruf für Sie. Es geht um die Dronow-Park-Sache.«

»Durchstellen.«

Für einige Sekunden knatterte es dümmlich in der Leitung, ein Fiepen folgte. Blok fragte sich, ob im 21. Jahrhundert solche Geräusche noch nötig waren. Schließlich schob sich eine sanfte Stimme vor das leiser werdende Pfeifen.

»… issar?«

»Kolja Blok hier, mit wem spreche ich?«

»Is' da der Kommissar?« Die Stimme klang flehend. »Ich will nur kurz was sagen.«

»Ja?«

»Wir möcht'n nur helfen mit dem in der Zeitung da, also im Dronow-Park.«

Blok setzte sich senkrecht auf.

»Wer spricht da, bitte?«

»Also, wir kenn' den Mann, das ham wir Ihnen ja schon gesagt, wir, also ich wollt nur sagen, wenn Se jemand zum i-identifizieren brauchen, da komm' wir dann. Beide, wenn's o. k. is'.«

»Natürlich. Kommen Sie beide!«

»Jetz' gleich?« Es klang fast begeistert. Blok sah auf die Uhr, beinahe elf.

»Morgen früh reicht. Aber sagen Sie bitte, Sie kennen den Namen des Toten?«

»Das wissen Se doch schon. Sie war'n doch schon da …«

»Wann?«

»Na, vor – vor 'ner halben Stunde. Oder waren's Ihre Leute? Die ham wissen woll'n, wo der Karadschow jetzt wohnt. Oder gewohnt hat.«

»Karadschow? Jegor Karadschow?«

»Na ja, wer 'n sonst? Was seid 'n ihr für welche?«

»Sie wissen, wo er zuletzt gewohnt hat?«

»Das ham Se also auch schon nich' mehr? Ham Se verschlampt? Na warten Se. Ich hol's noch mal.«

3

Es war eine dieser Gegenden, deren zu lange dauerndes »noch nicht« von einem endgültigen »nicht mehr« abgelöst worden war. In den Hügeln standen unfertige Häuser, die wie Gerippe aus dem Schnee ragten. Mika versuchte, die tote Skischanze auszumachen, die hier ganz in der Nähe stehen musste.

»Hier sollten die Gasbosse wohnen«, sagte Irina.

Sie passierten einen leer stehenden Schlachthof und ließen damit den letzten Rest Straßenbeleuchtung hinter sich. Die Abstände zwischen den Gebäuden wurden größer, durchschnitten von Metallzäunen und Zufahrtspisten, die oft ins Nichts führten. Es ging leicht bergauf.

»Ich hoffe, Sie haben Schneeketten dabei«, sagte Mika.

»Keine Sorge.«

Die Straße führte in eine dunkle Wand aus dürren Stämmen. Zu beiden Seiten ragten nun verschneite Mauern und Tore auf, wodurch die Straße wie ein Kanal wirkte.

»Schauen Sie mal!« Irina zeigte aus ihrem Fenster. Ein bröckelnder Block zog vorbei, auf seiner zerschmissenen Fensterfront stand *Kinderwunderland.*

»Die haben wirklich an alles gedacht«, sagte Irina. »Nur nicht daran, dass keiner kommt.«

»Wir sind da«, sagte Mika, als sie sich dem Überrest einer Bushaltestelle näherten.

Irina stoppte den Kombi und lehnte sich zu ihm hinüber, um aus seinem Seitenfenster zu sehen. Ein Schwung ihres Parfums stieg ihm dabei in die Nase. Das war nicht nur Fruchtgummi, dachte Mika. Das war das Paradies.

Sie nickte und schnallte sich ab.

»Na los.«

Sie stiegen aus und stapften ein Stück Zaun entlang. Nach wenigen Metern stießen sie auf ein Tor. Es stand ein wenig offen und war fast zwei Meter hoch. Darüber ragten verrostete Halterungen für Überwachungskameras aus der Mauer.

»Haben Sie Licht?«, fragte sie.

Mika ließ die Zündung seines Feuerzeugs aufblitzen. Im Torpfosten befand sich unter der 171 eine leere Vertiefung, die für eine Namensplakette vorgesehen war. Er wollte das Feuerzeug wieder einstecken, da packte sie ihn am Arm.

»Machen Sie doch mal hier«, bat sie und zeigte auf den Schnee vor dem Tor. Schon beim ersten Funkenschlag des Zündsteins war zu erkennen, dass Spuren hineinführten. Irina drückte gegen das Tor. Es ließ sich mühelos öffnen. Die Scharniere heulten mit einem lauten Kreischen auf, das sich hallend im Wald verlor.

Sie warteten die Stille ab und betraten den Garten. Die hügelige Schneedecke hatte sämtliche Gewächse unter sich begraben. Eine Spur führte zwischen den hüfthohen Beulen auf ein großes Haus zu, das am Ende des Gartens lag.

»Wenigstens spielt das Wetter mit«, flüsterte Irina und sah zum Himmel. Die Wolkendecke war an einigen Stellen aufgerissen und gab den Vollmond frei. Mika entdeckte einen Haufen prall gefüllter Mülltüten, die von einer dünnen Schicht Neuschnee überzogen waren. Er tippte im Vorbeigehen an eine der Tüten. Einfach nur Müll, dachte er erleichtert.

Das Haus war eine Mischung aus Prunk und Ohnmacht. Soweit Mika es in der Dunkelheit beurteilen konnte, handelte es sich um eine Art Baumarkt-Barock – fein gegliederte Fenster sollten das Gewicht der massiven Eingangstür abfangen, einige Simse wurden von zerhauenen Putten getragen und unter dem Dach verliefen ein paar Schnörkel. Das Ganze musste billig und schnell entstanden sein, denn die Zeit hatte ein sichtbar leichtes Spiel gehabt: Keines der Fenster schien intakt, der Putz war zersprungen und die Ziegel zerschlagen. Wenn jemals etwas auf den Sockeln links und rechts der Eingangstür gestanden hatte, dann war es abgeklopft und auf dem nächsten Flohmarkt verkauft worden.

Irina zog an der Tür. Sie war verschlossen. »Was meinen Sie, wie hoch war die Kaution?«, flüsterte sie kopfschüttelnd. »Wenn Jegor überhaupt hier war. Wer weiß, was er den Mäkis für einen Quatsch erzählt hat.«

»Ich würde hier nicht mal für Geld wohnen«, sagte Mika und rüttelte an einem der Fenster neben der Tür. Es war verriegelt. Die Scheiben waren zwar alle zerbrochen, aber für einen Einstieg waren die durchgehenden Metallkreuze zu engmaschig. Mika ging um einen kleinen Erker, der die rechte Ecke des Hauses umschloss. Darin schienen sich Treppen zu befinden, denn es gab ein rautenförmiges Fenster auf halber Höhe zwischen Erdgeschoss und erstem Stock. Er trat ein paar Schritte zurück.

»Hier steht was offen!«, rief er.

»Nicht so laut!«

Irina kam und sah nach oben. Dann nickte sie, stellte sich unter das Fenster und schob die Finger ineinander. »Sie gehen vor und ziehen mich dann hoch.«

»Glauben Sie wirklich, dass …«

»Glauben bringt uns hier nicht weiter«, zischte sie. »Los!«

Als Mika in ihre Hände stieg, dachte er an seine Dunkelkammer. Wenn ihm dort vor sieben Stunden jemand gesagt hätte, dass ihm diese Frau, Irina Rosenbusch, noch am selben Abend in irgendeinem verwilderten Garten eine Räuberleiter machen würde, hätte er ihn ausgelacht.

Er zog sich hoch und kletterte durch das Fenster. Putz bröselte unter seinen Schuhen, als er auf einem Treppenabsatz aufsetzte. Er wandte sich um und sah hinaus, wo Irina ihm bereits beide Hände entgegenstreckte. »Los!«

Er zog sie hoch und ignorierte den stillen, aber prompten Protest seiner Bandscheiben. Sie sprang an ihm vorbei auf den Absatz und nahm sofort die Stufen nach unten. Er folgte ihr.

Sie befanden sich im Eingangsbereich. Es fiel gerade genug Mondlicht durch die hoch gelegenen Fenster, um sich orientieren zu können. Der steinerne Boden war mit einer weißen Schicht bedeckt. Sie war übersät mit Fußspuren, die in alle der vier abgehenden Türen führten.

»Da kann man genauso gut auf einer Baustelle schlafen«, sagte Mika.

»Riechen Sie das auch?«, fragte sie leise.

»Das Verbrannte?«

»Sie sehen unten nach, ich gehe rauf!«

Bevor Mika dem etwas entgegensetzen konnte, verschwand sie nach oben. Er sah sich um. Überall hingen Tapetenfetzen von den Wänden. Mika bückte sich und überlegte, wie sich das Alter der Fußabdrücke einschätzen ließe. Da hörte er aus einem der Nebenräume ein regelmäßiges Geräusch, ein schwaches Trommeln. Er richtett sich auf und drückte behutsam gegen die Tür zu dem Raum, aus dem das Geräusch kam.

Es war eine kleine Küche, als solche nur noch durch einen kaputten Fliesenspiegel und die Spüle zu erkennen, die einsam an der hinteren Wand stand und deren Hahn tropfte. Sämtliche Schränke waren herausgerissen worden, überall ragten nackte Leitungen aus der Wand. In der Mitte des Raumes befand sich eine kleine Feuerstelle.

Mika ging davor in die Knie und legte die Hand auf eines der verkohlten Hölzer. Es war kühl. Er nahm es zur Seite und drehte das darunter liegende Scheit. Täuschte er sich oder kam es ihm wärmer vor? Er nahm es hoch und schlug damit einmal kräftig in die Kohle. Winzige Funken stiegen auf, die sofort wieder verloschen.

»Herr Mikkelsen, ich habe etwas!«

Er verließ die Küche und stieg die Treppe nach oben. Dort kam er in einen schmalen Flur, der mit muffigen Läufern ausgelegt war. An seinem Ende fiel ein blasser Lichtschein auf einen Haufen Bauschutt. Weil er wusste, dass es in diesem Haus so etwas wie eine Feuerstelle gab, die vor wenigen Stunden das letzte Mal benutzt worden war, spürte er Augen in der Dunkelheit der Zimmer, an denen er vorbeilief. Das Licht kam aus der letzten Tür auf der linken Seite. Dahinter stand Irina vor einem wuchtigen Schreibtisch, auf dem sie einen ganzen Pulk von Kerzen angezündet hatte.

»Unten ist …«, wollte er ansetzen.

»Wir sind richtig!«, unterbrach sie ihn freudig.

Der Tisch quoll von Büchern und handbeschriebenen Papieren über. Irina blätterte in einem prall gefüllten Ordner. Der Raum war leer geplündert wie die Küche unten, die Einbauregale ohne Bretter und das Kanapee unter dem Fenster zu zerschlissen für den Flohmarkt. Etwas Dunkles lag darauf. Mika näherte sich langsam. Es war ein Schlafsack.

»Was ist das hier?«, fragte er.

»Ein Arbeitszimmer«, sagte sie und legte den Ordner auf einen Papierstapel.

»Sie meinen, für Überlebenskünstler?« Er ließ den Schlafsack zurücksinken und ging zu ihr. Sie hielt einen kopierten Hefter in den Schein der Kerzen. *Handbook of Accelerator Physics and Engineering*. Schon auf der zehnten Kopie tauchten Formeln auf, die länger waren als die Seiten breit. Sie legte den Packen auf die Seite. Mika ließ seinen Blick über die flackernden Stapel gleiten. Einer bestand aus den Protokollen einer Nuklearphysikerkonferenz in Krakau, daneben lagen einige Bücher, obenauf etwas zur *Infrastruktur der Neutronengewinnung zu Forschungszwecken*, daneben eine *Systematisierung von Anomalien auf subatomaren Skalen*. Letzteres war dünn und bestand fast nur aus Tabellen. Er zeigte es Irina. »Sie könnten mit alldem was anfangen, oder?«

Sie reagierte nicht. Er beugte sich vor, um zu sehen, worin sie blätterte. *Hochenergiephysik am LHC: Proton-Proton-Experimente*. Nach einer Weile schlug sie den Band zu und tippte auf den Namen des Verfassers. »Noller. Kommt mir bekannt vor. Möglich, dass Mosche ihn mal erwähnt hat. Und bei dem hier bin ich mir sogar sicher …« Sie reichte Mika ein abgenutztes Paperback mit einem roten Einband: *Faszination Physik. Eine Reise durch die Welt der kleinsten Teilchen.*

»Iwan Borowski. Ein Teufel. Zumindest nach dem, was Mosche erzählt hat.« Mika sah nach dem Verlag, aus derselben Reihe hatte er *Faszination Fotografie* zuhause stehen. Er hatte es von seiner Mutter bekommen, einige Jahre nach dem Abschluss seiner Ausbildung.

Irina lief um den Tisch und zog ein paar Schubladen auf. »Jegor führte Tagebuch. Das würde mehr helfen als alles andere hier.« Unter einem Haufen zerknüllter Zettel fand Mika eine Dissertation mit dem Titel *Instabilität im Kern. Die Grenzen der Berechenbarkeit von Materie*. Mika schlug den Text auf und begann zu lesen.

Einführung

Alle bekannten Kerne bestehen aus unterschiedlichen Kombinationen von Quarks. Anhand der beiden leichtesten Arten, dem »up«- und dem »down«-Quark, lässt sich die uns umgebende Materie ausreichend beschreiben. Es existieren allerdings weitere Formen, die nur in instabilen Kernen nachgewiesen werden können.

Der Large Hadron Collider bei Genf gilt als die bisher wichtigste Errungenschaft der Hochenergiephysik. Er ermöglicht die Kollision gleich geladener Elementarteilchen auf einem wesentlich höheren energetischen Niveau als in bisherigen Beschleunigern. Seine Protonkollisionsenergie ist ausreichend, um Reaktionen auszulösen, die 10^{-13} *bis* 10^{-14} *Sekunden nach der Entstehung des Universums stattgefunden haben – und seither nie wieder.*

Doch wie genau man dem durch Beschleunigung und Kollision im LHC entstehenden Quark-Gluon-Plasma habhaft werden kann, ist bisher nur unbefriedigend geklärt worden. Auf diese Frage möchte ich im Folgenden genauer eingehen und mich dabei auf die Vorüberlegungen von Noller, Rosenbusch und Gaj beziehen.

Mika blickte auf. Irina kniete vor dem Kanapee. »Ich habe Ihren Mann gefunden!«, rief er.

»Das wäre schön!«, sagte sie und richtete sich auf. »Geht es ihm gut?«

»Beruflich mit Sicherheit. Das hier ist erst vor zwei Monaten begutachtet worden.«

»Von wem ist die Arbeit?«

»Marfa Abramowa.«

»Sagt mir nichts. Von der hat Mosche nie erzählt.«

Mika wandte sich wieder dem Schreibtisch zu und blätterte sich durch einen Berg von Unterlagen. Ein handschriftlicher Zettel, der offenbar mit großer Hast gekritzelt worden war, fiel heraus. Mika kannte die Schrift.

Es breitet sich aus wie Krebs. Gut, dass wir hier sind. Kannst Du deine Untersuchung zur harmonischen Oszillation morgen mitbringen? Mach bitte von allen bisherigen Unterlagen zu Beobachtung B Kopien. Ich bin froh, dass Du da bist. Mosche

»Schauen Sie mal hier!«, rief er Irina zu sich. Sie nahm den Zettel und hielt ihn ins Licht. »Eigenartig«, sagte sie, steckte ihn ein und ging wieder. Mika kramte weiter und fand eine Arbeit, die mit *Beobachtung B* überschrieben war.

Vorläufige Klassifikation der Arthropodoiden:
Bis auf weiteres muss die Einteilung nach Größe, Gewicht und auffälligen Körpermerkmalen erfolgen. Da kaum ein Arthropodoid exakt dem anderen gleicht, ist die langfristige Gültigkeit des vorliegenden Rasters ungeklärt. Es ist als provisorisch anzusehen und sollte bald von einem Biophysiker überarbeitet werden. Eine gezielte Beobachtung der Arthropodoiden in speziellen Versuchsräumen ist bislang als zu riskant eingestuft worden.

Er blätterte weiter. Auf den folgenden Seiten befanden sich schemenhafte Umrisszeichnungen, die in dreidimensionale Koordinatensysteme eingetragen worden waren. Darunter standen Daten in Form von Maßzahlen und Gewichten. Die Umrisse waren sich alle ähnlich, hauptsächlich unterschieden sie sich nur der Größe nach, aber auch in einigen Details. Im Flackern der Kerzen versuchte Mika zu erkennen, woran ihn die Zeichnungen erinnerten.

Ein bläulicher Schein blitzte an der Decke auf, verzerrte

sich, als er den Bruchteil einer Sekunde später lautlos die Wände herabfuhr, um sich dann in nichts aufzulösen.

»Was war das?«, rief Mika.

»Was?«, fragte Irina, die gerade vor einem Gerät kauerte, das in einer Ecke des Zimmers auf dem Boden stand und die Maße eines Plattenspielers hatte.

»Haben Sie das nicht gesehen?«, fragte Mika.

»Ich weiß nicht, was Sie meinen. Aber sehen Sie mal, hier ist eine Eismaschine.«

»Die geht sicher nicht mehr.« Mika schüttelte den Kopf und vertiefte sich wieder in den Hefter mit den Zeichnungen. Woran erinnerten ihn diese Umrisse nur? Es sah aus wie …

Das blaue Licht erschien wieder. Wie eben jagte es von der Decke über das ausgehöhlte Regal, wo es genauso schnell erlosch, wie es aufgetaucht war. Diesmal hatte auch sie es bemerkt. Sie hielt einen Finger vor den Mund und richtete sich langsam auf. Bis auf den leisen Wind, der draußen durch die Bäume ging, war es still.

Irina schlich langsam auf Mika zu und nahm jedes Mal den Fuß wieder zurück, sobald eine Diele darunter knarrte. Als sie den Tisch erreicht hatte, steckte sie Daumen und Zeigefinger in den Mund und begann, die Kerzen zu löschen. Mika tat es ihr nach. Bis auf das leise Zischen der verdampfenden Spucke war nichts zu hören.

Das Kreischen, das kurz darauf durch das zersplitterte Fenster über dem Kanapee hereindrang, war nicht so laut, wie es ihnen in diesem Augenblick vorkam. Es dauerte auch keine Ewigkeit, war aber lang genug, um sämtliche Haare auf Mikas Armen aufzustellen. Ein Vogel stieg knatternd aus einem Baum. Irina packte die restlichen brennenden Kerzen mit beiden Händen, presste sie auf der Tischplatte aus und drückte Iwan Borowskis *Reise* auf das brutzelnde Wachs.

»Los!«

»Das war das Tor unten«, rief Mika.

Sie griff nach seinem Arm, zog ihn zum Fenster und öffnete es geräuschlos. Mika sah an ihr vorbei nach unten. Etwa drei Meter.

»Das ist zu schaffen!«, flüsterte er.

Irina schüttelte ruhig den Kopf. »Hören Sie, die kommen hier rein, riechen Kerzenrauch und das Fenster steht offen. Die haben uns in fünf Minuten.«

»Und …«

»Sie gehen. Ich mach das Fenster zu. Dann denken sie, ich bin allein.«

Aus dem Flur kam ein Knacken.

Sie zog Mosche Rosenbuschs Nachricht hervor und drückte sie ihm zusammen mit Karadschows Foto in die Hand. »Zeigen Sie das Mosche, wenn ich morgen früh nicht komme! Dann traut er Ihnen vielleicht. Sagen Sie ihm, dass wir versucht haben, ihn zu finden. Er soll Ihnen sagen, was er mir sagen wollte.«

Aus dem Knacken wurde ein Krachen.

»Jetzt sind sie drin.«

Irina sah ihn stechend an. »Retinskoe. Da wo die Wracks liegen. Etwa hundert Meter die Küste rauf. Retinskoe!«

Mika stieg auf das Fensterbrett, wo ihn eisige Nachtluft umfing. Irina trat zu ihm.

»Danke«, flüsterte sie. »Und los!«

TEILCHEN-BESCHLEUNIGUNG

1

Ein Rest süßen Duftes schoss aus Mikas Nase, als er unten aufprallte und zur Seite in einen Schneehaufen kippte. Eis rieselte in seinen Hals, seine Bandscheiben kochten. Er rollte sich auf den Bauch und robbte von der Hauswand weg auf den Waldrand zu, das Geräusch eines einrastenden Fensters im Rücken.

Als er die Bäume erreicht hatte, richtete er sich auf und begann zu laufen. Die vereiste Schneedecke knackte unter seinen Schuhen, aber er war lieber laut und weit weg als nah und leise. Nach etwa fünfzig Metern wagte er einen Blick zurück. Das Haus war nur noch ein klobiger Schatten. Aber hinter sämtlichen Fenstern des ersten Stocks zuckten Lichtkegel durch die Zimmer.

Er wartete nicht ab, bis man auf die Idee kam, auch nach draußen zu leuchten, sondern rannte weiter. Tatsächlich dauerte es nur Sekunden, bis über ihm die ersten Strahlen durch die kahlen Kronen blitzten. Er zog das Tempo an, obwohl der Wald dichter wurde. Gefrorene Äste peitschten in sein Gesicht.

Mit zugekniffenen Augen und vorgehaltenen Armen erreichte er eine lange Lichtung, auf der ein Strommast stand. Der Mond hing hell darüber. Nirgends war Schatten, doch ein Zurück kam nicht in Frage, Mika hetzte auf den gegenüberliegenden Wald zu. Der unebene Boden und die instabile Eisdecke machten jeden Tritt unberechenbar. Auf eine kleine, aber tiefe Senke in der Nähe des Masts waren seine Knie nicht vorbereitet. Mika schmetterte der Länge nach hin. Sein Kopf verfehlte die Sprossen einer Wartungsleiter um Zentimeter.

Keuchend blieb er in der Grube liegen und drückte sich in den Schnee. Für einen Moment roch er ihn. Dann presste er Mund und Nase in den Ärmel, um seinen Atem runterzufahren und einen Hustenreiz zu unterdrücken. Sobald es ging, hielt er die Luft an und horchte. Bis auf den leisen Wind war es still. Da war nichts in seinem Rücken, niemand schien ihm zu folgen. Er wartete einen Augenblick, roch noch einmal am Schnee vor seinen Augen, dann rappelte er sich hoch und humpelte auf den Waldrand zu, der ihn wie ein schwarzes Maul aufnahm.

Im Schutz der Dunkelheit, an den Stamm einer Tanne gedrückt, blickte er auf die Lichtung zurück. Nichts rührte sich, alles lag milchig und regungslos da. Hinter den Strommasten stand der Wald, aus dem er gekommen war. Auch dort bewegte sich nichts.

Er lehnte sich mit dem Rücken gegen den Stamm und atmete auf. Erst jetzt fühlte er, wie kalt es eigentlich war. Der Schweiß in seinem Gesicht schien jeden Moment zu gefrieren, ebenso das Blut, das aus einem Kratzer an seinem Kinn lief. Er presste seinen Ärmel dagegen und massierte sich mit der anderen Hand die untere Wirbelsäule. Sie schmerzte mit jedem Atemzug. Er hatte zu viel rumgesessen in seinem Leben.

Gebückt ging er weiter, nachdem der Schmerz ein wenig nachgelassen hatte. Der Wald, in den er nun kam, war weniger dicht. Hinter den äußersten Ästen wanderte der Mond, sein Licht fiel gebrochen auf die Stämme. Immer wieder hielt Mika an, um sich umzuhören, doch dazu gab es keinen Grund mehr. Auffällig war nur das lauter werdende Rauschen, das sich in das Knarren der Wipfel mischte. Er näherte sich wieder der Stadt.

Nach einiger Zeit erschienen vereinzelte Lichtpunkte zwischen den Stämmen, die mit jedem Schritt mehr und mehr wurden. Schließlich endete der Wald am Rand einer Böschung, von der aus man einen Teil der Stadt überblicken konnte. Mika blieb stehen.

Die Beleuchtung der allernächsten Umgebung war spärlich. Sie bestand aus losen Ketten von Straßenlaternen, die einige Blöcke und Schlote miteinander verbanden. Dahinter lag eine dunkle Schneise, die schnurgerade heranführte und rechter Hand hinter einem Hügel verschwand. Mika vermutete einen Bahndamm. Weiter hinten nahm die Zahl der Lichter zu. Nach einem letzten Blick zurück in den Wald begann er, den Hang seitlich hinunterzulaufen.

Was sollte er jetzt machen? Er zog das Foto mit den Fernwärmerohren hervor und betrachtete es im Gehen. Vielleicht hatte Jegor Karadschow seine Notunterkunft nicht zufällig in diese Gegend verlegt. Freie Wohnungen gab es überall. Es war möglich, dass seine Entscheidung, sich ausgerechnet hier niederzulassen, von einem einfachen, praktischen Interesse geleitet worden war. Vielleicht hatte er die Nähe zu etwas gesucht.

Mika blieb stehen. Ein Rumoren drang an sein Ohr. Es kam nicht aus dem Wald, der jetzt ein ganzes Stück hinter ihm lag. Er sah in Richtung Stadt. Ein Lichtstreifen wanderte die Schneise entlang – er hatte Recht gehabt, es war ein Bahndamm. Kleine Windstöße verstärkten das Rattern des Zuges in unregelmäßigen Abständen.

Was hatte Karadschow an diesen Rohren zu schaffen gehabt? Und warum hatte ihn Rosenbusch dabei fotografiert? Irina war gleich darauf gekommen, den Fundort von Karadschows Leiche mit dem Foto zu vergleichen. Im Artikel war ein Güterbahnhof erwähnt worden. Mika lief weiter. Er war umzingelt von Industrie. Vielleicht war alles ganz einfach.

Er erreichte das Ende der Böschung und stieß auf einen Metallzaun, der einen weiten Parkplatz umschloss. Es machte keinen Sinn, ihn nach einem Durchgang abzulaufen, das konnte ewig dauern. Er krallte sich in den Maschen fest und zog sich hoch. Der mickrige, aber gut befestigte Stacheldraht an der Oberkante des Zauns schlitzte seine Jacke auf, als er sich auf der anderen Seite herunterließ.

Der Parkplatz war unbeleuchtet. Mika hielt sich dennoch an den Zaun, um das Fabrikgebäude zu umgehen. Er hatte keine Lust auf eine große leere Fläche. Ölgeruch stieg ihm in die Nase, als er eine Laderampe passierte, vor der einige Container und Lastwagen standen. Sie bildeten eine enge Schlucht. In einer der Fahrerkabinen waren die Vorhänge zugezogen, hinter denen blaues Licht flackerte. Mika fühlte sich, als würde er durch eine fremde Wohnung schleichen, als er sich an der Tür vorbeiquetschte.

Erleichtert erreichte er kurz darauf die neonbeschienene Frontseite des Gebäudes, ein Gaswerk. Davor verlief eine schmale Straße, der er einige hundert Meter folgte, bis sie in der Nähe einer brummenden Umspannstation auf eine unbeschilderte Kreuzung stieß. Die Entscheidung war einfach, denn nur eine der abgehenden Straßen war beleuchtet und schien in Richtung Stadt zu führen. Ein weißer VW näherte sich von hinten und stoppte mit rasselndem Dieselmotor an der Kreuzung. Durch die schwarz getönten Scheiben vibrierte ein englisches Lied, das er irgendwie kannte. Es ging, unter anderem, um eine Balalaika. Mika kam nicht auf den Namen der Band, aber der deutsche Akzent war nicht zu überhören.

Der Golf bog rechts ab und war noch eine ganze Weile zu hören. Mika folgte ihm auf dem endlosen Gehsteig. Wenn er sich jetzt auf die Stadt zubewegte, musste er demnächst auf die Bahnstrecke treffen, die er von der Böschung aus gesehen hatte.

Im Gehen beobachtete er die Schatten, die er im Licht der Laternen auf den Schnee warf. Eben näherte sich einer von hinten – ein schwarz gestreckter Körper, flach und gleitend wie ein langes Tier unter einer Eisdecke. Es holte ihn mit jedem Schritt ein und war zugleich schon da. Mika gab dem Impuls nach, schneller zu gehen.

Als er unter der Lampe durchlief, stauchte sich der Schatten unter ihm zusammen und verschwand für einen kurzen Moment unter seinen Füßen. Dann überholte er lautlos, dehnte sich nach vorne weg, konnte seine Länge im Licht der nächsten Laterne nicht halten und verlor sich – um hinten von neuem aufzutauchen, als hätte er längst schon dort gewartet.

Plötzlich war da wieder das Rumoren. Er horchte auf, es kam von vorne und war lauter als vorhin. Er konnte die Bahnstrecke nun auf keinen Fall mehr verfehlen.

Doch was wollte er dort eigentlich? Bisher war er sich auf eine seltsame Art sicher gewesen, sie einfach finden zu müssen. Und dann? Wie viele Kilometer Bahnstrecke gab es in der Stadt? Er konnte sich nicht einmal an den Namen des Parks erinnern, in dem man Karadschow gefunden hatte.

Namen?

Erschrocken blieb er stehen und durchsuchte seine Taschen. Erleichtert zog er schließlich Mosche Rosenbuschs Notiz aus seiner Jacke. Retinskoe, hatte Irina gesagt. Mit einem Bleistiftstummel notierte er es auf der Rückseite des Papiers, steckte es wieder ein und ging weiter.

Was sollte er tun?

Heimgehen. Auf jeden Fall erst mal heimgehen, auch wenn das noch Stunden dauern konnte. Die Füße aufwärmen, den Rücken flach legen. Den Wecker auf sechs Uhr stellen, ein paar Stunden schlafen. Dann, irgendwie, nach Retinskoe kommen und einen Zettel an einem Strand abgeben. Eventuell Irina Rosenbusch noch einmal sehen.

Irina Rosenbusch. Bis morgen früh war sie sicher wieder frei. Was konnte man ihr überhaupt zur Last legen? Sie hatte sich in einem leer stehenden Haus umgesehen, in dem es so gut wie nichts zu klauen gab, dafür kam niemand hinter Gitter. Und dass sie sich als Polizei ausgegeben hatte – dazu mussten diese Mäkis erst einmal eine glaubhafte Aussage zusammenstammeln. Das traute er ihnen allerdings nicht zu. Zu alt, zu gemütlich, zu finnisch.

Sein Schatten verschwand in einem anderen, der plötzlich groß und quer vor seinen Füßen aufgetaucht war. Mika blieb stehen und sah nach oben. Er hatte sich einer Unterführung genähert.

Da war sie nun also, die Bahnstrecke. Ihm war, als hätte sie ihn gefunden und nicht er sie. Sie war um einiges breiter, als er erwartet hatte. Er durchlief den Tunnel und überlegte. Man konnte ja mal nachsehen. Nur mal kurz nachsehen. Der Damm war steil, aber es gab einen kleinen Pfad im

Schnee, der in Kehren nach oben führte. Auf halber Höhe griff ein kalter Wind nach ihm und stach ihm in die Ohren. Wahrscheinlich würde er die nächste Woche flachliegen, dachte er, als er oben ankam und sich umsah.

Der Damm führte drei Gleise. Nur eines schien noch in Betrieb zu sein, die beiden anderen waren mit tiefem Schnee bedeckt. Aber Mikas Aufmerksamkeit hatte sich bereits auf etwas anderes verlegt, etwas, das parallel zum dritten Gleis verlief und von dem er nicht wusste, ob er es ignorieren durfte.

2

Blok hasste sie. Nicht nur, weil sie zwei Köpfe größer war als er. Nicht nur, weil sie wie Erdbeersaft roch und während ihrer Vernehmung einen Handspiegel auspackte, um ihren Lidstrich zu prüfen. Er hasste sie vor allem, weil sie, anstatt ihm zuzuhören, mit Dinijar Marat flirtete, der zum Protokollschreiben am Nebentisch saß und sich nur noch vertippte.

Sein Blick fiel auf Wachruschews Bonsaibuch. Er nahm es vom Tisch und verstaute es hastig in einer Schublade. Warum hatte er eigentlich kein eigenes Zimmer? Montag würde er sicher ein eigenes Zimmer bekommen, gleich mit seinem neuen Vertrag. Er stellte die Ellenbogen auf den Tisch und ließ sein Kinn auf die Fäuste sinken.

»Sie waren also zweimal verheiratet?«

»Das erste Mal zählt nicht«, sagte Irina Rosenbusch und schenkte Marat ein Lächeln.

»Warum nicht?«, fragte Blok.

»Es hat zwei Monate gehalten. Dann habe ich das Licht ausgemacht.«

»Ihr Exmann war also Jegor Karadschow?«

»Bevor Sie's beim Standesamt nachschlagen.«

»Der Karadschow?« Blok schob ihr ein Foto zu. Sie nickte, ohne hinzusehen.

»Habt ihr vielleicht einen Kaugummi?«

Bevor Blok etwas sagen konnte, war Marat aufgesprungen, um ihr einen Streifen zu reichen.

»Ich hatte lange nichts Süßes«, sagte sie, während sie ihn auspackte.

»Zurzeit sind Sie mit Mosche Rosenbusch verheiratet.«

Sie schob den Kaugummi zwischen die Lippen und warf das Papier auf den Tisch. »Ich schon. Was Mosche macht – keine Ahnung.« Sie kaute schmatzend und wippte mit dem übergeschlagenen Bein.

»Sie wissen, dass er seit Monaten als vermisst gemeldet ist?«, fragte Blok.

»Ich habe ihn gemeldet.«

Natürlich. Wie konnte er nur so dämlich sein? Aus den Augenwinkeln sah Blok, wie Marat grinste. So ging das nicht weiter. Er stand auf, lief um den Tisch und lehnte sich neben Irina Rosenbusch an die Kante. Sie würdigte ihn keines Blickes. Aber so war er wenigstens größer als sie.

Nichts an ihr stimmte, dachte er. Die Turnschuhe passten nicht zum teuren Mantel, der hastig gebundene Pferdeschwanz nicht zum Lippenstift und, vor allem, sie selbst nicht in ein baufälliges Haus in der Poluchina, mitten in der Nacht. Als Erstes hatte sie ihm etwas von einem entlaufenen Kater namens Dimitri erzählt. Auf der Fahrt hatte sie versucht, ihn mit einem Packen Rubel zu bestechen, als ob er ein bulgarischer Grenzer wäre. Schließlich war man der

Wahrheit näher gekommen, aber es lief zäher als in jedem noch so zähen Polizeifilm. Immerhin wusste er jetzt, dass die Exfrau des toten Jegor Karadschow vor ihm saß und dass diese jetzt mit einem Nuklearphysiker verheiratet war, der ebenso als vermisst galt.

»Wann war das mit Karadschow?«

»Ist Jahre her.«

»Hatte er damals berufliche Schwierigkeiten.«

»Keine Ahnung. Ich kenn mich da nicht aus. Ich mach mir nichts aus diesen, diesen kleinen …«, sie rieb ihre Fingerspitzen aneinander und betrachtete sie blinzelnd, »diesen Quarks, keine Ahnung, was das ist.«

Blok schüttelte ratlos den Kopf. Er wünschte sich, Oleg Jakowlew wäre da.

»Wie stand es mit Drogen? Alkohol?«, fragte er schließlich, um irgendetwas zu fragen.

»Vielleicht nach der Scheidung. Kann ich mir gut vorstellen. Jegor war ziemlich fertig von der Sache.«

»Sie nicht?«

»Ich weiß nicht, was Sie das angeht.«

Blok nickte, steckte die Hände in die Taschen und ging zu Dinijar Marats Tisch, auf dem sich alles an Büchern, Ordnern, Heftern und Zetteln türmte, was man in der Poluchina Ulitsa 171 hatte finden können. Er griff nach einem dicken Band mit dem Titel *Quantenfeldtheorie* und ließ die Seiten durch seine Finger rieseln.

»Jedenfalls haben Sie wieder einen Wissenschaftler geheiratet?«

»Zufall.« Erneut warf sie einen herzlichen Blick in Richtung Marat, der augenblicklich zu tippen aufhörte. »Man muss nehmen, was kommt.«

Blok schloss die Augen und legte das Buch weg. So ging

das tatsächlich nicht. Er lief zurück zum Schreibtisch und setzte sich.

»Hören Sie, Ihnen ist sicher nicht klar, wie kurz Sie vor einer Untersuchungshaft stehen.« Er legte eine Hand auf Wachruschews Telefon. »Der Haftrichter braucht dazu eine halbe Stunde. Eine halbe Stunde. Ich rate Ihnen also, sich etwas mehr zu bemühen.«

Für einen Moment hörte sie zu kauen auf.

»Ich muss aber los.«

»Keiner von uns geht irgendwohin«, sagte Blok.

3

Der Trampelpfad, der zwischen den Bahngleisen und den Rohren verlief, war zwar schmal, aber breit genug, um auf ihm bleiben zu können, wenn ein Zug vorbeikam. Dennoch presste sich Mika jedes Mal mit der Brust nach vorne gegen das unterste Rohr, wenn es so weit war. Dann wurde es ohrenbetäubend laut, alles zerrte an ihm und unter seinen Füßen bebte der Boden. Es war, als würde er in einem Eissturm zerrieben, und er stellte sich jedes Mal vor, wie er von einem abstehenden Eisenteil erfasst und mitgeschleift wurde, eine Spur aus Blut hinter sich herziehend, die sofort auf dem Schotter gefror.

Hier war die Nacht sternenklar. Nur ganz vorne verblasste das breite Band der Milchstraße hinter aufsteigendem Dunst, der Mika verriet, dass er sich weiter stadteinwärts bewegte. Er hatte bereits einige hundert Meter auf dem Bahndamm zurückgelegt.

Die Fernwärmerohre, die neben den Gleisen verliefen,

sahen aus wie die auf Rosenbuschs Fotografie. Sie hatten einen knappen Meter Durchmesser und wurden in regelmäßigen Abständen von wuchtigen Metallklammern zusammengehalten. Er war sich sicher, dass er auf der richtigen Spur war, wenn er auch immer noch nicht wusste, was er an ihrem Ende anfangen sollte. Ein Haken an der Sache war außerdem, dass auf dem Foto vier Rohre zu sehen waren, der Damm aber nur drei mit sich führte.

Nach einiger Zeit bemerkte Mika, dass sein Weg leicht abfiel. Der Damm verlor langsam an Höhe. Etwas weiter vorne sah er, wie die Rohre und Schienen in der Nähe eines Baukrans auf Straßenebene gelangten. Die beiden toten Gleise verzweigten sich auf Höhe des Bodens in einigen Weichen auf Asphalt und verloren sich zwischen Lagerhallen. Die Rohre nahmen denselben Weg. Es sah nicht aus, als führten sie zu irgendetwas, das noch in Betrieb war.

Als Mika unten angelangt war, blieb er stehen.

Es war eine Umgebung, in der man als Zehntklässler Mutproben zu bestehen hatte. Zumindest tagsüber. Mitten in der Nacht hatte hier niemand etwas verloren. Das Einzige, was Mika davon abhielt, einfach den schnellsten Weg in Richtung Stadt zu nehmen, war das unbestimmte Gefühl, sehr dicht an irgendetwas dran zu sein. Etwas, von dem er keine Ahnung hatte, was es eigentlich war.

Seine Neugier wurde belohnt, nachdem er dem Pfad einige Meter gefolgt war. Wie aus dem Nichts tauchte ein viertes Rohr aus der Dunkelheit auf und schloss sich dem Strang an, der nun über ein Baustofflager führte. Es lag im Schatten einer hohen Halle, die sich vor den sinkenden Mond geschoben hatte. Mika konnte nicht allzu viel sehen, der Schnee dämpfte seine Schritte. Den Rest übertönte das Rauschen der Stadt.

Plötzlich traf Mika auf schwarzes Dickicht, in dem alle vier Rohre verschwanden. Der Pfad ging nach rechts und führte einige Meter weiter in die Sträucher hinein. Mika folgte ihm gebückt und hielt sich die Hand vors Gesicht. Er hatte keine Lust auf weitere Schrammen.

Nach wenigen Schritten stieß er auf einen Zaun, dessen enge Maschen senkrecht durchgeschnitten worden waren. Er zwängte sich durch den Spalt. Links von ihm führten die Rohre weiter, unmittelbar dahinter verlief der Zaun. In einiger Entfernung waren schmale Wege zu erkennen, die von Laternen erhellt wurden.

Mikas Atem beschleunigte sich. Er schien richtig zu sein. Vermutlich war dies der Park, von dem in der Zeitung die Rede gewesen war. Wenn man überhaupt von einem Park sprechen konnte. Eigentlich nannte man so etwas Hundeklo. Hier bewegte man sich am besten nur in Gummistiefeln und fasste nichts an. Es stank nur deshalb nicht, weil alles, was im Schnee lag, gefroren war.

Mika krallte seine Hand in den Kragen. Die Kälte schien ihm den Kopf von innen auszuhöhlen und wanderte in Wellen seinen Oberkörper abwärts. Schlotternd blickte er auf. Zu den Rohren führte eine gestapfte Spur. Als Mika den Rohrstrang erreicht hatte, folgte er ihm, bis er auf einen kleinen geräumten Weg stieß. Er verlief parallel zu den Rohren und war beleuchtet. Gleich unter der ersten Laterne blieb er stehen und nahm sich das Foto mit Karadschow vor.

Der Weg, auf dem Karadschow stand, war schmaler. Doch die Laternen sahen genauso aus – fleckige Leuchtkugeln, auf halber Höhe umringt von einem Gurt aus korrodiertem Metall und unten dunkel wegen der vielen toten Insekten darin. Mika sah sich um. Ein wenig abseits gabelte der

Weg in einen anderen, der zwischen ein paar kahlen Birken ins Innere des Parks führte.

Mika lief zur Gabelung. Der Weg, der weiter parallel zu den Rohren verlief, verengte sich. Es konnte nicht mehr weit sein.

In der Ferne rumpelte ein Zug. Er stellte sich nochmals unter eine Laterne, um das Foto genauer zu studieren. Kurz hinter Karadschow standen zwei Birken. Der Weg im Hintergrund beschrieb eine Krümmung nach rechts, während die Rohre geradeaus in offenes Gelände führten. Mika betrachtete die Stelle des Rohres genauer, auf die Karadschow zeigte. Da waren zwei gemalte Buchstaben zu erkennen: vielleicht ein o und dahinter, ziemlich sicher, ein e. Mehr Informationen gab das Bild nicht her.

Mika hielt sich an den Rohrstrang. Nach einer Weile zeichneten sich die beiden Birken im matten Mondlicht ab.

Etwas knisterte. Leise, aber in unmittelbarer Umgebung.

Er blieb stehen, wagte kaum, sich umzusehen. Nur langsam ließ er seinen Blick zur Seite wandern, über seinen starren Schatten hinweg, die linke Schulter hoch und dahinter. Da war niemand und nichts. Er war allein.

Das Knistern erklang wieder. Jetzt von rechts, in etwa aus der Richtung, aus der auch der eiskalte Wind herkam, der ihm schon seit einer Stunde die Trommelfelle traktierte. Er kniff die Augen zusammen. Da war etwas, etwa hundert Meter zur Mitte des Parks hin. Dünne gelbschwarze Streifen, die von Baum zu Baum gespannt waren, zitterten dort im Wind.

Karadschows Fundort, dachte Mika. Irina hatte Recht gehabt. Er lief hin, näherte sich dem Absperrband. Es umspannte eine Fläche von der Größe eines Tennisplatzes. In der Mitte war eine längliche Druckstelle zu erkennen, zu der ein paar Spuren führten. Mika wagte nicht, unter dem Band durchzutauchen, wandte sich um und folgte seinen eigenen Spuren zurück zum Rohrstrang.

Es war gut gewesen, dass er den kleinen Umweg gemacht hatte, denn nun sah er die riesige Schrift als Ganzes vor sich, die etwas weiter den Weg hinunter auf das unterste Rohr gepinselt worden war: *Now follow we out by Starloe.* Mika hatte keine Ahnung, was das heißen sollte. Aber da waren ein o und ein e am Ende von *Starloe,* das reichte ihm. Er stellte sich vor *out* mitten auf den Weg und sah in Richtung der beiden Birken. Eine 28er Brennweite würde von diesem Punkt aus gerade noch die letzten Buchstaben von *Starloe* anschneiden. Hier hatte Karadschows Fotograf gestanden, vermutlich Mosche Rosenbusch.

Mika lief zum o und sah sich das Rohr dort genauer an. Die Oberfläche war kalt und spröde, anscheinend wurden die Leitungen nicht mehr benutzt. Er schritt seitlich auf das e zu und fuhr mit der Hand darüber. Nichts Auffälliges. Ein erneuter Blick auf das Foto half ihm auch nicht weiter. Wohin zeigte Karadschow?

Nach kurzem Zögern tauchte er unter dem Rohr durch und richtete sich in der Mitte des Strangs auf, der zwei Ebenen mit je zwei Rohren bildete. Die oberen beiden Rohre, etwa einen Meter über Mikas Kopf, schluckten das meiste Laternenlicht und durchschnitten wie dunkle Bahnen den Sternenhimmel dahinter.

Mika wandte sich der Rückseite des Rohrs zu, unter dem er durchgekrochen war, und tastete es ab. Er stieß auf eine Naht, die so spitz und rau war, dass er sich die Handfläche aufriss. Er drückte ein Papiertaschentuch darauf und ballte eine Faust darum. Mit der anderen Hand strich er vorsichtig die Naht entlang. Sie verlief in einem großen Quadrat, das an der Oberseite von zwei Scharnieren gehalten wurde.

Sie waren provisorisch dort angebracht worden, etwas schief, aber fest. Eine dunkle Ahnung stieg in ihm auf. Er zog sein Feuerzeug aus der Tasche und ließ es aufblitzen. Es handelte sich um eine Klappe.

Einen Eingang. Groß genug, um bequem …

Was dachte er da eigentlich?

Er presste seine verletzte Hand noch einmal kräftig zusammen und steckte das Taschentuch weg. Dann griff er in die untere Naht und zog die Klappe hoch. Die Scharniere quietschten leise. Er hielt sein Feuerzeug in das schwarze Loch. Für einen Augenblick hatte er mit der idiotischen Vorstellung zu kämpfen, dass das Rohr mit lächelnden Leichen vollgestopft war. Dann ließ er den Zündstein aufflammen.

Für den Bruchteil einer Sekunde wurde das Innere des Rohrs wie von einer flackernden Kerze erhellt. Es war leer. Keine Leichen, nichts. Zumindest nicht in der Nähe der Öffnung.

Langsam tauchte Mika mit dem Kopf hinein und ließ die Klappe auf seinen Rücken sinken. Dann drehte er sich nach links, streckte den Arm aus und schnippte erneut am Feuerzeug. Licht blitzte in die Schwärze, die sich augenblicklich um ein paar Meter zurückzog, ein graues Stück Tunnel sichtbar werden ließ und sofort wieder zurückzuckte. So weit die kurzen Lichtstöße reichten, war das Rohr leer.

Er wandte sich nach rechts, um das Spiel zu wiederholen. Über seinen Schultern klimperten leise die Scharniere. Er streckte den Arm in die Dunkelheit und feuerte Licht.

Über die Thermoskannen, die wie Kegel direkt vor ihm auf dem Boden des Rohrs standen, erschrak er nicht. Was ihm jedoch die Armhaare aufstellte, war ihre Nähe, das plötzliche Wissen, dass sie die ganze Zeit über schon da gewesen waren, weniger als einen Meter von seinem Kopf entfernt. Er glaubte, zum ersten Mal zu verstehen, was Dunkelheit eigentlich bedeutete. Da hätte auch jemand sitzen können. Die ganze Zeit schon.

Er griff nach einer der insgesamt fünf Kannen und schraubte sie vorsichtig auf. Als er den Deckel abnahm, stieg ihm sofort ein beißender Geruch entgegen. Er verschloss die Kanne wieder, stellte sie zurück und befühlte die übrigen. Sie schienen alle voll zu sein. Mit was auch immer. Es dauerte eine Weile, bis er den Geruch wieder aus der Nase hatte.

Er hielt das Feuerzeug erneut ins Rohr. Dieses Mal gelang es ihm, ein bläuliches Flämmchen zu halten, das zischelnd vor sich hin köchelte. Er hielt es über die Kannen. Erst jetzt fiel ihm auf, dass auf dem Rohrboden ein Pfeil gemalt war, der nach rechts ins Dunkle zeigte. Der Pinselstrich ähnelte der Schrift auf der Außenseite des Rohrs. Mika hob das Feuerzeug. Da war nichts zu sehen, die Flamme reichte nicht weit genug. Schweren Herzens ließ er sie verlöschen und begann wieder zu blitzen.

Das half. Ganz hinten, in einigen Metern Entfernung, schimmerte tatsächlich etwas im Rohr. Es war deutlich größer als die Kannen und warf Mikas Licht in silbrigen Reflexen zurück. Mehr war nicht zu erkennen.

Er zog sich zurück, schloss leise die Klappe und betrachtete sie mit einem Kopfschütteln. So seltsam das Ganze war, noch seltsamer wäre es jetzt gewesen, einfach wegzugehen. Nun hatte er seine Mutprobe, auch wenn er schon lange kein Zehntklässler mehr war. Er dachte an seinen Praktikanten Juri. Der wäre schon längst drin.

Kurz entschlossen öffnete er das Rohr wieder, kletterte hinein und ließ die Klappe vorsichtig herunter, damit sie ihm nicht ins Gesicht klatschte. Dann stellte er die Thermoskannen einzeln beiseite und kroch an ihnen vorbei. Vor ihm lag völlige Schwärze. Das Einzige, was noch zu sehen war, befand sich bereits einige Meter hinter ihm – ein bleiches Viereck Laternenlicht, das kraftlos durch die Nähte der Klappe in das Rohr drang. Es gelang Mika ein weiteres Mal, das Feuerzeug anzuwerfen. Vorsichtig robbte er mit der Flamme vorwärts, ihr Flackern reichte keinen Meter weit.

Wenig später erschien ein Gegenstand vor ihm. Es war ein Kasten aus Edelstahl, hochkant aufgestellt, etwa in der Größe eines Schuhkartons. Er sah aus, wie aus einem Krankenhaus geklaut. Am unteren Rand klebte eine Inventarnummer, oben war ein Deckel mit Schnappverschluss. Mika richtete sich auf, schob die Knie nach vorne und klemmte den Kasten zwischen seine Schenkel. Nur so konnte er das Feuerzeug weiter halten und den Verschluss bedienen, ohne das Ganze umzuwerfen. Kurz schüttelte es ihn, als er sich an den Gestank der Thermoskannen erinnerte.

Doch seine Neugier überwog. Er ließ die Schnalle aufschnappen, hob den Deckel vorsichtig an und hielt das Feuerzeug hin. So weit er in den Spalt sehen konnte, war der Kasten leer und roch nach nichts. Mika öffnete ihn weiter und beugte sich vorsichtig darüber.

Ganz unten, auf dem Boden des Kastens, bewegte sich etwas.

Ein faustgroßer Schatten mit Beinen, schnell und lautlos.

Das Feuerzeug verlosch, als Mika den Deckel zufallen ließ und instinktiv seine Hand darauf drückte. Er hatte keine Lust, das Rohr mit irgendeinem Tier zu teilen, für das eine Kiste aus Edelstahl reserviert worden war.

Er fluchte, während er versuchte, das Feuerzeug wieder in Gang zu bringen. Er sah nichts, außer der immer wieder aufblitzenden Rohrwand und dem blassen Viereck, einige Meter hinter seinem Rücken. Irgendwann sprang das Feuerzeug wieder an, aber es war abzusehen, dass es eine Sache von Sekunden war, bis das Gas endgültig ausgehen würde.

Einen kleinen Blick noch, dachte er. Er hob den Deckel wieder an, hielt ihn einen Spalt weit auf und kippte die Kiste langsam. Das Tier musste so auf die Seitenwand des Kastens fallen. Mika wunderte sich, dass er nichts hören konnte, kein Schnaufen, kein Krabbeln oder Kriechen, nichts.

Er führte das Feuerzeug an den Spalt. Nichts passierte. Mika kippte die Kiste weiter. Das Tier hatte nun die Möglichkeit, problemlos zum Deckel vorzulaufen, vom Licht angezogen. Mika versteckte, so gut es ging, seine Finger hinter den Scharnieren.

Als immer noch nichts geschah, hob er den Kasten an und schüttelte ihn vorsichtig. Nichts war zu hören. Hatte er sich getäuscht? Befand sich überhaupt etwas darin? In der Tat war der Kasten sehr leicht. Er stellte ihn wieder hin, klappte den Deckel zurück und hielt die Flamme darüber.

Doch, da war es. Ein Schatten, faustgroß. Sechs dünne Beine bewegten ihn von Wand zu Wand, rasend schnell und stumm.

Das Quietschen, das in diesem Augenblick einsetzte, kam nicht aus dem Kasten. Es kam von hinten. Es war laut und nah, beängstigend nah. Mika musste sich nicht umsehen, um zu begreifen, was passierte. Jemand machte sich an der Eingangsklappe des Rohrs zu schaffen. Mika schloss die Faust um das Feuerzeug und biss die Zähne zusammen, während es ihm den Zeigefinger verbrannte. Schmorgeruch stieg auf, während er mit der anderen Hand den Deckel Millimeter für Millimeter zurück auf die Kiste sinken ließ.

Er hörte, wie die Thermoskannen, eine nach der anderen, angehoben und wieder hingestellt wurden. Schließlich knallte die Klappe wieder zu, der Schlag hallte lange nach. Langsam atmete Mika aus. Kurz darauf war von draußen ein leises Plätschern zu hören. Etwas wurde in eine der Thermoskannen gefüllt.

Mika drückte den Schnappverschluss des Kastens langsam zu. Dann stellte er ihn ab und arbeitete sich daran vorbei. Er kroch tiefer ins Dunkel des Rohrs, in der Hoffnung, nicht lauter als das Plätschern von draußen zu sein. Als das Geräusch verebbte, war Mika etwa fünf Meter weit gekommen. Er nutzte das erneute Aufquietschen der Klappe für einen weiteren halben Meter, dann verharrte er regungslos auf allen vieren. Er konnte hören, wie die Kanne zurückgestellt wurde. Und jetzt hau ab, dachte Mika verzweifelt. Hau ab!

Er sah zwischen seinen Beinen hindurch nach hinten. Die Klappe stand offen. Ein Kopf tauchte in die Öffnung, Mika glaubte, eine Atemschutzmaske zu erkennen, war sich aber alles andere als sicher. Dann versank alles im Schatten des wuchtigen Körpers, der sich nun ins Innere des Rohrs schob. Mika starb tausend Tode. Eine Taschenlampe, allein schon ein funktionierendes Feuerzeug würde reichen, und er war geliefert. Aber der Mann schien nichts dergleichen zu brauchen, sondern näherte sich, langsam schnaufend, von hinten.

Mika hielt den Atem an. Meter für Meter näherte sich das Keuchen und das Rutschen von Knien auf rauem Metall.

Dann wurde es still, das Rutschen verklang. Der Mann hatte offenbar den Kasten erreicht, nur wenige Meter hinter Mika. Ein leises Klappern war zu hören.

Dann beschleunigte sich das Schnaufen, wurde lauter, beinahe aggressiv. Er hat die Veränderung bemerkt, dachte Mika.

»Hallo?«, brüllte es unvermittelt durchs Rohr.

Mika glaubte, den Luftstoß des Rufs im Nacken zu fühlen. Er hatte keine Ahnung, ob es Rosenbusch war. Sein Puls pumpte gnadenlos, während seine Lunge um Atem rang. Mika beherrschte sich und verharrte still. Der andere auch. Beide horchten sie, ohne zu atmen.

»Hallo?«

Eine Ewigkeit später klapperte der Verschluss des Kastens.

Dann ging das Kriechen wieder los.

Jedoch in die andere Richtung, wie Mika erleichtert feststellte. Das Geräusch entfernte sich, und kurze metallische Stöße verrieten, dass der Kasten mitgenommen wurde. Vorsichtig gab Mika dem Druck seiner Lunge nach, fütterte sie behutsam mit der abgestandenen Luft des Rohrs. Ein blechernes Quietschen drang zu ihm durch. Der Mann kletterte wieder aus dem Rohr.

Es war überstanden. Mika hörte, wie in der näheren Umgebung Äste knackten. Auch dieses Geräusch schien sich erst zu entfernen, näherte sich dann aber wieder. Was jetzt noch, dachte Mika wütend. Er war mit den Nerven am Ende.

Etwas knallte gegen die Wand des Rohrs. Vermutlich auf Höhe der Klappe, denn Mika hörte die Scharniere klirren. Dann erbebte das gesamte Rohr in mehreren heftigen Stößen. Mit Entsetzen sah Mika, wie weit hinter ihm auch der letzte Rest an Sichtbarem, das kleine bleiche Viereck des Eingangs, Stoß für Stoß blasser und blasser wurde und dann, als es endlich still war, nur noch ein dünner Schein blieb.

Noch einmal knackten Äste, Schritte entfernten sich, dann war alles ruhig.

Mika wartete, bis er nicht mehr warten konnte. Er kroch zurück, rückwärts, ohne sich umzudrehen. Immer wieder sah er über die Schulter, sah den kleinen Schein näher kommen, stieß plötzlich gegen eine der Thermoskannen, die gegen die anderen stieß und umfiel. Er stellte sie im Vorbeikriechen auf und wandte sich endlich der Klappe zu. Die Naht war nun dichter als vorhin, und nur wenig Laternenlicht drang durch die Schlitze. Mika drückte gegen die Klappe.

Nichts bewegte sich. Er drückte an anderer Stelle. Auch hier war nichts zu machen, die Platte gab keinen Zentimeter nach. Ruhig bleiben, dachte Mika.

Er probierte die unteren Ränder, die Seiten, die Mitte, oben, traute sich, zunehmend lauter zu werden. Schließlich lehnte er sich mit dem Rücken an die gegenüberliegende Rohrwand und trat erst mit einem, dann mit beiden Füßen gegen die Klappe. Die Scharniere klirrten garstig, aber hielten. Ruhig bleiben, dachte er.

4

Sie waren also nicht zufrieden mit Ihrer Ehe?«

Irina Rosenbusch verdrehte die Augen und drückte den Kaugummi mit der Zunge durch ihre Vorderzähne, um ihn aufzublasen.

»Nicht doch«, sagte sie mit spitzen Lippen. »Zufriedenheit – schon dieses Wort.« Sie ließ die Blase knallen. »Zufriedenheit ist ein Gräuel. Niemand sollte nur zufrieden sein.« Sie wandte sich an Marat. »Sie verstehen das, nicht wahr?«

Dinijar Marat bemühte sich um ein vielsagendes Lächeln, während Blok am liebsten mit einem Schlagstock auf den Tisch eingeprügelt hätte. Ruhig bleiben, dachte er. Seit über einer Stunde taumelte er irgendwo zwischen Müdigkeit, Hilflosigkeit und Raserei. Irgendetwas musste geschehen. Er brauchte Zusammenhänge. Etwas, das ihn unabhängig von seiner Wut auf dieses bockige Miststück wach hielt.

»Kannten Sie zum Zeitpunkt Ihrer Scheidung Mosche Rosenbusch bereits?«

»Ich weiß nicht, warum Sie das interessiert.«

»Beantworten Sie meine Frage.«

»Ja. Wir kannten uns bereits.«

»Hatte das Einfluss auf die Scheidung?«

»Woher soll ich das wissen?«

»Wenn man sich scheiden lässt, dann hat man für gewöhnlich einen Grund.«

Sie lehnte sich zurück, wechselte das übergeschlagene Bein und wippte damit, während sie die Hände in die Taschen ihres Mantels tauchte. »Mosche sagte immer, die Dinge passieren einfach. Was man dazu sagt, ist meistens unwichtig.«

»Sie hatten also eine Affäre?«

»Das kommt darauf an.«

»Worauf?«

»Was Sie mit Affäre meinen.«

Blok beugte sich vor, schüttelte verständnislos den Kopf.

»Heimlichkeiten. Techtelmechtel. Eifersucht und Trennung. Der ganze Mist eben.«

»Kann ich nicht bieten.«

»Sie sagten, nach der Scheidung war Ihr Kontakt zu Karadschow beendet?«

»Nein, er ist, wie soll ich das sagen, anders geworden …«

Blok zuckte mit den Schultern und unterdrückte ein Gähnen. »Dann helfen Sie mir auf die Sprünge.«

»Kommen Sie. Das alles hat nichts mit Jegors Tod zu tun.«

»Sie wissen das wohl ziemlich genau.«

»Ich weiß überhaupt nichts. Niemand weiß, was überhaupt womit zusammenhängt.« Sie streckte ihre Fingernägel aus und betrachtete sie eingehend. »Die Dinge passieren einfach. Was soll ich sagen?«

Blok schwieg. Er wartete, ohne zu wissen, worauf. Marat tippte seinen Satz zu Ende und lehnte sich zurück.

»Sir?«, fragte er nach einer Weile.

Ruhig bleiben, dachte Blok.

In diesem Moment gingen die Lichter aus.

DUNKELKAMMER

1

Es war zwecklos zu schreien. Niemand würde ihn hören, zumindest nicht in den nächsten Stunden. Bleiben konnte er auch nicht. Er würde erfrieren, noch bevor die ersten Leute im Morgengrauen ihre Köter durch den Park scheuchten. Er musste sich bewegen, jetzt gleich.

Zwei Richtungen hatte er zur Auswahl, eine schwarz wie die andere. Aber nur in eine zeigte der Pfeil, den irgendjemand in der Nähe der Kannen auf den Boden des Rohrs gemalt hatte. Das war zwar kein Anhaltspunkt. Eigentlich war es überhaupt nichts. Aber es war immer noch besser, irgendeine Wahl zu treffen als keine. Besser, als sich der Panik, die mit unerbittlicher Konsequenz in ihm aufstieg, zu ergeben. Er hielt sein Feuerzeug über die Thermoskannen und sah noch einmal nach dem Pfeil. Dann kroch er los.

Warm wurde ihm dadurch nicht, aber wenigstens blieb er in Bewegung. Immer wieder wandte er sich zurück und beobachtete das schwächer werdende Licht des Einstiegs. Zur Beruhigung konzentrierte er sich darauf, dass er jederzeit hierher zurückgelangen konnte, spätestens wenn es Morgen wurde, und so lange rufen, bis irgendein Hundebesitzer kam und ihm raushalf. Er beschloss, mindestens einmal pro Stunde dort vorbeizukriechen.

Auf Höhe der Stelle, an der der Kasten ungefähr gestanden haben musste, ließ er noch einige Male das Feuerzeug aufblitzen. Aber da war nichts.

Er wandte sich der nun absoluten Schwärze zu. Alles konnte sich ihm auf Zentimeter nähern, solange es nur lautlos war, und mit Grausen dachte er an das Tier. Vor jedem Nachziehen seiner Knie tastete er mit den Händen das Rohr ab, erst seitlich, dann oben und schließlich unten. Alle paar Meter schickte er einen Blitz voraus, um sich zu vergewissern, dass er allein war.

Nach einer Weile ertastete er eine Windung, eine enge Kurve im Rohr, die im rechten Winkel nach links führte, wie er mit Hilfe des Feuerzeugs feststellen konnte. Etwa fünf Meter weiter folgte eine Rechtskurve, ebenfalls um 90 Grad, und kurz darauf noch eine. Nach weiteren fünf Metern schloss das Ganze mit einer letzten Windung nach links. Wahrscheinlich befand er sich nun wieder auf der Ausgangslinie von vorhin. Er erinnerte sich, dass er so etwas schon von außen gesehen hatte, auf dem Bahndamm. Etwa alle hundert Meter hatte das Rohr auch dort rechtwinklige Bögen geschlagen, hatte den Damm auf Stützen zur Seite hin verlassen, um wenige Meter weiter wieder auf ihn zurückzuführen. Er wusste nicht, wozu so etwas gut sein sollte. Aber es würde ihm helfen, durch das Zählen der Bögen seine zurückgelegte Strecke einschätzen zu können.

Ein wenig beruhigt kroch er weiter und benutzte das Feuerzeug nun immer seltener. Es war nicht zu erwarten, dass sich hier noch irgendetwas außer ihm selbst befand. Nach einer Weile stieß er auf einen weiteren Bogen und durchkroch ihn ohne Licht. Zwei, dachte er, merk dir zwei! Er stützte sich auf seine Knie und schloss für einen Moment die Augen. Es machte überhaupt keinen Unterschied. Er öffnete sie wieder und hob die Hand dicht davor, doch sie blieb in der Dunkelheit verborgen, egal, wie nah er sie hielt. Irgendwann spürte er, wie sich Zeigefinger und Wimpern berührten, und er benutzte das Feuerzeug, um sich zu vergewissern, dass er nicht blind war. Sollte er umkehren und zurückkriechen, noch einmal die Nähe der Klappe suchen? Einfach nur, um sich sicher sein zu können, dass er sie ohne Probleme wiederfinden würde?

Juri Kuzenko hätte einen Teufel getan und er beschloss, noch einen Bogen zu nehmen und dann umzukehren.

Die dritte Windung kam etwa in der Entfernung, in der Mika sie erwartet hatte. Allerdings führte sie nach unten. Vor Mikas Händen fiel das Rohr ab, zunächst für einige Zentimeter sanft, dann senkrecht. Er tastete die Umgebung ab. Es gab keine Alternative, der einzige Weg führte nach unten. Er hielt das Feuerzeug über den Schlund und ließ es aufflackern.

Da war etwas.

Es stand unbeweglich im Rohr, unten, auf nicht allzu tiefem Grund. Ein zweiter Lichtblitz genügte Mika, um zu erkennen, was es war. Beinahe musste er lachen. Es war ein Hocker. Jemand hatte einen zerschlissenen Barhocker in ein totes Fernwärmerohr gestellt.

Sein Zweck war offenkundig. Man konnte sich problemlos die Windung herunterlassen und würde fast ebenso einfach wieder hinaufkommen. Mika wusste nicht, ob er das gut fand. Er wusste nicht, ob er sich freuen sollte, dass hier Leute unterwegs waren. Denn wer auch immer hier unterwegs war – er, Mika Mikkelsen, hatte hier nichts zu suchen. Er dachte an den Abdruck im Schnee. Was sollte er tun? Er konnte zurückkriechen und im Rohr hinter der Klappe bleiben, wo vermutlich niemand unterwegs sein würde, sich warm halten, indem er von dort aus weiterkroch, hin und her, die ganze Zeit.

Oder er konnte mal kurz nachsehen. Was konnte passieren?

Und – fragte sich ein Juri Kuzenko das?

Er schob die Beine voran und ließ sich hinab.

Auf dem Bauch, über der Kante hängend, stocherte er mit den Füßen in der Schwärze nach etwas, von dem er wusste, dass es eben da gewesen war, aber ohne wissen zu können, ob es noch da war. Zentimeter für Zentimeter rutschte er tiefer, immer darauf bedacht, von seiner jeweiligen Lage auch wieder hochkommen zu können. Kurz bevor er an dem zu zweifeln begann, was er eben noch gesehen hatte, streifte er mit dem Fuß an etwas Weichem entlang. Es jaulte in der Dunkelheit leise und leiernd. Mika zog den Fuß zurück und setzte ihn weiter seitlich wieder ab. Das Jaulen verstummte augenblicklich.

Der Hocker musste einen drehbaren Sitz haben, auf dem er nun stand. Er setzte den anderen Fuß daneben. Das Ganze war kippelig, aber hielt. Vorsichtig ließ er die Kante los. Ein kleiner Luftstoß zischte aus dem Sitzbezug, als Mika sich darauf niederließ. Es roch nach abgestandenem Kunstleder.

»Schönes Wochenende, Herr Mikkelsen!«, dachte er, lehnte sich gegen die Rohrwand und atmete mehrere Male tief durch. Dann stand er langsam auf und tastete die Umgebung ab. Er musste sich in einem Abschnitt befinden, der etwa zwei Meter senkrecht verlief. Zu seinen Füßen konnte er fühlen, wie das Rohr dort weiterführte. Er ging in die Knie und schickte einen Blitz hinein.

In unmittelbarer Nähe war die nächste Windung zu erkennen, sie führte abermals nach unten. Auf allen vieren kroch Mika hin und hielt das Feuerzeug darüber. Der senkrechte Abschnitt schien genauso tief zu sein wie der letzte, mit dem Unterschied, dass kein Hocker darin stand. Mika dachte nach. Im Grunde reichte auch nur der eine Hocker – solange man hin und zurück immer denselben Weg nahm. Er wandte sich um, zog den Hocker zu sich, schob ihn an sich vorbei und ließ ihn in das Loch sinken. Irgendwann musste er loslassen.

Der Hocker landete mit einem gedämpften Knall irgendwo in der Schwärze. Mika überprüfte mit dem Feuerzeug seinen Stand, dann schob er sich über die Kante, erfasste nach einer Weile mit den Füßen das Kunstleder und ließ sich hinab. Als er wieder auf dem Hocker saß, klopfte er gegen die Rohrwand. Es klang dumpf. Er war jetzt unter der Erde. Aber da war noch etwas, das anders war.

Er kam nicht sofort darauf. In den Funkenschlägen seines Feuerzeugs war nichts Besonderes zu erkennen. Unten führte das Rohr wieder waagerecht weiter. Mika kroch hinein und blitzte. So weit die kurzen Lichtstöße reichten, war kein weiterer senkrechter Abschnitt zu erkennen. Aber das war es nicht. Irgendetwas war anders als bisher.

Er kroch weiter, langsam und tastend. Dann hielt er inne. Was war das gewesen? Er hatte etwas in seinem Gesicht gespürt, ganz nah und warm. Auf einmal wurde ihm klar, dass er schon seit einer ganzen Weile nicht mehr fror. Es war wärmer geworden. Von irgendwoher kam Wärme, auch wenn dies eine unbenutzte Leitung war, in der irgendwelche Möbel herumstanden.

Um sich nicht unnötig auszumalen, wie er in einem plötzlichen Hitzeschub gegrillt wurde, summierte er seinen bisherigen Weg. Zwei senkrechte Stufen, zwei Bögen, dann die Klappe. Alles kein Problem bisher – solange der

Hocker mitmachte. Er schätzte, dass er etwa eine halbe Stunde bis hierher gebraucht hatte. Eine halbe Stunde würde er auch für den Rückweg brauchen, vielleicht etwas weniger. Wenn er das Ganze noch sechs- bis siebenmal durchzog, würde er bis in den Morgen warm bleiben. Andererseits, wenn es mit der Temperatur hier so bleiben würde, musste er sich nicht besonders bewegen, um …

Was war das? Täuschte er sich?

Er täuschte sich nicht. Weit vorne hing ein kleiner grauer Schimmer im Schwarz. Vermutlich ein Reflex des Feuerzeugs auf seiner Netzhaut. Doch als er die Augen schloss, verschwand der Fleck. Er hatte ihn also wirklich gesehen. Er öffnete die Augen wieder, wusste nicht, ob er loskriechen oder lieber ruhig verharren sollte. Wo es Licht gab, gab es in der Regel auch Leute.

Er beschloss, einen Blick zu riskieren.

Zufrieden, überhaupt etwas zu sehen, kroch er auf das Licht zu, um das sich bereits ein kleines Stück Rohr abzeichnete. Langsam nahm auch Mikas Umgebung dunkelgraue Konturen an. Feiner Staub lag auf dem Boden des Rohrs, von Schleifspuren durchzogen. Als die Lichtquelle nur noch wenige Meter vor ihm lag, robbte er langsam hin, immer wieder wartend und horchend.

Der Anblick war seltsam vertraut. Da war eine provisorische Klappe genau wie die andere, durch die er ins Rohr gestiegen war. Spärliches Licht drang durch ihre Ritzen wie bei der anderen auch. Er wagte kaum, gegen das Metall zu drücken. Es wich zurück, nahezu geräuschlos. Die Scharniere waren geölt. Er hielt die Klappe einen Spalt weit auf und blickte nach draußen.

Das Rohr hing über grauem Estrich. Mika sah auf. Vor ihm lag ein kleiner Kellerraum. Seine Wände waren bedeckt mit Wasserleitungen und Heizungsrohren, die in verschiedene Richtungen führten. Rechts war eine Metalltür. Das schummrige Licht kam aus einem Schacht, der in die gegenüberliegende Wand führte. Ansonsten war der Raum leer.

Mika stieg aus dem Rohr und richtete sich auf. Augenblicklich musste er sich wieder vorbeugen, er hatte seine Bandscheiben vergessen. Sein Rücken fühlte sich an, als hätte jemand Sand zwischen die Wirbel gestreut. Die Hände auf die Knie gestützt, lief er langsam auf die Tür zu und zog sich an der verrosteten Klinke hoch. Sie bewegte sich kein Stück. Eigentlich hatte er nichts anderes erwartet.

Mika drehte sich um und wandte sich dem Schacht zu. Er war hüfthoch und nur wenige Meter lang. An seinem Ende befanden sich Gitter im Boden, durch die kaltes Neonlicht aufstieg. Mika brauchte eine Weile, um seine Augen daran zu gewöhnen. Dann betrat er den Schacht, stieg vorsichtig auf das vorderste Gitter und ließ sich auf die Knie sinken.

Zuerst war alles grell und weiß, als er durch die Streben blickte. Doch nach und nach setzte sich ein weiß gefliester Raum zusammen, in den er von oben hineinsah. Der Boden befand sich etwa drei Meter unter ihm. An einer Wand standen Metallschränke und ein Regal voller Ordner, in der Mitte und an den übrigen Wänden waren Tische aufgestellt, auf denen Notizblöcke und einige technische Geräte lagen. Mika wunderte sich, wie sehr es ihn beruhigte, dass es nach Krankenhaus roch. Erst dann sah er die Leiter, die am Ende des Luftschachtes an der Wand lehnte, direkt unter dem letzten Gitter. Er kroch vor. Das Gitter war lose. Mika konnte es wie eine Dachbodentür nach oben aufklappen und gegen die Rückwand des Schachtes lehnen.

Zur Leiter war es nicht weit. Ohne zu überlegen, schob er seine Füße durch das offene Gitter, krallte sich darin fest und stellte sich auf eine der oberen Sprossen. Dann begann er, sich langsam hinunterzulassen.

In diesem Moment öffnete sich irgendwo eine Tür.

Der Mann mit der Atemschutzmaske und dem weißen Overall, der hereingekommen war, brauchte keine Sekunde, um Mika zu entdecken, der sich starr vor Schreck an der Leiter festklammerte.

»Kommen Sie oder gehen Sie gerade?«, fragte er.

Mika wusste es selbst nicht.

»Sind Sie von Nowortec?«

Mika hatte das Wort noch nie gehört.

Der Mann stemmte die Hände in die Hüften, seine Maske hob und senkte sich nervös.

»Sind Sie von Defprom?«

Mika schüttelte den Kopf.

»Dann sollten Sie nicht hier sein.«

2

Die Lichtmenge, die das Notstromaggregat der Polizeistation hergab, war ein Witz, und Wachruschews Büro lag schummriger da als ein Puff. Blok hatte keine Ahnung, ob es eine gute Idee war, Irina Rosenbusch und Dinijar Marat dort allein zurückzulassen, aber er musste in die Telefonzentrale, um Patrouillen loszuschicken. Der Stromausfall beschränkte sich auf ein kleines Gebiet in der Nähe des Stadtzentrums. Blok konnte die Menge der Streifen überschaubar halten. Dennoch hatte er es sich nicht nehmen lassen, genau die Leute herauszuklingeln, die ihn im Dronow-Park schikaniert hatten.

Als er zurück in Wachruschews Büro kam, war die Situation unverändert. Was hatte er aber auch erwartet? Irina Rosenbusch saß vor dem Schreibtisch und wippte mit dem Bein, Marat klebte an seinem Computer und sah ihm mit einem beinahe erleichterten Blick entgegen.

Blok schickte ihn auf Streife, in die Baumana. Er war sich nicht sicher, ob der Stromausfall bis dorthin reichte, aber etwas frische Luft würde Marat nicht schaden. Und der Baumana konnte es nicht schaden, wenn eine Streife dort unterwegs war.

Das Einzige, womit Blok überhaupt nichts anzufangen wusste, war Irina Rosenbusch. Was sie betraf, hatte er getan, was in seiner Macht stand. Ohne seine Befugnisse zu überschreiten, würde er nicht mehr aus ihr herauskriegen. Und er hatte nicht die geringste Lust, Befugnisse zu überschreiten. Dafür war er viel zu müde. Nur, gehen lassen konnte er sie auch nicht. Wenn es irgendjemanden gab, der ihm im Fall Jegor Karadschow weiterhelfen konnte, dann sie.

Vielleicht würde es etwas bringen, wenn er sie noch ein wenig schmoren ließ. Unten gab es einen Warteraum. Vor allem während der Polarnacht war er für gewöhnlich eine Heimstatt für ausgekühlte Säufer, Obdachlose und Haltestellenrandalierer. Vielleicht konnte er sie dort eine Weile rumsitzen lassen und dann noch einmal vernehmen.

»Kommen Sie bitte mit«, sagte er und versuchte, dabei nicht allzu müde zu klingen.

Sie folgte ihm kauend und wortlos nach unten. Er nahm ihr den Ausweis ab und sorgte dafür, dass man ein Auge auf sie hatte. Dann machte sich er sich auf den Weg zurück in Wachruschews Büro.

Die Notbeleuchtung tauchte das Treppenhaus in ein sumpfiges Grün, ebenso die Räume in seiner Etage. Kaum jemand war noch unterwegs, eine dumpfe Stille hing in der Luft. Er betrat das Büro und schloss die Tür. Wachruschews bequemer Sessel stand da wie eine Einladung. Eine halbe Stunde würde wohl drin sein. Es war nach Mitternacht, und er war seit sechs unterwegs. Er ging zu dem Tisch, an dem Marat gesessen hatte, und nahm eines der Bücher aus Karadschows Haus vom Stapel. Beim Lesen schlief er schneller ein.

Dann ließ er sich in Wachruschews Sessel nieder, schlug das Buch vorne auf und gähnte. *Anhand der beiden leichtesten Arten, dem »up«- und dem »down«-Quark, lässt sich die uns umgebende Materie ausreichend beschreiben.* Er beugte sich über den Schreibtisch und stützte seinen Kopf in die Hände. *Es existieren allerdings weitere Formen, die nur in instabilen Kernen nachgewiesen werden können.* Sein Kinn sackte schwerer und schwerer ab, während seine Handflächen immer mehr Gesichtshaut auf seine Augen drückten, so dass er fast nichts mehr sah. Um sich nicht im freien Fall auf der Schreibtischplatte die Nase zu brechen, verschränkte Blok die Arme über dem Text und legte den Kopf darauf. *Seine Protonkollisionsenergie ist ausreichend, um Reaktionen auszulösen, die* 10^{-13} *bis* 10^{-14} *Sekunden nach der Entstehung des Universums stattgefunden haben – und seither nie wieder.*

KERNFUSION

1

Der Mann im weißen Overall nahm den Mundschutz ab und betrachtete die Fotografie mit Karadschow für einige Sekunden. Dann legte er sie zurück auf den Tisch und sah auf die Uhr, die über der Tür hing und deren Ticken das einzige Geräusch im Raum war.

»Stecken Sie das wieder ein und zeigen Sie es niemandem«, sagte er leise und schüttelte den Kopf. »Niemandem!« Er lief zur Tür und warf einen Blick hinaus. Dann schloss er sie behutsam und setzte sich Mika gegenüber.

»Sie haben keine Ahnung, wo Sie sich befinden?«

»Nein.« Mika hob die Schultern.

»Ich rate Ihnen – wenn Sie etwas wissen, sagen Sie es jetzt!«

»Ich weiß aber nichts!«, beteuerte Mika. Ihn beschlich die Gewissheit, dass er sich allein durch seine Anwesenheit in Schwierigkeiten gebracht hatte. Der Mann rieb sich nervös die Stirn.

»Aber Sie haben möglicherweise Informationen zu zwei Personen namens Jegor Karadschow und Mosche Rosenbusch?«

Mika nickte vorsichtig. Er hatte keinen Nerv, sich über das verwahrloste Aussehen seines Gegenübers Gedanken zu machen, auch nicht über die seltsamen Geräte, die überall herumlagen, die schäbigen Fliesen an den Wänden und das grelle Neonlicht.

»Sie müssen jetzt gut zuhören.«

Der Mann beugte sich vor und sah Mika eindringlich an.

»Alles wird jetzt sehr schnell gehen.«

Er stand auf, sah erneut aus der Tür und schloss sie wieder.

»In wenigen Sekunden werden Leute hier reinkommen. Diese Leute werden sich wundern, wer Sie sind und wo Sie herkommen.«

Mika begriff nicht. »Ist das ein Problem?«

»Allerdings.« Er atmete tief durch. »Vor allem wird es für Sie ein Problem sein. Hören Sie mir also gut zu. Wenn es so weit ist, werden Sie nur sagen, was ich Ihnen jetzt sage.«

Mika warf einen Blick auf die weiße Tür, die auf einmal etwas Bedrohliches angenommen hatte.

»Sie sind Spannungstechniker. Sie haben am Tevatron in Batavia gelernt. Batavia. Das ist in Nordamerika. Ihr Russisch ist schlecht. Sagen Sie das!«

»Ich weiß nicht, was …«

»Sagen Sie's!«

»Spannungstechniker. Telaton, Batavia.«

»Tevatron! Sagen Sie das um Gottes willen richtig!«

»Tevatron.« Mika wurde wütend. »Was soll das?«

»Bringen Sie diese Leute nicht dazu, sich genau das zu fragen.«

Mika schüttelte verständnislos den Kopf.

»Warum?«, fragte er.

»Weil«, der Mann im Overall stockte. »Sie scheinen Ihre Situation nicht zu begreifen.«

Er stand auf, lief zu einem der Metallschränke unter dem

Luftschacht und öffnete ihn. Er holte ein paar Gläser heraus und stellte sie nacheinander umgedreht auf den Tisch. »Tun Sie's einfach, es ist in Ihrem Interesse. Merken Sie sich Spannungstechnik, Tevatron, Batavia. Sagen Sie nur das – und auch nur, wenn Sie gefragt werden.« In einer Ecke des Raums befand sich ein Kühlschrank. Aus diesem holte er einige Flaschen und stellte sie mitten auf den Tisch. Mineralwasser, Wodka und etwas anderes Durchsichtiges. »Ansonsten sagen Sie nichts. Ich beschwöre Sie, nichts.«

Mika schwieg.

Der Mann trat zu ihm und stützte sich auf den Tisch. Ungewaschene Strähnen fielen in sein eingefallenes Gesicht. Er streifte ein paar davon hinter sein Ohr.

»Das sind Leute, die alles tun, um Antworten zu kriegen. Alles, verstehen Sie? In der Regel genügen ihnen dazu ein Hammer und eine Tischplatte.«

Mika verzog das Gesicht zu einem hilflosen Grinsen. Er hatte sich wohl verhört.

»Mehr kann ich jetzt nicht für Sie tun. Wenn Sie die Wahrheit gesagt haben, was ich für Sie hoffe, dann sind Sie … dann sind Sie so etwas wie ein Tourist, der in Nordkorea eine Militäranlage fotografiert hat. Aus Versehen.«

Hinter der Tür wurden Stimmen laut.

»Aber ich habe nichts fotografiert«, protestierte Mika.

»Das ist richtig. Sie sind reingeklettert.«

Die Türklinke senkte sich mit einem kräftigen Ruck.

2

»Wer ist er?«

Es war keine Frage. Es waren tausend kleine Klingen, die durch die stickige Luft sausten und alles zerschnitten, was Ohren hatte.

Der kleine, kräftige Mann, der den Raum betreten hatte, unterschied sich in allem von dem, was den Mann im Overall auszeichnete. Sein rundes Gesicht war perfekt rasiert und prall wie ein Luftballon, sein schwarzes Haar gleichmäßig auf wenige Millimeter gestutzt. Die weiß durchschimmernde Kopfhaut darunter endete in einem welligen Stiernacken, der auf dem Kragen eines glänzenden Nadelstreifenanzugs aufsaß. Er schob eine Wand aus süßem Aftershave vor sich her und seine winzigen und hellwachen Augen hatten Mika sofort erfasst.

»Wer ist er?«, wiederholte er ruhig und sah den Mann im weißen Overall eindringlich an. »Wer ist er, Monsieur Borowski?«

»Warten wir doch, bis alle da sind.«

Der Raum füllte sich.

Mika spürte, wie die Angst in ihm aufstieg. Mit jeder Person, die hereinkam und ihn mit Verwunderung musterte, zog sich eine unsichtbare Schlinge zusammen, die ihm Blut und Luft abschnürte.

Dem Mann im Anzug waren zwei weitere Männer gefolgt. Sie trugen Schwarz und sahen aus wie die Türsteher eines billigen Nachtclubs. Dann betrat ein hagerer, älterer Mann mit schneeweißen Haaren den Raum, er trug einen Stapel handbeschriebener Papiere mit sich. Aus der Tasche seines weißen Doktorkittels baumelte eine Atemschutzmaske. Er war in Begleitung einer jungen, dunkeläugigen Frau, die ebenfalls einen Kittel trug und ihr Haar unter einer weißen Haube verstaut hatte. Mika glaubte, einen unterdrückten Schrecken in den Augen der beiden zu bemerken, als sie ihn sahen. Sie suchten sofort Blickkontakt mit dem Mann im Overall, der aber nicht darauf einging. Als Letztes betraten zwei weitere Türsteher den Raum, massige Männer, die zu beiden Seiten der Tür stehen blieben, nachdem sich alle anderen gesetzt hatten.

Der Mann im Anzug ergriff sofort das Wort.

»Nun, Monsieur Borowski, ich denke, Sie haben Ihre Angelegenheiten unter Kontrolle.«

Wenn Messer sprechen könnten, dachte Mika.

Der Mann im Overall, der Borowski genannt wurde, nickte.

»Es – es gab ein Problem mit den Spulen. Wie Sie wissen, handelt es sich hierbei um Tevatron-Technik. Wir mussten jemanden holen, der sich damit auskennt.«

Ein Paar winziger Augen richtete sich auf Mika.

»Und – tun Sie das? Kennen Sie sich aus?« Er legte den Kopf schief. »Monsieur …?«

»Er ist Amerikaner«, fuhr Borowski dazwischen. »Er versteht Sie nicht!«

Mika versuchte, den Blicken standzuhalten. Er rang sich ein freundliches Lächeln ab und schwieg.

Der Mann im Anzug wandte sich dem Ältesten zu, ohne ihn anzusehen.

»Monsieur Gaj, für gewöhnlich werde ich über alle Vorgänge informiert, die das Personal dieser, pardon, meiner Einrichtung betreffen.«

»Für gewöhnlich haben wir auch keine Probleme mit den Spulen«, sagte der Alte kühl und blätterte in seinen

Dokumenten. »Antrag und Transferpapiere liegen seit dem letzten Freitag auf Ihrem Schreibtisch. Seine Ankunft ist in den Schleusenprotokollen vermerkt.« Er senkte den Blick auf eine aufgeschlagene Seite. Mika sah, wie sehr seine Hände zitterten. Er spielte das Spiel mit, das Borowski begonnen hatte. »Gestern Nachmittag, 17.12 Uhr. Sie können das prüfen.«

»Verlassen Sie sich darauf.«

Der Mann im Anzug sah zu einem der Türsteher auf. Der nickte und verließ den Raum.

»Der Termin heute wurde schon zweimal verschoben. Meine Geduld ist begrenzt, Monsieur Gaj.« Er lehnte sich zurück. »Ergebnisse, Gaj. Ich will Ergebnisse.« Seine Augen funkelten wie schwarze Sterne. »Was gibt es zu sehen? Was bieten Sie?« Er hob die Arme. »Haben Sie nicht etwas für ein verstimmtes Gemüt? Ein wenig Plaisir? Etwas, das mich überzeugt, dieses Geschäft am Laufen zu halten?«

Gaj blickte von seinen Papieren auf, schien sich für einen Moment besinnen zu müssen.

»Es ist immer noch eine wissenschaftliche Einrichtung, Monsieur Scipion, kein Geschäft.« Er räusperte sich. »Wir haben Fortschritte bei der Affizierung heikler Substanzen gemacht. Das war notwendig, da zur Konstruktion komplexer Strukturen die Affizierung heikler Substanzen notwendig sein wird. Darüber hinaus laufen im Moment, wie Sie wissen, die Vorbereitungen zur endgültigen Stabilisierung des Materials.«

»Und was gibt es zu sehen, Monsieur Gaj?«

»Sie können dem Experiment gerne beiwohnen. Allerdings werden Sie nicht viel sehen. Zahlen, Berechnungen, ein paar bunte Bildschirme.«

»Ja, das ist bedauerlich. Was haben Sie noch für mein

Geld?« Er drehte ein Glas um, griff nach einer der Flaschen und verzog das Gesicht. »Außer warmem Pastis?«

»Es gibt neue Prototypen …«

»Das klingt besser.« Mit zufriedenem Blick füllte er sein Glas und stellte die Flasche ab. Anisduft erfüllte den Raum. Er kippte etwas Mineralwasser ins Glas, das sich milchig trübte.

Währenddessen zog Gaj ein paar Papiere aus seinen Unterlagen und gab sie Borowski, der sie Mika reichte. Mika hatte nur Sekunden, um einen Blick darauf zu werfen. Die Zeichnungen hatten Ähnlichkeit mit denen aus der Poluchina Ulitsa. Da waren Koordinaten und Umrisse. Und die Umrisse hatten Ähnlichkeit mit …

Er war sich sicher, das schon einmal gesehen zu haben. Sein Kopf brannte wie Feuer. Als er die Blätter weitergab, verdunsteten kleine Flecken an den Stellen, wo er sie gehalten hatte.

»Sie langweilen mich, Monsieur Gaj.«

Der Mann ließ die Blätter auf den Tisch gleiten.

»Aber sehen Sie genau hin.« Die junge Frau mit den dunklen Augen stand auf und beugte sich über die Papiere. »Der Maßstab des Rasters, beachten Sie bitte den Maßstab.« Sie zeigte auf einen der Umrisse. »Es ist uns gelungen, ihre Molekularstruktur so weit zu festigen, dass Größen bis zu zwanzig Zentimetern möglich sind.« Sie setzte sich.

»Grauenhaft«, sagte der Mann und kratzte sich am Kopf. »Aber Ihnen scheint es zu gefallen, Madame …«, er wandte sich hilfesuchend an einen der Türsteher, der ihm augenblicklich etwas ins Ohr flüsterte. »Abramowa, richtig. Mögen Sie diese Viecher etwa, Madame Abramowa?«

»Bitte, meine Herren. Konzentrieren wir uns auf das Wesentliche«, fuhr Gaj dazwischen.

»Ach, das Wesentliche. Das Wesentliche ist Ansichtssache, Monsieur Gaj. Aber gut, konzentrieren wir uns und sprechen wir über etwas Wesentliches. Es scheint an der Zeit.« Die Stimme des Mannes wurde kalt. Er warf einen beißenden Blick auf Mika. »Wir haben uns bereits ein wenig über das Thema Kontrolle unterhalten. Ich fragte Sie, ob Sie Ihre Angelegenheiten unter Kontrolle haben, Monsieur Borowski. Ich frage Sie das jetzt noch einmal. Und zwar in Bezug auf gewisse Mitarbeiter, derentwegen ich vor einigen Stunden ein sehr aufschlussreiches Telefonat mit Monsieur Noller führen durfte.« Er beugte sich vor. »Verstehen Sie mich nicht falsch. Ich zweifle nicht daran, dass Sie die Dinge unter Kontrolle haben. Dennoch beunruhigt sie mich ein wenig, diese Lässigkeit, die in den letzten Tagen durchaus zu beobachten war, diese – Insouciance. Gab es etwas zu feiern?«

»Nein, Monsieur Scipion.«

»Bitte glauben Sie nicht, dass diese kleinen Ausflüge nicht bemerkt wurden. Ich persönlich hatte nichts dagegen. Auch ich muss manchmal raus aus dem Büro, verstehen Sie, frische Luft und so weiter. Ich habe Nachsicht walten lassen. Dennoch«, er ließ seinen Blick mit beinahe genüsslicher Langsamkeit zum Luftschacht hinaufgleiten. Mika sah, dass Borowski kreidebleich wurde. »Dennoch war ich über die zunehmende Länge Ihrer Exkursionen ein wenig verwundert. Gab es doch in den letzten Monaten, seit Einrichtung Ihres kleinen Privatwegs, offenbar eine strenge Reglementierung seiner Benutzung, die Sie alle mit, sagen wir, physikalischer Genauigkeit eingehalten haben, sehr löblich im Übrigen, Ihre Person vielleicht ausgenommen, Monsieur Borowski. Und nun diese allgemeine Insouciance …«

»Monsieur Scipion, ich …«

»Ich bin verwundert«, fuhr Scipion fort, »nein, bestürzt, dass ausgerechnet ein Mann wie Karadschow sich erdreistet, diesen schönen Ort für Tage, ich betone, Tage, zu verlassen, um sich wie ein sterbender Elefant zurückzuziehen. Ein schönes Plätzchen hat er sich nicht gerade ausgesucht. Und diese Kälte, schrecklich, diese Jahreszeit, nicht wahr, Monsieur Borowski?«

Gaj räusperte sich. »Sie haben uns für einen solchen Fall Unterstützung zugesichert.«

»Daran brauchen Sie mich nicht zu erinnern, Monsieur Gaj. Alles Nötige wurde veranlasst. Glücklicherweise gibt es in diesem Land immer noch ein nicht zu unterschätzendes Maß an, sagen wir, Struktur, auf die ich zurückgreifen kann, wenn es nötig ist.«

Jetzt wurden auch Gaj und Abramowa kreidebleich.

Scipion malte mit dem kleinen Finger auf der Tischplatte. »Ist es nicht ein erstaunlicher Zufall, dass ausgerechnet Karadschow und Rosenbusch – ist es nicht erstaunlich?« Er beobachtete Gaj aus kleinen Augenwinkeln. »Wie sagen Sie zu solchen Dingen, überzufällig oder nicht? Signifikant. Dabei waren sie so tapfer, alle beide. Habe ich selten erlebt, so etwas.«

»Ich kann dazu nichts sagen.«

»Sagen hilft auch nicht weiter, Monsieur Gaj. Ich sage Ihnen nur, Sie haben ein Sicherheitsproblem. Ein Leck.« Er sprach das Wort aus wie einen Fluch. »Was Karadschow anbelangt, habe ich getan, was in meiner Macht stand. Da brauchen Sie nur noch ihn und die Spuren zu beseitigen. Tun Sie das heute Nacht und tun Sie es gründlich. Ich habe diesbezüglich mit Monsieur Noller gesprochen. Sie haben Ausgang. Ein paar von Ihnen. Sagen wir, bis acht Uhr.«

Abramowa blickte auf die Uhr. Sie sah elend aus.

»Was Rosenbusch betrifft«, fuhr Scipion fort, »Sie kennen ihn besser als wir. Er scheint einige Lektionen gelernt zu haben, aber letztendlich ist es an Ihnen, ihn zu finden. Ich kann mich nicht um alles kümmern. Gute Leute sind rar und teuer heutzutage. Wenn Sie ihn haben, kümmern wir uns gerne um alles Weitere. Sie sollten ihn nicht verlieren. Er ist ein guter Mann.«

Plötzlich, beinahe ruckartig, wandte er sich Mika zu.

»Und er? Ist er auch ein guter Mann, Monsieur Borowski?«, fragte er, ohne Mika aus den Augen zu lassen.

Mikas Magen war ein Schwamm in einer Faust. Die Angst, die ihn in dem dunklen Rohr attackiert hatte, war nichts gegen diese hier. Er schwieg verbissen, versuchte verzweifelt, so zu tun, als würde er kein Wort verstehen.

»Die Spulen funktionieren jedenfalls wieder«, sagte Gaj.

»Daran habe ich nicht den geringsten Zweifel. Wie Sie wissen, ist meine Geduld begrenzt.«

Gaj erhob sich mit einem Nicken.

»Dann sollten wir keine Zeit verlieren.«

3

Noller kontrollierte Zahlen auf einem Bildschirm. Dann wandte er sich einem anderen Bildschirm zu und kontrollierte Zahlen. Dann sah er auf ein Papier und kontrollierte Zahlen. Zahlen hatten für ihn immer etwas Beruhigendes. Vor allem, wenn sie mit seinen Berechnungen übereinstimmten. Dann waren sie Wahrheit.

Nur selten, ganz selten, und immer nur, wenn etwas

nicht stimmte, überkamen ihn darüber Zweifel. Dann ging er mit den Augen dicht vor sein Papier, so dicht, bis die Zahlen verschwammen, bis das Ganze sich in einen Matsch aus schwarzen und weißen Reihen mit verschwimmenden Grauzonen zersetzte, über die er seinen Blick schweifen ließ. Manchmal nahm er auch eine Lupe und hielt sie an einen Bildschirm, um die einzelnen Ziffern aus unmittelbarer Nähe zu betrachten, sie in flimmernde Punkte aufzulösen, um zu erkennen, was sie eigentlich waren. Für solche und ähnliche Marotten hatte er im Laufe seines Berufslebens manch Häme einstecken müssen. Doch seit sich herumgesprochen hatte, dass ihm auf diesem Weg oft die Lösungen zu seinen Problemen zuflogen, ließ man ihn machen.

Im Moment war Noller jedoch weit davon entfernt, eine Lupe an einen Bildschirm zu halten. Die Zahlen stimmten. Der Zeitplan stimmte. Die Energieversorgung stimmte.

In wenigen Minuten würde er in den Raum 218 gehen und sie würden alles hinter sich bringen. Wenn die Zahlen nicht logen, würde es glattgehen. Im Grunde war er sich sicher, dass Zahlen nicht lügen konnten.

Zumindest nicht, was andere Zahlen betraf.

Was andere Zahlen betraf – das war die Einschränkung. Eine elementare Einschränkung, die jeder akzeptieren musste, der sich mit dem beschäftigte, womit sich Noller beschäftigte. Eine Unsicherheit, gegen die keine Lupen halfen. Niemand konnte wissen, ob die Zahlen, mit denen sie arbeiteten, überhaupt noch etwas mit dem zu tun hatten, was man hinter ihnen vermutete.

Noch niemand hatte je 270 Grad minus gesehen.

Noch niemand hatte je 299 792 Kilometer pro Sekunde gesehen.

Niemand sah Protonen, die sich in dieser Temperatur bei dieser Geschwindigkeit fortbewegten. Und auch nur, weil sie das offenbar taten, glaubte man, sie auch zu sehen – indem man Zahlen auf Detektorschirmen deutete. Zahlen, die sagten, da bewege sich etwas bei 270 Grad minus mit 299 792 Kilometern pro Sekunde.

Manchmal dachte er an sein altes Mathebuch aus der ersten Klasse. Dort hatte man Äpfel mit Birnen verglichen. Er hatte das damals nicht leiden können. Oben, in dem einen rosa Kasten: zwei Äpfel. Unten, in einem anderen rosa Kasten: zwei Birnen.

»Wie viele Äpfel siehst du, Norbert?«

»Zwei.«

»Und wie viele Birnen?«

»Zwei.«

»Wie viel ist das insgesamt?«

Konnte man das einfach so machen? Äpfel waren doch keine Birnen! Nicht nur, dass zwei Äpfel etwas völlig anderes als zwei Birnen waren, kein Apfel war wie der andere. Verbanden die Zahlen Zwei und Vier nicht etwas, das eigentlich nichts miteinander zu tun hatte? Täuschten die Zweien und die Vier in dieser Rechnung nicht darüber hinweg, dass es sich bei genauerer Betrachtung um völlig verschiedene Dinge handelte? Er war nach der Stunde zu seinem Lehrer vorgegangen und hatte ihn das gefragt. Das hieß, Noller wusste nicht mehr genau, ob er damals zu einer solchen Frage fähig gewesen war – jedenfalls war er vorgegangen, um in irgendeiner Weise zu protestieren. Aber er war nicht weit gekommen.

»Wie viel Obst ist das insgesamt, Norbert? Das ist alles, was du wissen musst!«

Seit diesem Tag hatte er, Norbert Noller, nicht mehr nur

den Zahlen misstraut, sondern auch Wörtern wie Obst. Freunde hatte er sich damit nicht gemacht. Auch nicht in den späteren Jahren, in denen es zum guten Ton gehörte, an Wörtern wie Gott oder Ähnlichem zu zweifeln, wenn auch nicht an Obst. Irgendwann war er auf die Stochastik gestoßen, einem Zweig des Denkens, der jede Verlässlichkeit im Lauf der Dinge in Zweifel zog und lieber mit Wahrscheinlichkeiten operierte.

Das gefiel ihm fast genauso gut wie das genaue Hinsehen. Und in der Welt der allerkleinsten Teilchen fügte sich beides zusammen. Hier konnte man ohnehin nur noch mit Wahrscheinlichkeit sagen, was wann und wo passierte. Und je genauer man hinschaute, desto größer wurden die Unsicherheiten und Absurditäten: Manche Teilchen schienen an zwei Orten gleichzeitig zu existieren, andere tauchten aus dem Nichts auf und verschwanden wieder im Nichts. Vielen bereitete die Vorstellung Unbehagen, dass die kleinsten Bausteine, aus denen alles bestand, keiner gewöhnlichen Logik zu folgen schienen. Noller begriff, dass die Logik der großen, sichtbaren Welt möglicherweise nur ein Schein war, ein Schattenspiel, aufgeführt von winzig kleinen, aber machtvollen Unbekannten, die sich in ihre kleinen Fäuste lachten, wenn sich irgendwo, im Großen, etwas Seltsames, Unwahrscheinliches zutrug.

Denn die kleinen Unbekannten sperrten sich gegen jede Vorhersage. Man konnte nicht einmal im Jetzt sagen, wo genau sie waren und wohin sie sich bewegten. Möglich blieb allein, es mit einer bestimmten Wahrscheinlichkeit sagen zu können. Doch warum passierte am Ende dies und nicht das? Wer oder was entschied, welche Möglichkeit aus den vielen Möglichkeiten herausgegriffen wurde?

Noller konnte nicht glauben, dass das Wort Zufall ausreichte, um diese Frage zu beantworten. Die Vorbereitungen des Experiments, das heute Nacht anstand, hatten allesamt zum Ziel, den Zufall aus den Gleichungen zu streichen. Noller und die anderen hatten seit vielen Wochen Berechnungen angestellt, was den Ausgang des Versuchs betraf, und sie hatten alle Eventualitäten durchgespielt.

Es würde funktionieren, auch wenn – naturgemäß – ein Rest Unsicherheit blieb. Sie würden die Ausbreitung stoppen. Auch wenn sie bis heute nicht wussten, womit sie es eigentlich zu tun hatten, *was* genau sich da eigentlich ausbreitete, wussten sie doch, was es unter diesen und jenen Umständen tun würde. Die Zahlen stimmten.

Jedoch nur, was andere Zahlen betraf.

Was war mit all dem, wofür sie keine Zahlen hatten?

Noller rieb sich die Augen. Was war zum Beispiel mit Iwan Borowski? Iwan, der für die Startroutinen zuständig war? Für Iwan gab es keine Zahl. Was, wenn Iwan einen Parameter falsch einstellte, weil er etwas anderes im Kopf hatte, wie so oft? Oder eine Sekunde zu spät auf etwas Unvorhergesehenes reagierte, weil ihn seine Biologie ablenkte? In den Maßstäben, in denen sie arbeiteten, waren Sekunden eine Ewigkeit. Somit war Iwan Borowskis Biologie ein Teil des Versuchs. Ein Teil, den sie nicht berücksichtigen, nicht berechnen konnten.

Im Grunde machte sich Noller keine Sorgen um Iwan Borowski. Er würde seine Sache gut machen. Er machte sich auch keine allzu großen Sorgen um die Anwesenheit von Scipion und einigen anderen Leuten von Nowortec. Gaj konnte ganz gut mit Scipion. Das Einzige, was ihm im Augenblick tatsächlich Sorgen machte, war, dass er etwas Bestimmtes nicht mehr sicher zu wissen glaubte. Denn auch wenn Iwan Borowski aufpasste, wenn alle anderen aufpassten, wussten sie nie, ob sie wirklich alles Nötige im Blick hatten. Vielleicht gab es weitere unbekannte Einflüsse, Störgrößen oder Parameter, für die es keine Zahlen gab.

Sie hatten noch bis letzte Woche an den Detektoren herumjustiert. Sie waren vorletzte Woche mit Nowortec wegen der Finanzierung eines größeren Arthropodoidenlabors aneinandergeraten, Volkow war währenddessen krank geworden und hatte drei Tage flachgelegen. Rosenbusch und Karadschow, Herz und Seele des Teams, fehlten. Ihre Abwesenheit lenkte alle anderen ab, beeinflusste ihre Konzentration. Es gab tausend mögliche Störgrößen, die alle zählten, wenn es so weit war, die Maschinen hochzufahren, wenn aus einem »heute Nacht« ein »in wenigen Minuten« werden würde und daraus ein »in ein paar Sekunden« und daraus ein Bruchteil einer bestimmten Sekunde.

Falls alles eine Rolle spielte, zählte dann nicht alles zum Versuch – auch das, was oben in der Stadt passierte? Verbanden vielleicht unsichtbare Fäden und absurde Verschränkungen die Dinge, die oben passierten, mit allem, was hier unten geschah? War diese ganze Nacht vielleicht so etwas wie eine Beschleunigung von Teilchen, die irgendwann aufeinandertreffen sollten?

Oder konnte man die Stadt und die Nacht vernachlässigen? Bildeten sie unmaßgebliche Faktoren, für die man keine Berechnungen anstellen musste?

Um ihre Maschinen war es im Grunde nicht anders bestellt. Auch hier gab es Dinge, die sie außen vor lassen mussten: winzige Korrosionen in der Elektronik, Temperaturfluktuationen in den Gaskomponenten, Schwankungen in der Energiezufuhr der Magnete. All das konnte wichtig sein.

Noller schwirrte der Kopf. Er spielte mit der Lupe, nach der er während seiner Überlegungen instinktiv gegriffen hatte. Im Grunde verschwendete er seine Zeit. Es gehörte zum Wesen der Wissenschaft, Irrelevantes auszublenden, Nebensächliches vom Hauptsächlichen zu unterscheiden. Nur wenn man bestimmte Dinge nicht beachtete, sah man andere besser.

Noller war sich nur nicht mehr sicher, ob man sich dieses Nichtbeachten überhaupt noch leisten konnte, wenn man tat, was er und seine Leute taten. Konnte jemand, der so genau hinsah wie ein Kernphysiker und der mit nahezu unendlicher Genauigkeit arbeitete, mit unendlicher Genauigkeit Dinge ins Rollen brachte und dabei nicht in Sekunden, auch nicht in Mikrosekunden, sondern in Nanosekunden dachte, es sich erlauben, bei irgendetwas wegzusehen?

Er legte die Lupe auf den Tisch und sah, dass seine Hände zitterten.

4

Ich denke manchmal, ich sollte Sie heiraten, Madame Abramowa.«

Gaj seufzte und steckte eine Chipkarte in den Leser neben der Tür. Das große A, das auf die Tür gedruckt war, teilte sich, als sie mit einem Fauchen zu beiden Seiten in den Wänden verschwand.

»Nach Ihnen!«, sagte Scipion und ließ Mika vorbei.

Sie betraten einen kleinen weiß gefliesten Raum. Er war leer bis auf zwei Spenderboxen für Gummihandschuhe und Atemschutzmasken, die an der hinteren Wand hingen.

Es musste sich um eine Luftschleuse handeln, denn gleich neben den Boxen befand sich eine weitere Hydrauliktür.

»Bitte bedienen Sie sich«, sagte Scipion mit einem freundlichen Nicken zur Kamera, die über den Spenderboxen hing.

Gaj, Abramowa und Scipion zogen sich Handschuhe und Masken über, Mika tat es ihnen nach. Er merkte, dass Gaj nicht aufhören konnte, ihn zu beobachten, gleichzeitig aber auch bemüht war, es Scipion nicht merken zu lassen. Die Maske erschwerte das Atmen.

Als alle fertig waren, nickte Gaj in die Kamera. Wenige Sekunden später öffnete sich die zweite Tür mit einem Zischen. Im Raum dahinter sprangen Leuchtstoffröhren an und Mika bemerkte ein leichtes Knacken in den Ohren. Scipion stellte sich neben die Tür und wies mit der ausgestreckten Hand hinein. Die Falten um seine kleinen Augen verrieten ein Lächeln unter der Maske.

»Bitte.«

Gaj ging als Erster, dann folgte Abramowa. Mika spürte Scipions Blick an ihm haften, als er den hell erleuchteten Raum betrat. Das weiße surrende Licht bestrahlte einen Anblick, der ihm für einen Moment das Blut in den Adern gefrieren ließ.

Hinter ihm erhob sich Scipions Stimme.

»Wie Sie alle wissen, existiert der Ausschuss, der dieses Projekt bisher begleitet hat, nicht mehr.« Er schlüpfte an ihnen vorbei in den Raum. »Die Auflösung fand vor zwei Wochen statt. Noch auf der letzten Sitzung hat man mir eine Unmenge Fragen gestellt. Das war mitunter sehr unangenehm, da ich vieles nicht beantworten konnte, ja manchmal nicht einmal die Fragen verstanden habe. Es ist nicht einfach, etwas zu beerben, das man nicht versteht.«

Er ging zu einem der durchsichtigen Tanks, die an der Seitenwand des Raumes aufgereiht standen, und strich mit seinem Handschuh über die Oberfläche des zentimeterdicken Glases.

»Ich bin kein Ingenieur oder Materialwissenschaftler – und ehrlich gesagt hatte ich bisher auch gewisse Vorurteile gegenüber Leuten, die sich länger als, sagen wir, fünf Minuten mit solchen Dingen beschäftigen.«

Er beugte sich vor und ging mit seinem Gesicht nah an das Glas, tat für einen Moment so, als würde er die Dinge betrachten, die sich dahinter befanden.

»Vorurteile, die sich leider allzu oft bestätigen.«

Mit einem Ruck wandte er sich Abramowa zu.

»Aber natürlich nicht, was Sie betrifft, Madame Abramowa. Mir fällt es manchmal schwer zu glauben, dass Sie Maschinenbauerin sind. Das ist ehrlich gesagt das Einzige, was mich daran hindern könnte, Sie zu heiraten.«

Er lief um den Tank herum und legte seine Hände auf einen massiven Plastikschlauch, der von der Rückseite des Tanks in die Wand führte und von dem ein gedämpftes Rauschen ausging. Mika wagte einen kleinen Schritt nach vorne. Von jedem der etwa zehn Tanks führte ein Schlauch rückseitig in die Wand.

»Aber kommen wir zur Sache, werden wir wesentlich.« Er strich ein paarmal über den Schlauch, dann verschränkte er seine Hände hinter dem Rücken. »Sie sprachen von Fortschritten bei problematischen Substanzen, wenn ich mich recht erinnere.«

Gaj nickte langsam. »Folgen Sie mir bitte.«

Er schob sich an ihm vorbei und lief auf einen der Tanks in der Mitte des Raums zu. Scipion und Abramowa folgten ihm. Mika hielt sich nur mühsam auf den Beinen. Seine

Atemschutzmaske war durchnässt von Schweiß und klebte ihm wie eine zweite Haut auf Mund und Nase. Er hätte alles darum gegeben, sie einfach abzureißen und einen kräftigen Atemzug zu nehmen, egal, wie stickig die Luft war. Die anderen warteten und er beeilte sich.

Gaj zeigte auf eine Stelle im Tank neben sich. Mika hatte Schwierigkeiten, länger als ein paar Sekunden hinzusehen.

»Wie Sie wissen, war die Affizierung eines unter Druck stehenden Behälters unproblematisch.«

Scipion nickte. »Ich erinnere mich.«

»Vorletzte Woche haben wir mit der Affizierung komplexer Bauteile und Geräte begonnen. Sehen Sie sich zum Beispiel das hier an.«

Mika trat neben Scipion und blickte durch die dicke Glaswand.

Es war wie eine Art Fäule.

Schwarze Fäule.

Er überwand sich, schluckte, und ging näher an das Glas, um den Gegenstand zu betrachten, der in einer Ecke des Tanks auf dem Boden lag – oder zumindest das, was von ihm übrig zu sein schien.

»Was ist das?«, fragte Scipion.

»Eine einfache Computerplatine. Ein Prozessor auf einer mehrschichtigen Leiterplatte mit integriertem Kühlsystem«, antwortete Gaj. »Dort, an den Stellen, die noch nicht affiziert sind, können Sie noch Chips, Widerstände und Kondensatoren erkennen. Aber – und jetzt sehen Sie bitte genau hin, und zwar auf die affizierten Stellen – auch hier sind selbst die feinsten Leiterbahnen noch gut zu erkennen. Sie heben sich wie ein Relief ab. Die Affizierung zerstört also nicht die ursprünglichen Strukturen.«

Mika schloss die Augen für einige Sekunden. Sein Kopf pochte.

»Das ist doch nichts Neues!«, hörte er Scipion neben sich zetern. »Die Affizierung hat bis jetzt noch gar nichts zerstört, das wissen Sie seit Monaten.« Scipion wedelte mit den Armen in Richtung der anderen Tanks, in denen zahlreiche Gegenstände lagen, die, so nannte man das offenbar, affiziert waren.

»Aber wir wissen nicht, ob die Strukturen auch funktionsfähig bleiben.«

Scipion seufzte demonstrativ. »Und wie wollen Sie das testen?«, fragte er ätzend und zeigte auf die Platine. »Wollen Sie damit Tetris spielen? Außerdem scheinen Ihre Prototypen, die in Raum B, sehr wohl zu funktionieren. Und es handelt sich dabei meines Erachtens um komplexe, funktionsfähige Einheiten.«

Abramowa meldete sich zu Wort.

»Die Prototypen basieren nicht auf Silizium. Um ihre Steuerung kalibrieren zu können, müssen wir CPU-gestützte Einheiten in ihre Konstruktion einbeziehen, und das tun …«

»Madame Abramowa, bitte machen Sie mich nicht eifersüchtig!«, unterbrach Scipion sie und legte einen Finger vor seine Maske. »Ich weiß, Sie lieben sie. Damit werde ich wohl leben müssen, wenn ich Ihr Herz gewinnen will, mit der Zeit.« Er hielt inne und wandte sich einem anderen Tank zu, in dem er etwas Interessantes entdeckt zu haben schien.

»Nun, Zeit«, sagte er und beugte sich vor, »ist sie nicht auch so etwas wie ein komplexes Bauteil, eine problematische Substanz?«

Mika folgte seinem Blick.

Auf dem Boden des Tanks stand eine kleine vergoldete

Tischuhr mit einem weißen Zifferblatt. Die Affizierung war hier noch nicht weit fortgeschritten, der Anblick im Vergleich zu den anderen Gegenständen in den Tanks erträglicher. Mika ging näher heran.

Die Uhr war nur an einer Stelle des Zifferblatts affiziert, in der Nähe der Vier. Dort befand sich die Störung.

Es war ein kleiner adriger Riss, der die weiße Oberfläche des Zifferblatts über wenige Millimeter durchschnitt. Kein Sprung oder Kratzer, so etwas sah anders aus.

»Geld ist Zeit«, sagte Scipion. »Und Zeit ist Geld. Sehe ich das richtig?«

»Jawohl, Monsieur Scipion.«

Es war ein Klaffen.

Ein winziges, aber bodenloses schwarzes Klaffen, das tiefer schien als das Zifferblatt, tiefer als die ganze Uhr, als der Tank oder der Raum oder die Räume dahinter.

Mika kniff die Augen zusammen und ging vor der Uhr in die Knie. Jetzt erkannte er auch hier, was bei den anderen Gegenständen in einem wesentlich größeren Ausmaß zu beobachten gewesen war.

»Ihre Zeit ist meine Zeit. Und Ihr Geld ist mein Geld, Monsieur Gaj. Nichts tut sich hier. Diese Uhr steht, wahrscheinlich ist sie einfach kaputt. Wenn ich merke, dass Sie mich für dumm verkaufen wollen, dann kann ich sehr hässlich werden.«

Über dem schwarzen Klaffen, das alles Licht aufzufressen schien, war das Zifferblatt intakt. Seine Oberfläche spannte sich wie eine dünne Haut, wie eine Membran über den dunklen Riss, der darunter verlief und kleine Furchen in alle Richtungen abstrahlte wie schwarzes Blut, das in einen Stoff sickerte. Es war nicht so, dass die Membran durchsichtig war und so den Blick auf den Riss darunter freigab. Vielmehr sah man beides zugleich, die Membran und das Klaffen.

Die Membran war das Klaffen und umgekehrt.

»Und ich verspreche Ihnen, dass ich hässlich werde.«

Mika begriff nun.

Was sich bei der kleinen Uhr offenbar in einem Anfangsstadium befand, war bei den Gegenständen in den anderen Tanks weiter fortgeschritten. Er ging ein paar Schritte zurück und blickte die Tanks entlang.

Da waren Tastaturen, Lampen, Bildschirme, Stifte, Gummihandschuhe, Fliesen, Spritzen, Schränke, Schranktüren, Türklinken, Flaschen, Kabel und haufenweise andere Dinge. Alles war an einer oder mehreren Stellen wie mit einem tiefschwarzen Schimmelpilz überzogen, manches nur noch durch seine Form erkennbar. Die Ränder der Affizierungen waren adrig wie schwarze Wunden, die man in die Dinge gerissen hatte. Wunden, die, egal, wie klein oder groß sie waren, immer tiefer gingen als die Dinge selbst, sie durchfraßen und in ein grundloses Schwarz zu führen schienen. Ein seltsam elektrisches, totes Schwarz, das auf die intakte Oberfläche der Dinge projiziert war, wie ein fotografisches Negativ. Erschrocken stellte Mika fest, dass auch die Böden und Wände der Tanks an einigen Stellen angegriffen waren.

»Ach«, stöhnte Scipion. »Zeigen Sie mir die Prototypen.« Er wandte sich an Abramowa. »Zwanzig Zentimeter. Grauenvoll. Ich will sie sehen. Bitte nach Ihnen.«

Die Gruppe bewegte sich auf das Ende des Raums zu. Dort befand sich eine weitere Schleusentür zwischen den letzten beiden Tanks. Mika senkte den Blick auf den Boden. Es verursachte eine Art von Übelkeit, etwas gleichzeitig zu sehen und nicht zu sehen.

Im Tank neben der Schleuse stand ein Feuerlöscher. Er war beinahe vollständig affiziert und sah aus wie ein dreidimensionaler Schatten eines Feuerlöschers. Boden, Zylinder und Ventil schienen nur noch aus einer einzigen toten Haut zu bestehen, in der nichts zu sehen war außer bodenloser Schwärze. Oder einfach nichts.

Die Schleuse fauchte auf. Abramowa, Gaj und Scipion verschwanden nacheinander darin.

Als Mika die Schleuse betreten wollte, hatte er für den Bruchteil einer Sekunde den Eindruck, dass sich neben ihm, im Tank mit dem Feuerlöscher, etwas bewegt hatte. Ein kurzes Zappeln nur, längst verschwunden, bevor er hatte aufblicken können. In dem schwarzen Schlauch, der vom Tank in die Wand neben der Schleuse führte, knisterte etwas.

5

Und wo ist er jetzt?«, fragte Noller entsetzt.

»Wahrscheinlich bei den Tieren. Zusammen mit Marfa, Gaj und Scipion.«

»Hat Scipion etwas gemerkt?«

»Ich glaube nicht. Das Ganze war ihm sicher verdächtig, aber Gaj ist locker geblieben.« Iwan Borowski lehnte sich zurück und spannte die Arme hinter seinem Kopf. »Er und Marfa, beide professionell, das hättest du sehen sollen.«

»Überhaupt nichts ist hier professionell, Iwan.«

»Überrascht dich das?«

Noller ließ sich ins Sofa zurücksinken und tastete seinen Kittel nach einer Zigarettenschachtel ab.

»Was werden wir mit ihm machen?«

»Das müssen Volkow und Gaj entscheiden.«

»Wir werden ihn Scipion überlassen.«

Iwan Borowskis Gesicht verzog sich.

»Das kannst du nicht machen. Wir haben Scipion belogen. Wenn er das erfährt, wird er mehr Fragen stellen, als uns lieb ist.«

»Wir belügen Scipion schon die ganze Zeit.«

Borowski schwieg.

Noller beugte sich vor. »Und er weiß es.«

»Was weiß er?«

Noller seufzte. »Glaubst du ernsthaft, dass Nowortec noch denkt, dass wir dieses Zeug *herstellen*? Dass wir ihnen damit irgendwelche Entsorgungsdrohnen und Abfallcontainer für radioaktiven Müll bauen? Oder Strahlenkanonen? So dämlich ist kein Mensch, Iwan. Unsere Arbeit stagniert seit Monaten. Wir können ihnen nichts bieten, außer neuen, größeren Tieren und schwarz gewordenem Krempel.«

»Warum bezahlt Scipion uns dann noch?«

Noller starrte auf das Telefon auf dem Tisch.

»Wenn wir Glück haben, und nur dann, machen irgendwelche Investoren Druck. Vielleicht gibt es Vereinbarungen, von denen wir nichts wissen. Irgendwelche Fristen, die Nowortec einhalten muss, was weiß ich. Wenn wir Glück haben. Denn dann bleibt uns noch etwas Zeit.« Er nahm einen der überfüllten Aschenbecher vom Tisch und schwenkte ihn in der Hand. Etwas Asche rieselte aufs Sofa und auf seinen Kittel. »Wahrscheinlicher ist aber, dass sie begriffen haben, was hier eigentlich passiert. Dass wir nichts weiter tun, als eine mögliche Katastrophe einzudämmen.«

»Warum bezahlt Scipion uns noch?«

»Das willst du nicht wissen.«

Noller stand auf und leerte den Aschenbecher in der Plastiktonne neben der Tür aus. Er sah, wie es in Iwan Borowskis Kopf arbeitete. Seine Pupillen flatterten hin und her, als würde er lesen.

»Meinst du, Jegor oder Mosche haben uns verraten?«

»Das will ich ihnen nicht unterstellen. Aber wir müssen diese Möglichkeit in Betracht ziehen. Es ging um sehr viel Geld, Iwan. Nowortec ist kein Umweltschutzverein. Man wird damals nichts unversucht gelassen haben, die Wahrheit über unsere Unternehmung herauszufinden.«

»Warum sind Jegor und Mosche weg? Und warum ist Jegor tot?«

»Das weiß ich nicht.«

»Aber du hast eine Idee.«

Noller nickte und klopfte Asche am Rand der Mülltonne ab.

»Denkst du, Nowortec steckt dahinter?«

»Ich weiß es nicht.« Noller zündete sich eine Zigarette an.

»Und was ist mit Defprom?«

Noller zuckte mit den Schultern. »Keiner weiß genau, was Defprom ist.«

»Kann ich einen Zug haben?«

Noller reichte ihm die Zigarette.

»Was ist in deinem Kopf, Norbert?«

»Das willst du nicht wissen.«

6

Mika schloss die Augen für einen kurzen Moment. Die Wand hinter seinem Rücken war das Einzige, das ihn hielt. Kalter Schweiß lag auf seiner Stirn, lief an den Bändern seiner Maske vorbei. Er versuchte, gleichmäßig und langsam zu atmen und mit dem wenigen Sauerstoff, der zu ihm durchdrang, auszukommen. Und vor allem, sich nicht anmerken zu lassen, dass er das, was er eben gesehen hatte, zum ersten Mal gesehen hatte.

Als er die Augen wieder aufmachte, war alles wieder da: das grüne Licht. Die Fliesen auf dem Boden und an den Wänden. Die Tanks, durch massive Schläuche mit den Wänden dahinter verbunden.

Scipion schob sich davor. »Ist Ihnen nicht gut?«, fragte er.

Es fiel Mika schwer, Scipion zu fixieren – und nicht das, was sich hinter Scipion und den anderen in den Tanks bewegte.

Beinahe hätte er irgendetwas geantwortet.

»Er verträgt die Luft nicht. Er hatte schon beim ersten Mal beinahe einen Kollaps«, sagte Gaj ruhig und legte seine Hand auf Mikas Schulter. »Bad air, heh?«

Mika nickte und stierte Scipion aus halb offenen Augen an.

»Amerikaner«, sagte Scipion abfällig und wandte sich den Tanks zu.

Mika hätte am liebsten die Augen wieder geschlossen.

Aber er musste hinsehen.

Es waren Hunderte.

Sie waren schwarz, aber schimmerten leicht wie Schmeißfliegen. Sie verteilten sich über vier große Tanks, deren transparente Seitenwände deutlich massiver waren als die im letzten Raum.

Das waren so etwas wie Terrarien, voller schwarzer Körper, die sich bewegten.

Scipion befahl mit einem Fingerschnippen Abramowa zu sich und zeigte auf den letzten Tank an der hinteren Wand.

»Sind das die Neuen?«, fragte er.

Sie nickte.

»Grauenhaft.«

Sie waren wie Insekten, nur größer.

»Ich möchte Ihnen einmal etwas sagen, Madame Abramowa. Das ist grauenhaft, aber es beeindruckt mich nicht. Das alles beeindruckt mich schon lange nicht mehr. Oder kommt es etwa auf die Größe an, Madame Abramowa?«

Mika merkte, wie ihm schwindlig wurde.

Trotzdem musste er hinsehen.

Die meisten waren klein, höchstens so groß wie ein Feuerzeug oder eine Streichholzschachtel. Einige hatten das Format einer Faust. Doch das, was Scipion mit seinen Blicken verfolgte, war größer als eine geöffnete Hand.

»Entscheidend ist, wie immer, die Kontrolle«, sagte Scipion. »Ich muss also erneut danach fragen, Monsieur Gaj. Haben Sie Ihre Angelegenheiten unter Kontrolle? Oder können Sie absehen, wann Sie diese Angelegenheit hier unter Kontrolle bekommen werden? Ich kann im Augenblick jedenfalls keine Kontrolle erkennen.«

Manchmal stießen zwei an den Wänden zusammen und krochen blind übereinander her.

Ständig rieselten welche von der Decke des Tanks, ein flimmernder schwarzer Regen, der auf einen unaufhörlich zappelnden Grund fiel.

»Ich kann wieder einmal nur auf den bevorstehenden Versuch verweisen, Monsieur Scipion. Wie Sie wissen, handelt es sich dabei um den ersten einer ganzen Reihe von Versuchen, die in gewisser Weise mit der Gewinnung von Kontrolle zu tun haben.«

Die Proportionen waren seltsam. Deswegen hatte er die Umrisszeichnungen vorhin und in Karadschows Haus nicht einordnen können.

»Ihre Aufrichtigkeit ehrt Sie, Monsieur Gaj. Ich kann Ihnen das gar nicht hoch genug anrechnen. Wirklich, Sie sprechen mir aus der Seele.«

Selbst die Beine der Körper, die die Größe einer Faust oder einer Hand hatten, waren dürr und flimmernd, wie Haare oder Gras. Aber sie schienen auszureichen, um die klobigen Rümpfe zu tragen. Mika wollte sie genauer anschauen, aber dazu hätte er näher hingehen müssen.

»Monsieur Scipion, ich bin Wissenschaftler, ich kann nicht erwarten, dass Sie alles verstehen, was hier vor sich geht. Sie sollten das auch nicht tun. Sie halten sich an Ihre Aufgaben und wir uns an die unseren. Bis jetzt sind wir alle, meines Erachtens, auf diese Weise sehr gut gefahren.«

Mika ging näher, machte ein paar kleine Schritte auf einen Tank zu. Erst jetzt fiel ihm auf, dass außer dem Rauschen der Wandschläuche und den Stimmen der anderen nichts zu hören war. Die Bewegungen der schwarzen Körper vollzogen sich in völliger Ruhe, auch das ständige Stürzen und Stoßen gegen die Tankwände blieb absolut geräuschlos.

»Laborversuche kranken immer, Monsieur Gaj. Zu wenig Variablen, zu viel Anschein von Kontrolle. Man muss kein Wissenschaftler sein, um das zu begreifen. Diesen

Dingen hier fehlt der Bezug zu dem, was man ›Draußen‹ nennt. Ich bin Ihr ›Draußen‹. Eine Variable, eine Einflussgröße, die Sie nicht unterschätzen sollten, Monsieur Gaj.«

Die Körper waren gegliedert. Es gab Einschnitte, nur durch dünne knochenartige Stränge überbrückt. Vorne und hinten konnte Mika nicht unterscheiden. Sie schienen sich in alle Richtungen gleich gut bewegen zu können.

»Dann muss ich Sie wohl einsperren.«

Scipion lachte laut.

»Ich kann mir nicht helfen, aber ich mag Sie, Gaj. Auch wenn ich manchmal glaube, Sie sind nicht von dieser Welt.«

Augen oder etwas Ähnliches konnte Mika nicht erkennen. Stattdessen gab es unterschiedlich lange Reihen von leicht hervorstehenden Löchern an den Seiten. Und Haare. Millionen feinste Härchen bedeckten die Körper. Sie flimmerten wie Wind, der über ein schwarzes Feld ging. Daher kam der Glanz.

»Es wird Ihnen guttun, wenn Sie einmal rauskommen. Genau so, wie es mir guttut, wenn ich mich hier unten herumtreibe. Ein wenig diese Laborluft genießen, dieses Gefühl von Kontrolle, von Einschränkung, Übersicht, Beherrschung. Alles Dinge, die meinem Alltag durchaus abgehen.«

Was sollten die Löcher?

Mika ging vorsichtig in die Knie. Er musste aufpassen, dass er dabei nicht umkippte, sein Gleichgewicht litt an dem wenigen Sauerstoff.

Direkt vor ihm, in der unteren Ecke des Tanks, wurde gerade einer von mehreren anderen gegen die Glaswand gedrückt.

Mika ging näher ran.

Die Löcher an der Seite des Rumpfs hatten alle etwa

denselben Durchmesser, maximal einen halben bis ganzen Zentimeter. Da alles nahezu konturlos schwarz war, konnte Mika nicht viel erkennen. Doch in jedem der Löcher befanden sich Ringe, ineinandergreifende Ringe, die immer tiefer nach innen führten.

»Dann schlage ich vor, wir widmen uns jetzt ganz dem Experiment, Monsieur Scipion.«

Die Ringe pulsierten in unregelmäßigen Abständen.

»Ja, es wäre an der Zeit. Sie haben ohnehin noch genug zu tun heute Nacht. Ich habe Sie schon lange genug aufgehalten.«

Manchmal schnellte einer der vorderen Ringe aus den Löchern hervor, schien sich dabei mit den davor- und dahinterliegenden Ringen zu verschränken, zu verzahnen. Wie ein kleines Mahlwerk.

»Nach Ihnen, Madame Abramowa.«

Es waren Zähne. Sie versuchten, das Glas zu packen, doch die Oberfläche des Tanks war zu glatt.

Etwas legte sich auf Mikas Schulter. Es war Gajs Hand.

Ruckartig stand er auf und versuchte, den Schwindel zu ignorieren, der ihm augenblicklich dunkle Schwaden durch den Kopf trieb und ein stilles Feuerwerk vor seinen Augen entzündete. Weit hinter sich, in der grünen Dämmerung, vernahm er das Zischen einer Schleusentür. Nahezu blind ging er dem Geräusch nach, folgte Schritten, bis aus grünem Licht weißes wurde und dicht hinter seinem Rücken eine Hydraulik einrastete. Langsam klärte sich das Bild, begleitet vom Geräusch schnalzender Latexhandschuhe, die in einem Plastikbeutel landeten, den Gaj aufhielt. Mika befreite seine Hände, nahm die Maske ab und wischte sich Schweiß aus dem Gesicht.

Gaj sah ihm dabei lange und finster in die Augen, Abramowa öffnete die Ausgangstür. Dicke Metallbolzen verschwanden in den Wänden und in Mikas Ohren knackte es wieder.

Als er kurz darauf mit den anderen in einen schmalen, aber langen Flur hinaustrat und die Tür sich hinter ihnen zusammenschob, sah er, dass ein großes B darauf stand.

7

Norbert Noller hatte den Aufenthaltsraum verlassen. Vor ihm erstreckte sich der lange weiße Flur, an dessen Ende 218 lag. In einiger Ferne, auf halber Höhe des Flurs, sah er eine Gruppe von Leuten, die vor Raum B herumstanden. Er erkannte Scipion, Abramowa und Gaj.

Und da war noch jemand, den er nicht kannte.

Das musste dieser Mikkelsen sein, von dem Iwan erzählt hatte. Es war ein ungewohntes Gefühl, jemanden nicht zu kennen. Noller hatte seit einer gefühlten Ewigkeit keinen neuen Menschen kennengelernt. Er sah zwar jeden Tag Dinge, die ihm immer noch unbekannt und seltsam vorkamen – aber die Leute, mit denen er das zusammen machte, hätte er in einem völlig dunklen Raum allein schon am Geruch unterscheiden können.

Er ging auf die Gruppe zu.

Zweifellos hatten sie ein Sicherheitsleck. Aber wenn er Iwan richtig verstanden hatte, wusste Mikkelsen einige Dinge über Rosenbusch, die sie nicht wussten. Möglicherweise war seine Anwesenheit ein Glücksfall, denn sie brauchten Rosenbusch um jeden Preis. Was sie dafür jedoch benötigten, war eine ruhige Minute mit Mikkelsen ohne Scipion. Das konnte schwierig werden, aber vielleicht ließ sich dazu das Experiment nutzen.

Jetzt konnte er ihre Stimmen hören.

Scipion redete auf Abramowa ein, die an der Wand lehnte und die Hände in ihrem Kittel vergraben hatte. Gaj und Borowski standen etwas abseits und besprachen ein Papier, das Gaj in den Händen hielt. Mikkelsen stand daneben und blickte ihm mit einem hohlen Gesichtsausdruck entgegen.

Er sah aus, wie Noller sich fühlte.

NEBENRAUM

Irgendetwas war anders. Tiefschwarz war zu Dunkelrot geworden. Es war auch etwas zu hören gewesen, eine Tür vielleicht.

Kolja Blok schreckte auf. Helligkeit schoss in seine Augen und er hob die Hand vors Gesicht.

»Entschuldigung!«

Es war Marats Stimme. Blok hörte ihn atmen. Er roch nach nasser Uniform.

Blok nahm langsam die Hand weg und sah zu ihm auf.

»Wie spät ist es?«

Marat sah auf seine Uhr. »Kurz nach vier.«

»Irgendetwas vorgefallen?«

»Alles ruhig. Nur in der Borowaja gab es einen kleinen Zusammenstoß. Aber der hatte nichts mit dem Stromausfall zu tun. Dnjeprow, Lem und Nemzow sind noch unterwegs.«

Blok brauchte etwas, um wach zu werden.

»Ist der Strom wieder da?«

»Immer mal wieder.«

Blok rieb sich die Stirn. Das erklärte die Helligkeit.

»Konnen Sie einen Kaffee machen?«

Marat lief zur Tür. Auf dem Absatz drehte er sich noch einmal um.

»Mit Irina Rosenbusch ist auch alles glattgegangen.«

Blok nickte freundlich. Erst dann begriff er, was er eben gehört hatte.

»*Was* ist glattgegangen?«, fragte er.

»Der Fahrdienst. Ich habe sie nach Hause gefahren.«

»Wie bitte?«

Marat schob die Hände in die Taschen. »Sie saß unten. Als ich zurückkam, sprach sie mich an. Ich solle sie nach Hause bringen, Sie hätten das angeordnet.«

Blok schloss die Augen.

»Miststück.«

FUSIONSKONTROLLE

1

Die Luft in 218 stand still. Kaum jemand wagte es zu atmen, nachdem Iwan Borowski die Startroutinen eingeleitet hatte. Selbst Scipions Türsteher glotzten auf die Oszillografen und Monitore, die von der Decke hingen. Alle waren da, um dem Moment beizuwohnen. An die zwanzig Techniker, dazu Boris Volkow und Leonid Gaj, Dan Feng, Marfa Abramowa, Sawtschenko, Scipion – und Mika Mikkelsen. Iwan Borowski rutschte mit seinem Stuhl zurück und stand auf, ohne den Blick von seinem Bildschirm abzuwenden, auf dem Unmengen von Zahlen von unten nach oben durchliefen.

»Das Fragment wird nun ionisiert«, sagte er.

Noller fuhr sich über die Bartstoppeln.

»Ist die Korona stabil?«, fragte er Volkow, der zusammen mit Gaj vor einer Reihe parallel geschalteter Monitore am anderen Ende des Raums stand.

»Sieht gut aus. Das Target sitzt ausreichend fest«, sagte Volkow, ohne sich abzuwenden.

Noller rieb sich zufrieden die Finger. Nichts anderes hatte er erwartet.

Erst jetzt bemerkte er, dass Iwan offenbar schon eine ganze Weile versuchte, seinen Blick aufzufangen, und ihn mit einem riesigen Fragezeichen auf der Stirn ansah. Noller nickte ihm behutsam zu. Iwan erwiderte sein Nicken und schob sich, mit dem Rücken voran, unauffällig zwischen ein paar Techniker. Niemanden schien es zu interessieren.

Ein paar Detektorschirme sprangen an.

»Es geht los«, sagte Noller laut und hoffte, dass Scipion und seine Männer am Ball blieben, auch wenn es nicht viel zu sehen geben würde. Ein tiefes Brummen und Schleifen drang durch die Wand aus Plexiglas, durch die man den über dreißig Meter langen Van-de-Graaff-Kessel im Raum nebenan beobachten konnte, der sich im Moment elektrisch auflud.

»Was ist das für ein Geräusch?«, fragte Scipion.

»Ein Bandgenerator. Er erzeugt die Spannung zwischen Terminal und Target.« Aus den Augenwinkeln beobachtete Noller, wie Iwan sich langsam und Schritt für Schritt durch die Menge auf Mikkelsen zuarbeitete. »Wenn die Spannung groß genug ist, lassen wir die Fragmente aufeinander los.«

»Wie groß?«, fragte Scipion.

»Mehrere Millionen Volt.«

Scipion und seine Männer machten ein paar Schritte von der Scheibe weg.

»Wo haben Sie dieses Ding her?«, fragte Scipion und zeigte auf den Kessel.

Volkow drehte sich auf seinem Stuhl um.

»Das meiste stammt aus einem Keller des Fermilab in Amerika. Die Anlage wurde abgeschaltet, als der LHC in Genf in Betrieb ging.« Er wandte sich wieder seinem Arbeitstisch zu, der von Kabeln, Zetteln und Taschenrechnern bedeckt war. »Danach war in Chicago sozusagen Flohmarkt.«

Das Brummen wurde lauter.

Scipions Gesicht verfinsterte sich. »Wenn Sie das hier in

einem Garagenverkauf besorgt haben, wieso bringen Sie dann Nowortec mit jeder Rechnung an den Rand des Ruins, Monsieur Volkow?«

Volkow gab gerade ein paar Daten ein.

»Können wir das später besprechen?«

»Nein.« Scipion wurde rot im Gesicht.

Noller sah, dass Iwan kurz davor war, Mikkelsen zu erreichen. Scipions Ärger kam der ganzen Sache sehr gelegen, so merkte er nicht, was nebenher passierte.

»Van-de-Graaff-Anlagen«, erklärte Volkow, »gibt es seit den dreißiger Jahren. Jede anständige Universität hat eine. Doch für das, was wir hier machen, waren Modifikationen notwendig. Um Fragmente der Anomalie in einer nennenswerten Größe zu beschleunigen, mussten wir die Ionenquelle umstrukturieren, außerdem die Stickstoffzufuhr und das Rohrsystem ausdehnen. Der Behälter wurde verlängert, um beinahe zwanzig Meter, und damit die Widerstandsketten der Beschleunigerrohre …«

»Danke, das genügt, Monsieur Volkow.«

Iwan Borowski hatte Mikkelsen erreicht und flüsterte ihm etwas ins Ohr. Mikkelsen sah nach wie vor elend aus.

»Die Elektrode wird jeden Moment die Versuchsspannung erreichen«, sagte Noller, um Scipions flüchtige Aufmerksamkeit zu erhalten.

»Sie dürfen auch nicht vergessen, dass wir die Fragmente nur über ein extrem starkes und stabiles Magnetfeld in den Beschleuniger bringen können, ohne weiteres Fremdmaterial zu affizieren«, sagte Volkow.

Boris, halt die Klappe, dachte Noller. Das waren Informationen, die Scipion nicht wissen musste. Gleichzeitig beobachtete er, wie Iwan langsam zur Tür lief, gefolgt von Mikkelsen. Jeden Moment waren sie draußen.

»Noch etwa zehn Sekunden«, rief Gaj von seinem Terminal aus.

Scipion und seine Leute schienen nicht zu wissen, ob sie auf den orangefarbenen Kessel oder auf die Monitore starren sollten. Scipion verschränkte die Arme vor der Brust. Sein Blick bekam etwas Ungeduldiges.

»Fünf Sekunden«, sagte Gaj.

Das Brummen aus dem Nebenraum hatte die Maximallautstärke erreicht. Der Boden begann leicht zu vibrieren. Noller hoffte, dass das Ladungsband der Belastung standhalten würde. Sie hatten die Motoren, zwischen denen es wie ein Keilriemen hindurchlief, notdürftig frisieren müssen, um auf die benötigten zehn Millionen Volt zu kommen. Im Grunde war dies keine Van-de-Graaff-Anlage. Es war eine physikalische Dreckschleuder.

»Jetzt«, murmelte Gaj.

Die Techniker sammelten sich vor den Detektorschirmen.

Auf einem erschien eine lose Ansammlung von Punkten, die sofort mit algorithmisch sequenzierten Kurven durchzogen und miteinander verbunden wurden. Das Brummen verstummte und der Boden beruhigte sich. Noller sah zu Iwan, der mit Mikkelsen in der Tür stehen geblieben war.

Es sah gut aus.

Aber er brauchte eine andere Information. Eine einzige essentielle Information.

»Wie stark ist das Magnetfeld im Target belastet?«, fragte er Volkow.

Volkow wusste, worauf er hinauswollte.

»Mehr als vor der Kollision.«

Noller lief hin.

»Ist der Wert plausibel?«

»Null Komma null drei zwei.«

Noller blieb stehen und nickte langsam.

Etwas Großes und Schweres glitt ihm in diesem Moment von den Schultern, ein gedehntes Aufatmen strich durch den ganzen Raum.

Wir können es aufhalten, dachte er. *Es ist möglich, es aufzuhalten.*

Noller wollte ein kurzes Lächeln in Richtung Tür schicken, aber sie hatte sich bereits geschlossen.

2

Iwan Borowski saß Mika gegenüber und sagte lange nichts. Schließlich hob er sein Gesicht aus den Händen und sah Mika aus geröteten Augen an, die in grauen Höhlen steckten. Dann begann er, an den Papptüren eines alten Adventskalenders zu nesteln, der zwischen ihnen auf dem Tisch lag, und hielt Mika ein Stück Schokolade hin.

»Das entspannt.«

Mika nahm die Schokolade. Kauend warf er einen Blick zur Tür. Er war mit Borowski allein, doch jederzeit konnte wieder jemand auftauchen.

»Sie haben das gut gemacht, vorhin.«

Mika schüttelte langsam den Kopf. »Ich habe überhaupt nichts gemacht.«

»Vielleicht haben Sie Recht.«

Mika holte tief Luft.

»Ich hätte das alles nicht sehen dürfen.«

»Nein.«

Mika sah zum Schacht hoch, unter dem die Leiter stand.

»Ich kann nicht einfach wieder gehen?«

»Sie würden nicht weit kommen.«

Borowski öffnete ein weiteres Türchen des Kalenders.

»Was passiert jetzt?«

»Das weiß ich nicht.« Borowski beugte sich vor. »Wenn es nach mir ginge – ich würde Sie eine meterlange Verschwiegenheitserklärung unterschreiben lassen, Ihnen eine Zahnbürste besorgen und Sie hier einquartieren, bis die Sache vorbei ist. So wie das eben ausgesehen hat, könnte sie in ein paar Monaten vorbei sein.«

»Und wenn es nicht nach Ihnen ginge?«

Borowski schüttelte langsam den Kopf.

»In jedem Fall werden Sie hierbleiben.«

Borowski entdeckte ein neues Stück Schokolade im Kalender und kaute es mit gerunzelter Stirn.

»Sie sagten, Sie hatten Kontakt zu Irina Rosenbusch?«

Mika nickte.

»Und Sie haben vielleicht eine Ahnung, wo sie oder, besser noch, wo ihr Mann sein könnte?«

Mika zuckte mit den Schultern. Er hatte Mosche Rosenbuschs Notiz in seiner Jackentasche. Der Gesuchte würde in wenigen Stunden an einem bestimmten Ort sein, so viel war sicher.

Borowski lehnte sich zurück, sein Gesicht wurde ungeduldig.

»Können Sie nichts sagen, oder wollen Sie nicht?«

Mika schwieg.

Borowski strich die Türchen des Kalenders glatt und schob ihn schließlich auf die Seite. »Ich kann Ihnen nur raten, mit mir zu sprechen, bevor Sie mit Scipion sprechen müssen.«

Mika zuckte zusammen. Der Gedanke daran war erschreckend. Doch er wollte niemanden verraten, vor allem wollte er Irina nicht in Schwierigkeiten bringen. Die Frage war nur, ob er überhaupt noch eine Wahl hatte.

»Was ist das alles hier?«, fragte er leise.

Borowski seufzte.

»Wonach sieht es denn aus?«

Mika sah Borowski hilflos an.

»Nach etwas, das mich nichts angeht …«

»Inzwischen geht es Sie etwas an!«, unterbrach ihn Borowski und massierte sich die Schläfen. Einen Moment schwieg er, um zu überlegen. Seine Augen hefteten sich dabei auf die geschlossene Tür zum Flur.

»Es ist ansteckend«, murmelte er nach einer Weile.

»Was?«

»Das, was Sie in den Tanks gesehen haben. Wir nennen es Affizierung. Aber das ist ein Euphemismus. Er suggeriert Steuerung und Kontrolle.«

»Wovon reden Sie?«

»Infektion wäre der bessere Ausdruck.« Borowskis Pupillen wanderten hektisch hin und her. »Progrediente Zerstörung von Materie auf subatomarer Ebene. Das Experiment eben, die Restabilisierung, hat funktioniert. Doch wir haben ein Sicherheitsproblem. Dabei müssen Sie uns helfen.«

»Progredient?«, fragte Mika.

»Fortschreitend. Anfangs langsam. Nur Feststoffe sind betroffen, keine Flüssigkeiten oder Gase, glücklicherweise. Es geht nicht durch die Luft. Ansteckungen sind erst nach etwa drei Tagen mit bloßem Auge erkennbar.« Borowskis Pupillen wurden schneller. »Nach einer Weile sind es einige Millimeter pro Tag. Irgendwann wird es stündlich mehr.«

Mika holte tief Luft. »Sie meinen das Schwarze?«

»Es ist nicht schwarz. Das sieht nur so aus. Zerstörte

Materie absorbiert kein Licht. Es ist so etwas wie Gegenlicht oder Antilicht, wenn Sie so wollen. Negativ. Schon absorbiert.«

»Von wo?«

»Keine Ahnung. Von der anderen …«

Hinter der Tür war ein dumpfes Knacken zu hören.

»Von der anderen was?«

Borowski hob den Finger vor den Mund.

Die Tür öffnete sich langsam, und Scipions Kopf schob sich durch den Spalt. »Es freut mich zu hören, dass Sie sich die Zeit nehmen, Ihrem Kollegen ein wenig Russisch beizubringen, Monsieur Borowski.«

3

Norbert Noller hatte ein ungutes Gefühl. Seit über zehn Minuten waren Mikkelsen und Borowski weg. Und seit einer Minute war Scipion weg. Neun Minuten hatten sicher nicht gereicht, um an alle wichtigen Informationen zu kommen.

Aber das war nicht das Problem. Das Problem war, dass Scipion sich keine einzige Minute Zeit lassen würde.

Noller arbeitete sich durch den Raum zu Gaj, der sich zusammen mit Marfa von ein paar Technikern mit einer geschüttelten Sprudelflasche bespritzen ließ. Keiner hatte Sekt besorgt, aber das schien auch niemanden zu stören. Die Stimmung war – den Umständen entsprechend – großartig, Noller hatte die Leute seit Monaten nicht mehr so ausgelassen erlebt. Er hatte nicht die geringste Lust, den Spielverderber zu geben.

Aber er hatte keine Wahl. Leonid Gajs Gesicht verfinsterte sich schlagartig, als ihre Blicke sich trafen. Gaj legte seine Hand auf Marfas Schulter und drehte sie zu sich. Auch ihr Lächeln verschwand, sobald sie Noller erblickt hatte. Sie nickte ruhig und zu dritt kämpften sie sich durch die Feiernden in Richtung Tür.

»Scipion ist weg«, rief Noller gegen den Lärm an und trat in den Flur.

Gaj wischte sich den Sprudel aus dem Gesicht und sah ihn fragend an.

»Dieser Mikkelsen muss hier raus«, sagte Noller ruhig und schloss die Tür zu 218. Sofort wurde es still im Flur. »Scipion wird ihn …«

»Hört ihr das?«, fragte Marfa.

Gedämpfte Schreie drangen den Flur entlang. Noller begann zu laufen. Gaj und Marfa folgten dicht hinter ihm.

Was sich in Raum 208 abspielte, verschlug Noller augenblicklich den Atem. Der ganze Raum roch nach Tankstelle. Einer von Scipions Leuten presste Mikkelsen mit dem Unterarm an der Kehle gegen die Wand. Scipion selbst stand am Tisch, auf dem ein offener Kanister mit Verdünner stand. Ohne Mikkelsen aus den Augen zu lassen, zog Scipion darin eine kleine Spritze auf. Borowski stand im Hintergrund und sah Noller flehend an. Mikkelsen keuchte.

Leonid Gaj trat, ohne zu zögern, auf Scipion zu und legte ihm seine Hand auf den Unterarm. Scipion hielt inne.

»Wer ist er, Monsieur Gaj?«, fragte er, ohne den Blick von Mikkelsen abzuwenden.

Noller schickte stille Stoßgebete in sämtliche Richtungen.

»Jemand, den wir brauchen«, sagte Gaj ruhig.

»Er ist kein Amerikaner.«

»Das ist auch nicht nötig, Monsieur Scipion.«

Gaj nahm Scipion in einer langsamen Bewegung die Spritze ab, drückte den Verdünner in den Kanister zurück und legte die Spritze auf den Tisch. »Wir wissen auch nicht, woher er ist. Das ist jedoch hinsichtlich seiner Nützlichkeit für uns vollkommen irrelevant.«

»Telaton. Batavia«, keuchte Mikkelsen.

Scipion zog seine dünnen Augenbrauen zusammen.

»Ich bedaure, ich werde die Quantenphysik niemals begreifen.« Er griff nach der Spritze und führte sie zum Kanister zurück.

»Im Grunde ist es ganz einfach«, sagte Gaj und blickte Mikkelsen in die Augen.

»Sie wissen, wo wir Rosenbusch finden, nicht wahr?«

Noller sah, wie Mikkelsen sich an einem Nicken versuchte. Ein feuchtes Röcheln drang aus seiner gequetschten Kehle.

Gaj wandte sich an Scipion. »Und? Wissen Sie, wo wir Rosenbusch finden?«

Scipion sagte nichts.

Noller wäre am liebsten vor Gaj in die Knie gegangen. Gaj hatte zehn Seiten für seinen Doktortitel gebraucht. Wieder einmal begriff er, warum.

»Es sieht so aus, als hätten auch Sie die eine oder andere Lücke in Ihrem System«, sagte Gaj.

Scipion legte die halb volle Spritze auf den Tisch.

»Nun gut, Monsieur Gaj, was schlagen Sie vor?«

Gaj wies mit einem kurzen Kopfnicken in Richtung des Röchelns.

»Sie borgen ihn uns. Nur für heute Nacht. Danach können Sie mit ihm machen, was Sie wollen. Ça marche!«

Scipion schien kurz nachzudenken. Dann zeigte er auf

den Mann, der Mikkelsen gegen die Wand drückte. »Serge wird mitgehen.«

»Damit können wir leben«, sagte Gaj und warf Noller einen kurzen Blick zu.

Noller atmete tief durch, als er sah, wie Serge von Mikkelsen abließ. Der knickte ein und fiel hustend vor dem Mann auf die Knie.

»Beenden wir für heute diese unselige Verstrickung von Forschung und der sehr freien Marktwirtschaft«, sagte Gaj und hob den Blechdeckel auf, der neben einem angebrochenen Adventskalender auf dem Boden lag, und presste ihn auf den Kanister. »Morgen ist auch noch ein Tag.«

Scipion winkte die restlichen Türsteher zu sich und schickte sie nach einer kurzen Unterredung nach draußen.

»Wer ist sonst noch dabei?«, fragte er.

Noller sammelte sich und trat vor.

»Erst einmal Iwan Borowski.«

Scipion verzog das Gesicht, ohne sich zu Borowski umzuwenden. »Er kennt sich ja bestens dort oben aus. Nun, Sie werden wissen, was Sie tun.«

»Gaj geht mit und Frau Abramowa«, sagte Noller.

»Das klingt schon besser. Was ist mit Ihnen?«

»Mit Serge und Mikkelsen ist der Transporter voll. Wir brauchen Platz für den Tank.«

Noller warf einen Blick auf Mikkelsen, der immer noch am Boden kniete und leise vor sich hin stöhnte. Noller war sich nicht sicher, ob er ihm die bevorstehende Fahrt überhaupt zumuten konnte. Aber es war die einzige Möglichkeit, ihn vor Scipion zu bewahren.

»In fünf Minuten an der Schleuse«, sagte Gaj zu Iwan und Marfa. Geschlossen verließen sie den Raum. Serge hob Mikkelsen auf und führte ihn auf den Flur hinaus.

Noller wollte hinterher, doch Scipion drückte die Tür vor ihm zu.

»Unter uns, Monsieur Noller«, sagte er leise. »Gaj ist ein guter Mann. Ich bin sicher, dass er seine Angelegenheiten unter Kontrolle bringen wird. Aber in einer Sache hat er sich geirrt.«

Noller sah ihn fragend an. Scipion rekelte sich in seinem Anzug zurecht.

»Abgesehen von diesem Fauxpas mit Rosenbusch …«, er spitzte den Mund, »abgesehen davon gibt es keine Lücken in meinem System, Monsieur Noller.«

FREMDKÖRPER

1

Eine Fliege landete auf Oleg Jakowlews linker Hand. Er scheuchte sie nicht weg, sondern sah zu, wie sie ihm übers Handgelenk den Arm hinaufkrabbelte, dort einige Male im Kreis umherirrte und nach einem kleinen Umweg über die dünne Haut seiner Armbeuge den Weg zurück einschlug. Jakowlew seufzte. Jetzt lässt du dich schon von Fliegen streicheln, dachte er.

Er hob seine Hand in den Lichtkegel der Schreibtischlampe und betrachtete sie. Die Haut war uneben und fleckig wie Baumrinde. Er drehte seine Hand vorsichtig eine Weile hin und her, dann schüttelte er die Fliege ab und beschloss, sich lieber etwas anderes anzuschauen, und ging ans Fenster.

Der Mond stand tief zwischen den Häuserzeilen der Straße, eingerahmt von einem fahlgelben Saum winziger Wolken. Vom anderen Ende der Straße her schob sich eine dichte Wolkendecke voran. Vermutlich würde es noch einmal schneien. Es war halb fünf. In drei Stunden würde er endlich im Bett liegen und er spürte der Schwere in seinen Beinen nach.

Der nächste Rundgang stand an.

War er zu alt für das, was er tat? In seinem Alter sollte

man tagsüber arbeiten oder besser überhaupt nicht mehr. Aber er arbeitete gerne und vor allem nachts. In diesen Stunden hatte er das erhebende Gefühl, einer der wenigen zu sein, die überhaupt arbeiteten.

Jakowlew gehörte nicht zu denen, die wie alle anderen das Ende der Polarnacht feierten. Immer wenn es hell wurde, fiel zu viel Licht auf die Tatsache, dass er alt geworden war, dass er sich eine Frau hätte suchen sollen und dass Kolja Blok der Einzige war, den er anrufen konnte, wenn er mit jemandem reden wollte. Kolja feierte das Ende der Polarnacht auch nicht.

Er nahm die Taschenlampe vom Schreibtisch und ging ins Treppenhaus, um seinen Rundgang zu beginnen. Wie immer steuerte er zuerst den zweiten Stock an, denn was sich dort befand, brachte er am liebsten gleich hinter sich. Er fürchtete sich nicht vor Toten. Aber es war etwas anderes, mit ihnen alleine zu sein.

Immer wenn seine Schicht begann, waren die Schubladen offen, von Medizinern und Kriminalbeamten umzingelt, und alle Lichter waren angeschaltet. Die Leichen zu sehen, war weniger schlimm, als sie nicht zu sehen, aber dennoch zu wissen, dass sie da waren.

Er erreichte den Treppenabsatz und betrat den weiten Flur, der zu den einzelnen Obduktionsräumen führte. Er schaltete das Licht an, aber nachts stand alles auf Sparflamme. Er musste sich mit dem Licht der Notausgangsschilder und einigen Wandfunzeln begnügen, die in weiten Abständen magere Lichtkegel in den Flur streuten. Als er die Tür zum hintersten der Zimmer erreicht hatte, schaltete er seine Taschenlampe ein.

Jakowlew glaubte nicht an Geister. Aber er wünschte sich manchmal, an Geister glauben zu können. Ihre Existenz erschien ihm weniger zermürbend als das Wissen um das viele kalt gewordene Fleisch in den Schubladen, das nichts Beseeltes mehr in sich hatte.

Er leuchtete in den Raum. Der Schein seiner Lampe spiegelte sich im Silber der Tische, die in der Mitte herumstanden. Alles war ruhig. Durch die Fenster drang orangefarbenes Laternenlicht und warf leuchtende Rauten an die hohe Decke. Sie waren zerfurcht von schwarzen Adern, denn die Bäume draußen hatten die Straßenlaternen längst überwachsen. Das knirschende Geräusch von Autoreifen über Schnee erklang aus der Ferne, wurde lauter und verstummte nach einer Weile. Es roch nach Zahnarzt. Jakowlew schloss die Tür. Jetzt nur noch der Raum nebenan, dann hatte er den unschönen Teil hinter sich. Besprechungsraum, Büros, Archiv, Heizungskeller, all das war kein Problem, denn dort lagen keine Toten in irgendwelchen Schubladen.

Erst jetzt fiel ihm auf, dass die Tür zum Aufbewahrungsraum leicht offen stand.

Er versuchte, sich zu erinnern. Hatte er auf seinem letzten Rundgang vergessen, sie zu schließen? Das passierte ihm eigentlich nie. Vor allem bei der Tür zu diesem Raum lag ihm immer besonders viel daran, sie geschlossen zu wissen.

Vorsichtig näherte er sich dem Spalt und lauschte in die Dunkelheit dahinter.

Täuschte er sich, oder war da tatsächlich ein leichtes Kratzen? Er steckte die Taschenlampe in die Halterung seines Gürtels. Mit einer Hand fingerte er nach seinem Schlagstock, während er mit der anderen durch den Türspalt griff und versuchte, den Lichtschalter auf der Innenseite der Wand zu ertasten.

Er hielt inne, als ihm klar wurde, dass das Geräusch keine Einbildung gewesen war.

Ängstlich schlich er weiter. Das Kratzen verstummte augenblicklich, nachdem Jakowlew den Lichtschalter gefunden hatte und eine der Neonröhren an der Decke mit einem leisen Surren angesprungen war. Jakowlew öffnete die Tür und trat mit erhobenem Schlagstock ein.

Kein Zweifel, er war zu alt für das, was er tat.

»Wer ist da?«

Das Kratzen setzte wieder ein.

»Hallo?«, rief Jakowlew.

Das Geräusch kam von der Wand mit den Schubladen, aber Jakowlew konnte niemanden und nichts erkennen. Er lief um die Arbeitstische herum auf die Wand zu. Das Kratzen wurde lauter, und es kam von unten. Dann verstummte es plötzlich und ging in ein Schnurren über.

Jakowlew spürte, wie sich etwas Weiches an sein Bein schmiegte. Er fasste sich ans Herz.

»Lembit, du Mistratte.«

Jakowlew legte den Schlagstock auf einen der Tische und hob den Kater zu seinen Füßen vom Boden auf. »Kleiner böser Mistsack!« Er kraulte das Tier am Hals. »Ich dachte, du bist im Keller bei deinen Ratten!«

Mit dem Kater im Arm sah er sich um.

Lembit hatte sich die Krallen an einer der unteren Schubladen gewetzt, das war nicht zu übersehen. Das Metall an Nummer 24 war zwar nicht beschädigt worden, dafür war aber das an der Schublade angebrachte Plastikschildchen völlig zerschlissen und unleserlich.

Das würde der Belegschaft gleich morgen früh auffallen. Jakowlew verzog traurig das Gesicht bei dem Gedanken, dass dies vielleicht die letzte Nacht war, in der er seinen Kater Lembit heimlich mit zur Arbeit nehmen konnte.

2

Die Nowoje Plato war wie ausgestorben. Irina Rosenbusch passierte die Garagenfront ihres Nachbarhauses und stieg über den gefrorenen Hund, der dort seit einer Woche herumlag.

Sie hatte sich von Marat am anderen Ende der Innenstadt absetzen lassen und mit ihm vereinbart, dass er sie dort um acht wieder abholen könnte. Der Polizist hatte das ohne weiteres geschluckt. Dann hatte Irina fast eine halbe Stunde gebraucht, um ihre eigentliche Adresse zu erreichen.

Das Haus lag dunkel da, nirgends brannte mehr Licht, nicht einmal bei Petja Dautow. Die Straßenlaternen standen so weit auseinander, dass der Eingangsbereich des Hauses im Schatten lag. Irina kramte nach ihrem Schlüsselbund und bog gerade um den Zaun, als sie wie versteinert stehen blieb.

Ein kleiner glimmender Lichtpunkt schwebte im Dunkel über dem Absatz der Eingangstür.

Sie verharrte regungslos. Das Glimmen wurde stärker und Irina glaubte, ein leises Knistern zu hören. Jemand saß in der Eingangstür und rauchte.

»Mosche?«, flüsterte sie ins Dunkle und machte langsam einen Schritt zurück.

Das Glimmen wanderte ein Stück nach unten, weiter passierte erst einmal nichts. Irina konnte nur schemenhaft eine wuchtige Gestalt erkennen, mehr gaben die Zigarette und die entfernten Laternen nicht her. Mosche hatte vor Jahren mit dem Rauchen aufgehört.

Die Glut flammte erneut auf. Eigentlich hätte ein Gesicht dahinter erscheinen müssen. Aber da war nichts als Schwärze.

»Mosche. Bist du …?«

Mit einem Ruck schoss das rote Glimmen auf nach oben.

Irina unterdrückte einen Schrei, als es begann, sich auf sie zuzubewegen. Instinktiv trat sie zur Seite und schmetterte das Tor ins Schloss. Doch das würde höchstens eine Sekunde oder zwei herausschlagen. Sie wandte sich zur Straße und begann zu laufen. Dicht hinter sich vernahm sie ein kurzes Rütteln und Quietschen, dann das Knirschen von Eisen auf Eis.

Über die Schulter sah sie einen kleinen Strauß Funken über den Schnee spritzen. Die Schritte hinter ihr waren nah und sie glaubte, ein Atmen im Nacken spüren zu können. Auf der Höhe des Hundekadavers bog sie ins Dickicht ab und schlug den Schleichweg zum Stadtzentrum ein. Er war voller quer stehender Äste und herumliegender Ziegelsteine, aber sie wusste genau, wo sich was befand. Das war ein kleiner Vorteil. Tatsächlich wurden das Stampfen und das Knacken hinter ihr leiser, und irgendwann vernahm sie einen dumpfen Aufprall.

Das war auf keinen Fall Mosche.

Sie verließ den Pfad. Die Straße war besser beleuchtet. Irina hatte genug Abstand gewonnen, um einen Blick zurück zu wagen. Ihr Verfolger brach eben aus den Sträuchern und sah sich augenblicklich nach ihr um. Nun wusste sie, warum sie vorhin im Dunkeln kein Gesicht hatte erkennen können – der Mann trug eine schwarze Strumpfmaske über dem Kopf. Kaum hatte sich der dünne Sehschlitz auf sie gerichtet, bewegte er sich sofort auf sie zu.

Irina gefror das Blut in den Adern.

In einiger Entfernung sah sie die Betontreppe, die ins Stadtzentrum hinunterführte. Sie wusste nicht, was ihr mehr Angst machte. Dass sie keine Ahnung hatte, wer hinter ihr her war, oder dass sie genauso wenig Ahnung hatte, wohin sie laufen sollte.

3

Sie hatten Iwan Borowski an einer Ecke der Knipowitscha rausgelassen und Mika hatte ihm gezeigt, wo er lang musste. Gaj hatte ein letztes Mal Bedenken wegen Borowski geäußert, aber das hatte keinen interessiert.

Marfa Abramowa zirkelte den alten Ford Transit auf die Karla Marksa und gab Gas in Richtung Norden. Als sie den Lenin-Prospekt kreuzten, atmete Mika tief durch. Neben ihm saß Serge, der ihn vor einer halben Stunde noch beinahe erwürgt hatte. Leonid Gaj faltete einen zerschlissenen Stadtplan auseinander und wandte sich an Serge.

»Nekrasowa, n'est-ce pas?«

»C'est ça! Nekrasowa! Ta gueule!«, schnaubte Serge, ohne ihn anzusehen.

Nachdem Gaj den Plan eine Weile bearbeitet hatte, drehte er sich zu Mika nach hinten um.

»Wir brauchen Jegor Karadschows Körper in jedem Fall. Egal, ob der Verdacht stimmt, den mein Kollege Noller hat.«

»Welcher Verdacht?«, fragte Mika.

»Ich fürchte, das werden Sie früh genug erfahren.«

4

Irina nahm mehrere Stufen gleichzeitig. Auf halber Höhe der Treppe sprang sie über das Geländer und stürzte in eine enge Gasse zwischen zwei Blocks. Dort wohnten die Finklers, doch das half ihr nicht weiter. Nicht um diese Zeit.

Das war auch nicht ihr Plan gewesen. Es gab keinen anderen Plan, als Abstand zu gewinnen. Möglichst viel Abstand von dem, der hinter ihr war. Am Ende der Gasse traf sie auf den breiten Lenin-Prospekt. Er war menschenleer und gerade wie ein Kanal, auf dessen Eis sich niemand hinauswagte. Kein einziges Auto war unterwegs. Nur ganz vorne blitzte die Überleitung eines Trolleybusses über einer Kreuzung.

Sie brauchte nicht zurückzublicken, um zu wissen, wie nah er war. Immer wenn sie eine Laterne passiert hatte, schob sich sein Schatten von hinten in ihren, begleitet vom Klirren eines schweren Schlüsselbundes. In irgendeinem Augenwinkel erkannte sie eine Leuchtschrift. *Järvets Super Studio.* Sie wusste nicht, warum ihr das etwas sagte. Aber sie wusste nun, wo sie hinkonnte.

Der Laden war jedoch weit weg und sie spürte, dass ihre Kräfte bald nachlassen würden. Sie brauchte Abkürzungen, um den Abstand halten zu können, so viele Abkürzungen wie möglich. Eine mögliche war das Einkaufszentrum am Hotel Arktika, das schon in Sichtweite lag. Die Eingänge standen sogar nachts offen, auch wenn kein Mensch mehr unterwegs war. Sie beschleunigte und hielt auf das Hotel zu.

Auf Höhe der Leningradskaja bog sie spontan in eine Seitengasse ab, die hinter das Arktika führte. Hier gab es ein unübersichtliches Geflecht aus Laderampen und Nebengassen, die ihr einen Vorteil verschaffen konnten. Das Knirschen ihrer Schuhe hallte zwischen den hohen Hauswänden. Sie bog abermals ab. Von irgendwoher roch es nach Wäsche. An einem Container blieb sie stehen. Es war ruhig. Sie quetschte sich in eine schmale Gasse, die der Container verdeckt hatte. Abermals hielt sie inne. Irgendwo knirschte Schnee, aber nur von weitem.

Die Gasse führte auf den leeren Vorplatz des Arktika. Um das Einkaufszentrum zu erreichen, musste sie ihn überqueren. Die schützenden Wände wichen der weiten schneebedeckten Ebene des Platzes.

Hier musste sie geradeaus laufen. Dies war mathematisch zwingend. Mit jedem anderen Weg würde sie einen Teil ihres Vorsprungs verschenken. Für einen Moment hatte sie das Gefühl, ihr Körper würde von selbst laufen, als gehorche er einem Naturgesetz. Hier gab es keine Entscheidungen, keine Kreuzungen und keine Nebenstraßen. Hier gab es nur das Laufen nach einem klar berechenbaren Weg.

Irina fragte sich, ob es auch sonst nur das Weglaufen gab und nichts anderes. Ob nicht alles ein Weglaufen war, mit dem Unterschied, dass man mal mehr und mal weniger die Geschwindigkeit und die Richtung des Laufens bestimmen konnte? Dass vielleicht die einzige Art von Freiheit, die man als Teil der Welt hatte, entweder in der Unbestimmtheit der Richtung oder in der Unbestimmtheit der Geschwindigkeit lag.

Die schrille Weihnachtsbeleuchtung des Einkaufszentrums schien für sie allein zu blinken. Sie stürzte durch eine der Glastüren, vorbei an einem leeren Verkaufstisch, auf dem ein einziger sowjetischer Orden lag.

Alles war still. Die Rolltreppen standen. Sie wandte sich

um und sah nach draußen. Auf dem Platz bewegte sich jemand. Irina fluchte und rannte auf die Rolltreppe zu, die sich schleifend in Bewegung setzte, als sie auf die Bodenplatte davor trat. Irina hatte einige Stufen genommen, als plötzlich ihr nasser Turnschuh unter ihr wegrutschte.

Für eine Sekunde, die sich schier ins Endlose dehnte, hatte sie das Gefühl, vollkommen still in der warmen Luft zu schweben. Dann grub sich die erste Stufenkante unter ihre linke Kniescheibe.

Der Schmerz ließ sich noch etwas Zeit, wartete, bis sie der Länge nach auf dem verzahnten Metall aufgeschlagen war, um dann mit Wucht durch ihren Körper zu rasen. Schwärze kam vor ihre Augen, davor tanzten bunte Lichtpunkte.

Als Letztes traf sie mit ihrem rechten Wangenknochen auf. Bewegungslos blieb sie liegen, hörte weit entfernt das monotone Schleifen der Treppe, die sie immer weiter aufwärts beförderte, sie, zusammen mit ihrem Schmerz. Unter Aufbietung ihres ganzen Willens hob sie ihren Oberkörper an, um zurückzusehen. Dann verschwanden die bunten Lichtpunkte vor ihren Augen und es war nur noch schwarz.

NEBENRAUM

Norbert Noller betrachtete die fünf Thermoskannen, die vor ihm auf dem Tisch standen. Dann schickte er Dan Feng hinaus, die netterweise die Kannen aus dem Fernwärmerohr besorgt hatte. Sie verbeugte sich und verließ den Raum. Noller blieb allein mit den Kannen zurück.

Er wusste, was sich in ihnen befand. Dennoch schraubte er eine auf und roch an ihrem Inhalt. Voll mit Urin, natürlich.

Ein Unsicherheitsfaktor weniger, dachte er. Und eine Gewissheit mehr.

Der Preis dieser Gewissheit bestand jedoch in einer plötzlichen Menge neuer Unsicherheitsfaktoren, die er nicht überschauen konnte.

Er ließ sich ins Sofa zurücksinken.

Nicht nur die Van-de-Graaff-Anlage in 208 war ein wissenschaftlicher Albtraum, trotz des gelungen Erstversuchs. Ihr gesamtes Unternehmen war auf dem besten Weg, ein Albtraum zu werden. Seit einigen Stunden wuchs ihr Sicherheitsleck. Und der Einfluss des Sicherheitslecks auf den Ausgang ihres Unternehmens wuchs derart, dass ihre Van-de-Graaff-Anlage nur noch eine Nebensache war.

Was sich nun oben in der Stadt tat, war entscheidend. Und das Einzige, was Noller dabei beruhigte, war, dass Leonid Gaj dabei war.

Die Entscheidung für Iwan Borowski hatte Noller bereut, bevor er sie getroffen hatte. Aber es ging nicht anders, Iwan hätte ihm ansonsten Schwierigkeiten gemacht. Er seufzte. Nur ein einziges Mal hatte er, Norbert Noller, sich einen Ausflug an die frische Luft gegönnt. Iwan hatte ihm die Leiter gehalten. Nicht alle wussten von dem Rohr. Das musste so bleiben.

Die Wahl von Marfa Abramowa ging in Ordnung. Sie hatte nach ihrem Physikstudium eine Weile in einem Patentamt gearbeitet und redete seither wie ein Anmeldeformular. Aber sie hatte als Einzige einen Waffenschein und Volkow hatte ihr seine alte Halbautomatik mitgegeben. Außerdem konnte sie gut fahren.

Aber Serge und Mikkelsen? Ein Folterknecht und jemand, dem möglicherweise so langweilig war, dass er mitten in der Nacht in Fernwärmerohre kletterte?

Er hätte lieber selbst mitgehen sollen. Volkow hätte statt Borowski gehen sollen. Mikkelsen hätte hierbleiben müssen, egal, was Scipion noch mit ihm angestellt hätte. Gaj hätte wissen müssen, dass bei ihrem Unternehmen für Nächstenliebe kein Platz war.

Noller schüttelte bitter den Kopf. Er dachte an die Berechnungen, die er zusammen mit Volkow und Gaj eine Woche nach dem Zwischenfall in Genf angestellt hatte. Hochrechnungen der Ausbreitung – nach Tagen, nach Wochen, nach Monaten, nach Jahren. Hochrechnungen bei Kontrolle des Materials und Hochrechnungen bei Kontrollverlust. Dazu einige Berechnungen der möglichen Zeitspanne eines teilweisen und eines absoluten Kontrollverlusts in unterschiedlichen Szenarien.

Die Zeitspanne dazwischen konnte nur Sekunden betragen.

Gaj, Marfa, Iwan Borowski, Serge und Mikkelsen.

Noller schüttelte den Kopf. Nicht gut, dachte er.

Zu viele Unsicherheitsfaktoren, zu viele instabile Elemente. Ein dreißig Jahre alter Van-de-Graaff-Beschleuniger war eine Ausgeburt an Kalkulierbarkeit dagegen, selbst wenn er randvoll mit einer unbekannten Protosubstanz war.

Gaj sagte immer, dass die Dinge im Nachhinein immer einen Sinn ergeben würden. Norbert Noller wünschte sich, das auch glauben zu können.

GEFRIERPUNKT

1

Kalte Zähne gruben sich in Irina Rosenbuschs Wange, schoben sich darunter und pressten sich dann in ihre Schulter. Ihr gesamter Kopf pulsierte, sie schmeckte Säure und Pfefferminz, als sie die Augen öffnete.

Sie lag auf silbernem Boden. Dicht vor ihrem Gesicht erhob sich eine abgerundete metallische Wand, die in Neonlicht schimmerte, begrenzt von einem schwarzen Gummistreifen. Von überallher kamen Schmerzen und mit ihnen das Bewusstsein.

Irina sah an sich hinunter. Die Rolltreppe hatte sie auf die obere Plattform geschoben. Sie wusste nicht, wie lange sie weg gewesen war. Es konnten Stunden sein, aber auch nur Sekunden.

Sie blickte auf. Augenblicklich war ihr, als würde jemand mit einem Hammer auf ihren Kopf einschlagen. Aber da war niemand.

Sie presste die Lippen zusammen und schleppte sich Zentimeter für Zentimeter über die metallene Plattform auf das Ende der Rolltreppenführung zu, wo sie sich um die Ecke schob und ihren Rücken gegen Mauerwerk presste.

Erst jetzt bemerkte sie, dass Blut von ihrer Stirn troff, aber es war zu wenig, um sich Sorgen zu machen. Sie drückte ihren Ärmel dagegen und besah ihre Beine. Gebrochen schien nichts, aber sie hatte keine Ahnung, ob sie aufstehen konnte. Der Schwindel ließ etwas nach, aber die Schmerzen blieben.

Dann fiel es ihr ein. Was war mit …?

Sie lauschte. Doch es war nichts zu hören. War es ihr gelungen, das Dreckschwein hinter dem Hotel abzuhängen? War jemand anderes über den Vorplatz gelaufen, als sie noch einmal nach draußen gesehen hatte?

Immer noch war alles still.

Ein Blick zurück, die Rolltreppe hinunter, würde mehr Gewissheit bringen. War sie vielleicht nur ein paar Sekunden bewusstlos gewesen, und war da noch jemand unten?

Sie wusste nicht, ob sie es wissen wollte.

Es tat gut, einfach dazusitzen und zu spüren, wie sich ihr Atem verlangsamte und sie sich an die Schmerzen gewöhnte. Der Geschmack in ihrem Mund war fürchterlich. Hatte sie sich wirklich von den Bullen einen Kaugummi andrehen lassen? Pfui Teufel, dachte sie und wischte sich über den Mund.

Sollte sie vielleicht doch einmal nachschauen?

Aber es war alles ruhig.

Sie probierte, ihre Zehen zu bewegen. Es ging, wenn auch nicht ohne Schmerzen. Vorsichtig winkelte sie das rechte Bein an, dann das linke. Tatsächlich schien nichts gebrochen. Sie würde sicher laufen können, und das war schon einmal eine ganze Menge.

Trotzdem sollte sie nachschauen.

Vielleicht nicht nur von ihrer Position aus, sondern sich die Brüstung hochziehen und einen Blick auf den gesamten Eingangsbereich wagen. So, wie sie jetzt dasaß, auf dem Boden mit dem Rücken an der Wand, konnte der Kerl hinter jeder Ecke stehen, und sie würde es nicht einmal merken.

Andererseits würde sie ihn ja hören.

Auf Höhe ihres rechten Schienbeins drückte sich Blut durch ihre Hose. Seltsamerweise war dies eine der wenigen Stellen ihres Körpers, wo nichts wehtat. Sie beschloss, einfach nicht hinzufassen, und entspannte sich. Dann beschloss sie, doch hinzufassen, als sie plötzlich Schritte hörte, die von unten kamen.

Bebend schob sie sich ein Stück seitlich und sah die Rolltreppe hinunter. Der Ausschnitt, den die Treppenführung bot, war klein, niemand war darin zu sehen. Aber die Schritte wurden lauter. Irina zog den Kopf zurück und lehnte ihn erschöpft an die Wand.

Sie konnte nicht mehr.

Mit einem Knall setzte das Schleifen wieder ein, die Treppe setzte sich in Bewegung. Es klang wie aus einem kalten, fernen Traum. Irina ließ sich nach vorne kippen und ignorierte den Widerwillen, auf allen vieren über den Boden eines Einkaufszentrums zu robben.

Irgendwann richtete sie sich auf und begann, wieder zu laufen, schwankend und wie betäubt vom Schwindel. Ihr Knie protestierte, aber sie achtete nicht darauf. Sie erreichte eine Treppe, die sie wieder auf die Höhe der Ausgänge brachte. Schlingernd betrat sie die untere Ebene. Hinter einer Glastür musste sie stehen bleiben, es ging nicht anders.

Nur kurz, dachte sie.

Sie stützte sich mit beiden Händen auf ein Geländer und atmete durch, keuchend und nach Luft schnappend. Obwohl ihr Blick durch einen milchigen Film auf den Augen getrübt war, sah sie, wie etwas kleines Weißes auf ihrem rechten Handrücken landete und sogleich wieder verschwand. Sie blickte auf. Es hatte wieder zu schneien begonnen. Im Licht der Laterne über ihr tanzten einige Flocken.

Jetzt war es nicht mehr weit.

Mit Erleichterung stellte sie fest, dass ihr Schwindel langsam verflog und sie einen einigermaßen klaren Kopf bekam. Sie humpelte los. Der Schneefall wurde stärker.

Irina beschloss, nicht auf der Tscheljuskintsew zu bleiben, sondern über Querstraßen einen Umweg zur Karla Libknechta zu machen. Ihr Knie schmerzte mit jedem Schritt heftiger. Aber das noch feuchte Blut auf ihrem Hosenbein legte sich wie ein kühlender Verband auf die pochende Stelle.

Irina hatte nur wenige hundert Meter zurückzulegen, bis sie die Libknechta erreichte. Weit vor sich, durch das Treiben des Schnees hindurch, sah sie die nördlichen Ausläufer des Hafens. Sie passierte eine Nebenstraße, in der ein Pulk Betrunkener vor einem Clubeingang herumlungerte. Irina rannte weiter, kreuzte eine weitere Nebenstraße und sah sich ein letztes Mal um. Weit hinter ihr, an einer kleinen Kreuzung, stand jemand.

Endlich näherte sie sich dem Grit.

Man musste es kennen. Nichts an diesem blau gepinselten Betonklotz verriet, dass er eine kleine Kunstbühne enthielt. Sie zückte ihren Schlüsselbund und suchte noch im Laufen den passenden Schlüssel.

Die Halle lag verlassen da. Hinter der gläsernen Eingangstür des Foyers war es stockdunkel. Irina schloss auf, trat ein und rammte die Tür sofort wieder ins Schloss. Der Teppichboden drinnen dämpfte das Klirren nur wenig, das sich in der Finsternis des Foyers verlor.

Irina schloss hinter sich ab.

Dann ging sie ein paar Schritte ins Dunkle, tastete nach irgendeiner Wand und lehnte sich dagegen. Der vertraute Geruch von Polster und Furnier stieg ihr in die Nase. Sie ließ sich auf den Boden sinken. Ihr Knie schien jeden Moment zu explodieren. Ihr Kopf blutete immer noch.

Sie hätte keinen Meter weiter laufen können.

2

Es war zu spät, um ins Bett zu gehen, und zu früh, um wach zu bleiben. »So«, hatte Megan gesagt, als Blok nach Hause gekommen war. Das war alles.

Nun stand sie vor Blok auf dem Couchtisch und sah ihn von der Seite an. Die Uhr zeigte fast halb sechs.

»Sonntag habe ich den ganzen Tag frei«, sagte Blok.

Megan schien das nicht zu beeindrucken. Sie lief zur Schale mit den Erdnüssen und fischte sich eine heraus. Dann krallte sie den linken Fuß darum und begann mit großer Präzision, die Nuss mit dem Schnabel zu schälen, während sie auf dem rechten Fuß balancierte. Blok lächelte. Das war immer wieder bühnenreif, auch wenn Megan die Nüsse, anstatt sie zu knabbern, hinter das Sofa warf. Sie vertrug keine Erdnüsse.

Blok zog sich die Schuhe aus und legte sich aufs Sofa. Sie beobachtete ihn dabei aufmerksam und legte schließlich die halb geschälte Nuss auf den Tisch.

»Was ist hier passiert?«, sagte sie und beäugte die Nuss. »Was zum Teufel …?«

Blok drehte sich zu ihr. Nicht nur er hatte zu viele amerikanische Polizeifilme in seinem Leben gesehen. Auch sie war schon seit Jahren dabei.

»Wer tut so etwas?«, sagte sie.

Blok seufzte. »Ich weiß es nicht.«

Er hielt seine Hand vor ihren Bauch und sie kletterte darauf. Ihre Klauen waren ledern, aber weich und wie immer auch ein wenig warm. Blok holte sie langsam zu sich und streichelte ihren hellgrauen Rücken, obwohl er wusste, dass sie das nicht besonders mochte.

»Was zum Teufel? Hier passiert?« Ihre roten Schwanzfedern sträubten sich.

Er ließ sie auf die Sofalehne klettern und sank zurück.

Sein Kopf war heiß.

Alles, was er hatte verbocken können, hatte er verbockt. Dass ihm zum Schluss auch noch Irina Rosenbusch durch die Lappen gegangen war, passte ins Gesamtbild, das sich nun auf demütigende Weise Stück für Stück vor ihm zusammenfügte. Dummerweise taugte Dinijar Marat nicht als Sündenbock. Wenn ein Kolja Blok seine Leute nicht unter Kontrolle hatte, dann war es allein Kolja Bloks Problem. Darüber hinaus wäre er ohne Oleg Jakowlew nicht einmal halb so weit gekommen. Daran gab es genauso wenig zu rütteln wie an der Tatsache, dass er im Grunde überhaupt keine Lust hatte, an dieser ganzen Sache weiterzuarbeiten.

Er mochte so etwas in seinen Filmen, er sah gerne zu, aber im Alltag wollte er eigentlich in Ruhe gelassen werden. Streife fahren, Paraden blocken, Radarfallen aufstellen. Das reichte und füllte ihn aus. Bis gestern hatte er sich für sein Leben auch nicht geschämt.

Megan stakste die Sofalehne entlang und kaute ein wenig an seinem Ohrläppchen herum. Dann setzte sie zu einem großen Schritt an und arbeitete sich schließlich an Bloks Glatze hoch. Blok schloss die Augen. Es war immer wieder eine Wohltat, wenn sie mit ihren rauen Krallen über seine Kopfhaut marschierte.

»Das sollten Sie sich ansehen«, sagte Megan.

»Meinst du?«

Vielleicht sollte er doch ein wenig schlafen. Er verschränkte die Arme vor der Brust, die schlechte Dämmung seiner Wohnung sorgte für kalte Nächte. Blok steckte seine Füße in den Spalt zwischen Lehne und Sitzfläche. Megans warme Krallen machten ihn ruhig. Doch die vergangenen Stunden wollten nicht aus seinem Kopf.

Er wurde das aufreibende Gefühl nicht los, dass hinter allem, was in dieser Nacht passiert war, ein System steckte, das nur er nicht begriff. Möglicherweise passte alles zusammen, und nur er war zu dumm, das zu kapieren.

Megan beugte sich über seine Stirn und streckte ihren Kopf vor.

»Das sollten Sie sich ansehen, Sir.«

Blok seufzte. Vielleicht hatte sie Recht. Er richtete sich wieder auf, griff zum Telefon und rief Jakowlew an.

Oleg Jakowlew war sofort dran.

»Und? Hat sie dir eine Szene gemacht?«

»Ging so.« Blok konnte seinen Unmut kaum unterdrücken.

»Was ist los, Kolja?«

Blok rieb sich die Augen und überlegte. »Oleg, sag mal, warum bist du eigentlich nicht Arzt oder so was geworden?«

»Das hast du mich schon mal gefragt. Gestern Abend.«

»Oder Klugscheißer. Gerichtsmediziner. Pathologe. Keine Ahnung. Warum bist du nur …« Er stockte.

»Nur Nachtwächter? Du kannst es ruhig sagen.«

»Danke.«

Für einen Moment war es ruhig in der Leitung. Blok befürchtete schon, dass Jakowlew aufgelegt hatte. Aber ein leises und gedehntes Atmen in der Leitung verriet, dass auf der anderen Seite nachgedacht wurde.

»Ich weiß nicht. Vielleicht hätte es mich kaputt gemacht, Kolja.«

»Was meinst du?«

»Zu merken, dass ich es eigentlich nicht kann. Dass ich nicht gut genug bin. Ich meine, wenn es drauf ankommt.«

»Aber …«

»Ich bin lieber ein guter Klugscheißer als ein schlechter Arzt.«

Blok fragte sich, ob er Oleg Jakowlews Formel zum Zufriedensein einfach übernehmen konnte. Einen Haken musste die Sache aber haben.

»Und? Bereust du das manchmal?«, fragte er.

Wieder war es für einen Augenblick still.

»Das Einzige, was ich bereue, ist, dass ich niemanden habe, der zuhause auf mich wartet.«

»Was ist mit Lembit?«

»Der wartet nicht zuhau…« Ein lautes Räuspern quoll aus dem Hörer. »Vergiss es. Sag schon, was ist los, Kolja?«

»Ich weiß nicht, ob ich das weitermachen soll …«

»Du willst das doch, oder?«

Blok schwieg. Er fürchtete, die Frage nicht beantworten zu können. »Ich …«, setzte er an, kam aber nicht weiter.

»Weißt du, was Wachruschew einmal zu mir gesagt hat?«, unterbrach ihn Jakowlew. »Es ist einige Jahre her. Ich habe es dir nie erzählt. Du warst neu unter seiner Herrschaft. Wir standen drüben in der Obduktion.«

»Was hat er gesagt?«

Jakowlew zögerte. »Er sagte, dass er dich bewundern würde.«

»Wachruschew? Wofür?«

»Für deine Zufriedenheit.«

Blok schloss die Augen. Der Schlag war weich, aber er ging mitten ins Gesicht.

»Warum nimmt er dann mich?«

In der Leitung seufzte es tief.

»Kolja, ich gönne dir deine Beförderung von Herzen, das weißt du. Du bist mein Lieblingscop.«

»Was willst du sagen, Oleg?«

»Na gut, pass auf. Glaubst du ernsthaft, dass einer wie Wachruschew dir so etwas wie eine letzte Chance geben würde nach all den Jahren? Weil du so ein netter, zufriedener Kerl bist?«

»Keine Ahnung.«

»Was spricht dafür?«

Blok überlegte. »Er wollte einfach keinen anderen, zumindest nicht für den Toten aus dem Dronow-Park. Dann habe ich das mit der Presse versaut. Er wollte trotzdem, dass ich weitermache.«

»Und das kam dir nicht komisch vor?«

Blok spürte, dass Megan nur noch auf einem Bein stand.

»Kolja, mit der Leiche stimmt was nicht.«

»Warum flüsterst du jetzt?«

»Um diesen Todesfall sollte es ruhig bleiben. Denk an den Arzt gestern Abend. Der wurde über die Dienststelle vermittelt. Die wussten, wen sie nehmen. Nämlich einen, der vor allem schnell wieder nach Hause will.«

»Wer sind die?« Blok bemerkte, dass ihr Gespräch in dieselbe Bahn geriet wie jedes ihrer Gespräche, das länger als fünf Minuten dauerte: Blok fragte, Jakowlew antwortete. Blok hatte keine Ahnung, Jakowlew wusste Bescheid.

»Warum lassen die ihre Leiche nicht einfach verschwinden?«

»Vor dreißig Jahren wäre das sicher so gelaufen. Aber die Zeiten ändern sich.« Jakowlews Stimme bekam etwas Dozierendes. »Früher waren solche Dinge ein Verwaltungsakt. Heute musst du jemanden dafür bezahlen. Outsourcing nennt man das.«

»Und weiter?«

»Es geht darum, einen Deppen zu finden. Einen, den du für das verantwortlich machen kannst, was du selbst erreichen willst, aber nicht darfst.«

»Du meinst …«

»Es tut mir leid, Kolja.«

Blok bekam einen Kloß im Hals. Eine unschöne Ahnung über sich selbst zu haben, war eine Sache. Es aber von einem langjährigen Freund aufs Brötchen geschmiert zu bekommen, eine ganz andere.

»Oleg?«

»Ja?«

Er zögerte. »Bin ich so schlecht?«

Eine kurze Pause entstand.

»Kolja, hast du Fingerabdrücke genommen? Gestern Abend?«

»Verfluchter Mist.«

Mit einem Ruck saß Blok kerzengerade. Megan flatterte aufgeschreckt durchs Zimmer, gefolgt von einer schwebenden Spur grauer Federn verschwand sie im Flur.

»Macht nichts«, sagte Jakowlew ruhig. »Du kannst das ja nachher noch machen, bevor die Ärzte kommen. Und ich sage es mal so – mit dem *lachenden Tod* hast du Wachruschew sicher ganz schön ins Schwitzen gebracht.«

»Du hast das also auch gelesen?«

Es knackte kurz in der Leitung. Blok wartete ein paar Sekunden. Aber Jakowlew antwortete nicht mehr.

»Oleg?«

Bis auf das leise Hintergrundrauschen des Telefons war nichts zu hören.

»Oleg?«, rief Blok in den Hörer.

Es knackte wieder, das Rauschen wurde lauter.

»Warte mal.« Es klang weit entfernt.

»Oleg, was ist los?«

»Was zum Teufel?«, kam es aus dem Flur, wo Megans Käfig stand. Blok wollte gerade auflegen und neu wählen, als er im Hörer Schritte hörte, die sich näherten. Ein kurzes Rascheln, dann war Jakowlew wieder dran. Er atmete schnell.

»Das ist seltsam. Kolja, ich ruf dich gleich wieder an.«

3

Leonid Gaj griff sich ans Ohr und verstellte etwas an seinem Hörgerät. Während ein kurzes Pfeifen durch den Transporter ging, öffnete Marfa Abramowa das Handschuhfach und zog eine Pistole heraus. Serge streckte die Hand vor und ließ sie sich geben. Mika war kreidebleich.

Gaj drehte sich zu ihm nach hinten und warf ihm ein Paar Latexhandschuhe auf die Knie.

»Wir gehen da jetzt rein und holen Jegor Karadschow. Tun Sie nur, was ich sage. Fassen Sie nichts an, wenn ich es

Ihnen nicht sage. Und wenn Sie merken, dass Ihr Handschuh beschädigt ist, sagen Sie das. Dann brauchen Sie einen Neuen.«

Mika nickte stumm.

Gaj wandte sich an Abramowa. »Hast du das Halothan?«

Abramowa griff in ihren Fußraum und zog eine kleine Gasflasche hervor, an deren Ventil ein Stück Gartenschlauch befestigt war. Gaj nahm sie ihr ab und betrachtete durch das Seitenfenster die Fassade des rotbraunen Gebäudes gegenüber. Im dritten Stock brannte Licht. Jemand stand am Fenster und schien sich das Schneetreiben anzusehen.

»Das wird er sein«, sagte Gaj. »Damit werden wir fertig. Wir müssen ihn nur kriegen, bevor er Alarm schlägt.«

»Ist gut.«

»Haben wir sonst alles?«

Abramowa blickte auf den sperrigen Haufen zwischen ihren Füßen.

»Brechstange, Spitzhacke, Schraubenzieher, Metallsäge, Klappspaten, Schaufel, Taschenlampe, Lupen und Plastiktüten. Und Draht.«

»Den gibst du mir.«

Abramowa begann, einen Teil der Werkzeuge in eine blaue Plastiktüte zu stopfen.

»Wir sind zu wenig«, sagte sie.

»Ich weiß.«

Gaj öffnete die Tür und stieg aus.

Mika und Serge verließen den Transit durch die Schiebetür. Abramowa reichte Serge die Spitzhacke und Mika die blaue Tüte. »Gehen Sie jetzt langsam rüber. Keine Hektik.«

Gajs Spuren verloren sich bereits im Schatten der Eingangstür des Instituts, als Mika mit Serge und Abramowa die verschneite Straße überquerte. Mika sah zum beleuchteten Fenster auf. Da stand nun niemand mehr.

Gaj hatte seine Drahtspule aufgerollt und bog sich so etwas wie einen Schlüssel zurecht.

»Woher kannst du so was?«, fragte Abramowa.

»Ich weiß nicht, ob ich es kann.«

Er steckte den Draht in das wuchtige Schloss, ging in die Knie und begann, mit einem schweren Schnaufen im Schlüsselloch herumzunesteln.

Serge kam dazu, schüttelte den Kopf und klingelte.

»Was …?«, Gaj zog wütend seinen Draht aus dem Schloss.

»Er hat Recht«, sagte Abramowa und griff nach der Gasflasche, die neben Gaj auf dem Boden stand. »So geht es schneller.«

Sie hob die Flasche auf Kopfhöhe, hielt das Ende des Gartenschlauchs von sich weg und stellte sich vor die Tür. Dahinter waren bereits Schritte zu hören. Als sie das Ventil der Flasche öffnen wollte, legte Gaj seine Hand auf ihre.

»Warte noch.«

Die Tür öffnete sich einen Spaltbreit.

»Jetzt!«, flüsterte er.

Ein leises Zischen war zu hören. Gaj griff nach dem Ende des Gartenschlauchs und hielt es tief in den Türspalt. Ein keuchendes Husten drang aus der schummrigen Dunkelheit. Serge drückte die Tür auf und verschwand im Haus. Mit vorgehaltener Flasche folgten Gaj und Abramowa. Kurz darauf sprang drinnen das Licht an und Mika ging rein.

Auf dem Steinfußboden lag ein alter Mann in Uniform ausgestreckt auf dem Rücken. Während Gaj ihm den Kopf hielt, wedelte Abramowa mit dem Gasschlauch unter seiner Nase herum.

»Das reicht, denke ich«, sagte Gaj nach einer Weile. »Atmet er gleichmäßig?«

Abramowa hielt ihr Ohr vor das Gesicht des Mannes.

»Ist in Ordnung.«

»Puls?«

»Rhythmisch.«

Gaj sah zu Mika auf. »Er muss weich liegen!«

Mika zog seine Jacke aus und stopfte sie unter den Kopf des Mannes. Er schlief tief, schien überhaupt nicht zu bemerken, dass an ihm herumgerüttelt wurde. Abramowa stellte die Flasche neben ihn auf den Boden.

»In spätestens zehn Minuten müssen wir nach ihm sehen. Das Zeug ist hart, wirkt aber nicht allzu lange.«

Gaj erhob sich und sah Serge freundlich an. »Bon.«

Serge sagte nichts. Er wies mit dem Kinn auf das Ende des Flurs, wo eine breite Treppe nach oben führte. Er griff nach der Spitzhacke, die an der Wand lehnte, und ging voran. Abramowa, Gaj und Mika folgten ihm. Obwohl sie leise auftraten, hallten ihre Schritte im steinernen Treppenhaus wider, als wären sie eine große Menge von Leuten.

Sie erreichten den zweiten Stock, als Gaj ihnen befahl, sich ihre Handschuhe überzuziehen.

»Wenn wir Glück haben, ist es nur ein toter Mensch«, sagte er.

Mika zitterten die Knie. Er dachte an das Bild in der Zeitung. Sie gingen den Flur entlang, bis Serge in einen der abgehenden Räume zeigte.

»Vingt-quatre«, sagte er und schaltete das Licht an.

Die Schubladenwand reichte bis zur Decke. Gaj und Abramowa liefen zwischen den silbernen Tischen hindurch und begannen, die Nummern an den Griffen abzusuchen. Serge legte seine Spitzhacke auf einen der Tische.

»Hier unten«, rief Abramowa irgendwann.

Serge und Mika traten hinzu. Gaj beugte sich vor der Schublade nach unten und umklammerte den Metallgriff.

»Warte mal!«, sagte Abramowa.

»Was ist?«

»Nur falls Norberts Vermutung stimmt – wie lange könnte die Affizierung her sein?«

Gaj schien zu überlegen. Dann schüttelte er den Kopf.

»Es wäre zu früh.«

»Sicher.«

Er zog an der Schublade. Sie schien leicht aufzugehen. Weiße Beine erschienen auf der Bahre. Gaj trat zur Seite. Plötzlich hielt er die Schublade an.

»Was?«, fragte Abramowa.

»Ich dachte …«

»Was?«

»Ach nichts.«

Gaj zog weiter auf. Oberschenkel, Hüften und Brust rollten ins Neonlicht. Mika trat einen Schritt zurück. Der Geruch war schwer auszuhalten. Auf Höhe der Hüften hatte der Tote ein paar kleine dunkle Flecken auf der Haut. Ebenso auf der Brust, nur waren sie hier erheblich größer.

Abramowa stöhnte, als Karadschows Hals zum Vorschein kam.

Er war auf der linken Seite wie abgefressen, auf der Schublade klebte getrocknetes Blut. Mika legte die Werkzeugtüte ab und hielt die Hand vor den Mund. Die Wunde hatte einen pechschwarzen Rand. Auch der übrige Hals war übersät mit dunklen Flecken.

Die Schublade glitt vollständig auf und rastete ein. Selbst Serge wandte sich für einen Moment ab. Karadschows Lächeln war beinahe alles, was noch an ein Gesicht erinnerte.

Wo seine Augen gewesen waren, klafften zwei leere Krater, die bis weit in Stirn und Wangen reichten. Knochensplitter und die Reste der Augäpfel klebten an den Rändern. Unter Karadschows rechtem Ohr befand sich ein weiteres Loch, durch das man einen Teil seiner Backenzähne sehen konnte. Was von seiner Gesichtshaut übrig war, war schwarz.

Mika genügte ein kurzer Blick, um zu erkennen, dass es sich um die gleiche gebrochene Schwärze handelte, die er in den Tanks von Raum A gesehen hatte. Auch hier gab es dieses seltsame Dahinter, den tiefen Raum, in den man hineinsehen konnte.

Und in diesem Raum bewegte sich etwas.

Gaj rammte die Schublade mit Wucht zu. Doch er hatte zu spät reagiert.

Drei kleine Schatten glitten lautlos zwischen ihren Füßen hindurch.

»Arthropodoiden!«, schrie Abramowa.

KAMMERJAGD

1

»Putain!«, fluchte Serge und blickte den fingerlangen schwarzen Wesen nach, die lautlos über die Bodenfliesen des Obduktionsraums jagten. Drei schmale Spuren winziger Blutstropfen führten von der Schublade weg.

Gaj stand wie versteinert da. Dann zeigte er auf Mika.

»Schließen Sie die Tür!«

Mika musste erst begreifen, wo noch einmal die Tür war.

»Einer ist schon raus!«, rief Abramowa, als die Tür ins Schloss krachte. Sie riss sie wieder auf und verschwand nach draußen.

Gaj und Serge gingen in die Knie und suchten den Boden ab.

»Die Abflüsse dort!«, schrie Gaj. »Wir müssen die Abflüsse dicht machen!«

An mehreren Stellen befanden sich auf Bodenhöhe tennisballgroße Löcher in der Wand, durch die das Wischwasser abgelassen werden konnte. Gaj riss ein paar Handtücher vom Haken eines Waschbeckens und warf sie Mika und Serge zu.

»Los!«

Mika rannte zu einem der Abflüsse und steckte ein

Handtuch hinein, Serge tat es ihm gleich. Auf diese Weise dichteten sie ein Loch nach dem anderen ab.

Gaj versuchte, den blutigen Spuren der Wesen zu folgen. Eine führte direkt auf die Wand neben der Tür zu und verlief ein kleines Stück parallel dazu. Dann verschwand sie in einem Loch, das Serge noch nicht gesichert hatte.

»Putain!«, fluchte Serge.

Gaj sah ihn hilflos an.

Serge ließ seine restlichen Handtücher fallen und stand auf. »Pas de problème!« Er nahm die Spitzhacke vom Seziertisch und lief zur Tür. »Pas de problème!« Dann verließ er den Raum.

»Wo ist der Dritte?«, fragte Gaj und bückte sich.

Mika dichtete das letzte Loch ab und sah sich um. Es war völlig still. »Ich höre ihn nicht«, flüsterte er und warf einen fragenden Blick auf Gaj.

»Man kann sie nicht hören«, sagte dieser. »Wenn sie mit etwas zusammenstoßen, erzeugt das keinen Schall. Sie bestehen nicht aus …«

»Da!«

Mika zeigte unter eine Reihe Spinde, die an der gegenüberliegenden Wand aufgestellt standen. Ganz hinten bewegte sich etwas. Gaj fischte eine Taschenlampe aus der Plastiktüte mit den Werkzeugen und leuchtete unter den Metallschrank.

Das Wesen machte sich an der Wand zu schaffen. Die Bewegungen seiner dünnen Gliedmaßen wirkten seltsam gezielt. Mika konnte erkennen, dass sich in seiner Umgebung kleine Haufen bildeten.

»Er gräbt«, sagte Gaj. Er legte die Lampe auf den Boden und richtete den Lichtstrahl auf das Wesen.

»Behalten Sie ihn im Auge!«, befahl Gaj und wühlte erneut in der Tüte. Schließlich zog er eine Brechstange hervor und legte sie neben die Taschenlampe.

»Ist er noch da?«

»Ja«, sagte Mika, der direkt vor dem Spind saß.

Gaj ging neben ihm in die Hocke.

»Solange sie leben, machen sie keine Probleme«, sagte er. »Aber tot sind sie gefährlich.« Er ließ sich auf die Knie fallen und griff nach der Brechstange. »Wenn sie tot sind, erstarren sie und affizieren ihre Umgebung. Es wäre ungünstig, ihn dahinten zu töten. Wir müssten sonst Teile der Wand und des Bodens entfernen. Und den Spind.« Er sah Mika von der Seite an. »Wir müssen ihn erst hervorholen. Und dann töten.«

Mika nickte hilflos.

»Wie tötet man …«

»Das geht ganz einfach. Sie sind sehr druckempfindlich. Wir nehmen an, dass das so gewollt ist.« Gaj sah sich um. »Volkow hatte dazu als Erster eine Theorie. Er denkt, es seien Sporen. Infrairdische intelligente Sporen. Sie kommen aus der Anomalie. Dann sehen sie einfach zu, dass sie möglichst weit kommen. Wenn sie sterben oder getötet werden, breiten sie die Anomalie aus, sie öffnen sozusagen immer neue Tore, durch die dann die Nächsten kommen. Auf diese Weise erweitern sie ihren Lebensraum. Mir ist das zu biologistisch. Holen Sie den Feuerlöscher da. Neben der Tür.«

Mika stand auf, lief hin und rüttelte den Feuerlöscher von der Wand.

»Und jetzt?«

Gaj hatte sich vor den Spind gelegt und die Brechstange daruntergeschoben.

»Volkow vermutet, dass sie ihre Morphologie der Umgebung anpassen, in die sie kommen.«

»Morphologie?«, fragte Mika.

»Beine. Zähne. Hier in dieser Welt brauchen sie das. Wer weiß, was sie in anderen Welten brauchen.«

Er sah Mika kurz an.

»Ich ziehe ihn jetzt von der Wand weg. Er wird sich dann eine andere Stelle zum Graben suchen wollen. Werfen Sie einfach den Feuerlöscher nach ihm, sobald er auf freiem Feld ist.«

»Einfach?«

»Keine Sorge, das funktioniert. Wir haben das schon mal so gemacht.«

Gaj zog mit einem Ruck an der Brechstange.

»Jetzt kommt er!«

Mika hob den Feuerlöscher mit beiden Händen und starrte auf die Unterkante des Spinds. Etwas weiter seitlich als erwartet tauchte das Wesen auf und raste an Mikas Füßen vorbei über den Boden. Kurz bevor es unter einem der Seziertische verschwinden konnte, warf Mika ihm den Feuerlöscher hinterher.

Fliesen platzten, als der Metallbehälter aufschlug und unter den Tisch rutschte. Er stieß klingend gegen ein Tischbein und kam zum Stehen. Gaj kroch auf Knien heran und leuchtete unter den Tisch.

»Ich glaube, Sie haben ihn gekriegt«, sagte er schließlich und prüfte sorgsam seine Handschuhe auf Löcher. Dann hob er den Feuerlöscher vorsichtig an.

»Sehen Sie, hier.«

Am unteren Ende des Metallbehälters befand sich ein zerfaserter schwarzer Fleck, etwas in die Länge gezogen und in der Größe einer Kinderhand. Auf der zersprungenen Bodenfliese darunter waren kleine schwarze Spuren zu erkennen.

»Neuaffizierungen«, sagte Gaj. »Wir werden uns nachher darum kümmern, die Ausbreitung ist jetzt noch langsam. Gehen sie jetzt zu Serge und helfen Sie ihm.«

2

Serge hing am Stiel seiner Spitzhacke und baumelte einige Zentimeter über dem Boden, als Mika den Heizungskeller betrat. Die Hacke hing an einem der Rohre unter der Decke. Mika begriff sofort, was Serge versuchte. Und dass Serge allein trotz seiner sichtbaren neunzig Kilo dafür zu leicht war. Er lief zu ihm und griff ebenfalls nach dem Holzstiel.

Serge nickte ihm zu.

Dann sprangen sie gleichzeitig in die Luft und klammerten sich am Griff des Werkzeugs fest. Über ihnen knirschte Metall, dann gaben die Halterungen des Rohrs spürbar nach. Mika und Serge setzten ihre Füße wieder auf und Serge nickte ihm erneut zu.

Beim zweiten Versuch riss das Rohr über ihnen auseinander.

Die beiden konnten gerade noch rechtzeitig zur Seite springen. Abgestandenes Wasser gluckste aus dem Rohr und sammelte sich zu einer dunklen Pfütze auf dem Kellerboden. Mika vergrub seine Nase im Ärmel, während Serge nicht auf den Gestank zu achten schien. Mit zusammengekniffenen Augen starrte er auf das offene Rohr, aus dem das Abwasser troff. Irgendwann schüttelte er den Kopf.

»Merde.«

Er hängte die Spitzhacke in das nächste Rohr ein und

winkte Mika zu sich. Das Rohr gab schneller nach als das erste. Dafür war der Gestank der dunkelroten Flüssigkeit umso schwindelerregender, die nun in zähen Fäden auf den Boden niederging.

Serge nahm jetzt beide Rohre in den Blick. Mika ging ein Stück zur Seite, besah sich die wachsenden Pfützen aus sicherem Abstand und stellte fest, dass er nicht wissen wollte, was er da eigentlich vor sich hatte. Dann bemerkte er die kleine Spur, die vom Rand der Pfütze in Richtung der offen stehenden Tür führte.

Er zeigte sie Serge.

»Putain.«

Serge lief zur Tür und Mika folgte ihm. Im Flur verlor sich die Spur. Der Keller war dem Anschein nach nicht besonders groß. Sie suchten den Boden ab, konnten aber nichts mehr entdecken, der Arthropodoid hatte inzwischen trockene Füße. Neben der Brandschutztür zum Treppenhaus, die sich glücklicherweise von selbst schloss, gab es im Flur nur drei weitere, schmale Türen an der gegenüberliegenden Wand. Zwei waren verschlossen, die dritte am Ende des Gangs schien nur angelehnt.

Serge ging hindurch. Er seufzte laut auf, als er das Licht anmachte. Es war das Archiv des Instituts. Die Regalreihen des langgestreckten Raums waren bis unter die Decke mit Ordnern vollgestellt. Für ein kleines Tier gab es hier tausend Möglichkeiten, sich zu verbergen.

Sie begannen, den ersten Gang abzulaufen.

»Sch!«, machte Serge auf halber Strecke und blieb mit vorgehaltener Hand stehen.

Mika schüttelte den Kopf. Er zeigte auf seine Ohren und schüttelte erneut den Kopf.

Serge sah ihn verständnislos an.

»Man kann sie nicht …«, setzte Mika an.

»Sch!«

Vom Ende des Gangs her drang ein leises Rascheln zu ihnen.

Als sie weiterliefen, ging das Rascheln in ein böses Fauchen über. Mika hielt erschrocken an, Serge verschwand hinter einer Ecke. Das Fauchen wurde lauter. Mika wagte einen Blick in den Quergang. Serge kniete auf dem Boden und gab mit ausgestreckter Hand lockende Geräusche von sich.

Ein grauer Kater drückte sich ängstlich in eine Reihe von Aktenordnern. Er hatte die Ohren angelegt, starrte Serge aus großen Augen an und hatte etwas im Maul. Es war klein, schwarz und zappelte.

Als Serge näher herankam, biss der Kater zu.

Das Zappeln hörte augenblicklich auf. Das Wesen erstarrte zu einem konturlosen Klumpen, aus dem seine dürren Beine wie Stacheln hervorragten. Der Kater begann, seinen Kopf hin und her zu schütteln, wollte seine Beute loswerden. Doch seine Zähne steckten in der schwarzen Substanz fest wie in Zement gegossen. Sosehr er auch rüttelte, seine Kiefer bewegten sich keinen Millimeter.

Serge packte das sich windende Tier am Nacken, damit die Anomalie mit nichts anderem mehr in Berührung kommen konnte, er griff mit der anderen Hand nach der Pistole in seiner Innentasche und richtete sie auf den Kopf des Katers.

»Stopp!«, brüllte eine atemlose Stimme durch den Keller.

Gaj kam die Regale entlanggerannt.

»Wollen Sie es im ganzen Keller verteilen?«, rief er keuchend und baute sich vor Serge auf. »Donne le moi!«, befahl er und verstellte irgendetwas an seinen Hörgeräten.

Serge zögerte kurz, dann hielt er ihm den strampelnden Kater entgegen.

Gaj schloss beide Hände um den Hals des Tiers.

Mika drehte sich weg, aber das Knacken der kleinen Halswirbel war nicht zu überhören.

3

Oleg Jakowlew erwachte aus unruhigen Träumen, irgendetwas hatte ihn aus dem Schlaf gerissen. Der Untergrund, auf dem er lag, war hart und kalt und ein fremder Geruch hing in der Luft. Es musste die fremde Jacke sein, auf der sein Kopf lag. Er drehte sich zur Seite. Dort stand, direkt neben ihm, eine Gasflasche mit einem Gartenschlauch am Ventil.

Dunkel kam die Erinnerung. Es hatte zu schneien begonnen und ein Lieferwagen hatte draußen geparkt. Jemand hatte geklingelt. Er war nach unten gegangen, um aufzumachen. Und jetzt lag er hier.

Waren die immer noch da?

Etwas Kleines schob sich unter seine Kniekehle. Er richtete sich ein wenig auf. Ein schwarzes Käferchen machte sich an seinem rechten Hosenbein zu schaffen. Jakowlew musterte ihn für einen Augenblick. Er hatte kein Problem mit Käfern oder Schaben aller Art, das Institut war ein Paradies für Ungeziefer, daran hatte er sich gewöhnt. Er hatte sich sogar einmal ein Bestimmungsbuch besorgt. Dieses Exemplar war ungewöhnlich hartnäckig und hatte eine eigentümliche Form. Jakowlew hob das Bein und schüttelte es und das Tier verschwand sofort darunter.

Dann hörte er hallende Schritte im Treppenhaus. Sie wurden lauter und wieder leiser, dazwischen erklang eine aufgeregte Frauenstimme.

Die waren noch da.

Ihm war etwas schwindlig, aber es ging. Er musste die Polizei verständigen. Das Telefon oben in seinem Büro kam nicht in Frage. Er richtete sich langsam auf und taumelte auf die Eingangstür des Instituts zu.

»Nicht aufmachen!«, brüllte plötzlich jemand von hinten.

Jakowlew dachte nicht daran zu gehorchen.

Als er die schwere Holztür aufzog, sah er, wie sich der Käfer zwischen seinen Füßen hindurch ins Freie aufmachte. Er musste außerordentlich leicht sein, denn er hinterließ nur eine zarte Spur im frisch gefallenen Schnee auf dem Gehsteig. Er hatte diese Art noch nie beobachtet.

Jemand packte ihn von hinten und zog ihn rückwärts in den Flur. Dann vernahm er ein leises Zischen, etwas wurde unter seine Nase gehalten und er sank augenblicklich ins Reich der Träume zurück.

4

Er ist raus«, rief Marfa Abramowa, während Serge den bewusstlosen Nachtwächter abfing. Sie rannte auf die Straße hinaus, Mika folgte ihr zusammen mit Gaj. Das Schneien hatte aufgehört, doch der Neuschnee war bereits über einen Zentimeter dick. Die kaum zu erkennende Spur des Arthropodoiden führte mitten auf die weiße Nekrasowa hinaus, wo sie schleichend unsichtbar wurde. Die Straßenlaternen waren zu weit entfernt.

»Wir brauchen Licht«, rief Gaj.

Marfa Abramowa rannte zum Transit und stieg ein. Sie ließ den Motor an, und kurz darauf brachte grelles Scheinwerferlicht die unberührte Schneedecke zum Glitzern. Gaj winkte den Transit zu sich. Abramowa gab vorsichtig Gas und parkte aus. Die Lichtkegel kreuzten in einem weiten Bogen die Straße.

»Hier!«, schrie Gaj zu Mika und zeigte vor sich auf den Schnee. Dann begann er, mit weiten Schritten die Straße hinunterzulaufen. Mika folgte ihm und bemerkte im Rennen die kleinen Schatten, die die Spur des Wesens im tief stehenden Licht des Transits warfen. Abramowa fuhr dicht hinter ihnen und schaltete das Fernlicht ein.

Nach etwa hundert Metern bog die Spur auf einer Kreuzung nach rechts ab. Der Transit schlingerte über die Eisdecke, die unter dem Schnee lag, und für einen kurzen Moment versank die Spur im Dunkeln.

»Da vorne ist er!«, rief Gaj, als sich das Fahrzeug wieder gefangen hatte.

Mika kniff im Laufen die Augen zusammen. Tatsächlich raste weit vor ihnen ein winziger schwarzer Fleck über den Schnee – gerade im Begriff, in Richtung einer dunklen Hauswand abzudrehen.

»Wir sind zu langsam!«, rief Gaj und winkte Abramowa, schneller zu fahren.

Der Transit holte sie ein.

»Da vorne!«, brüllte Gaj ins runtergelassene Seitenfenster. »Siehst du ihn?«

Abramowa nickte.

»Kannst du das?«, fragte Gaj.

Abramowa nickte noch einmal.

Die Reifen des Transporters drehten durch, als sie beschleunigte. Schnee und Eis spritzten auf und eine Dieselwolke umnebelte Mika und Gaj.

Gaj lief noch einige Schritte weiter, dann blieb er schnaufend stehen.

Weiter vorne schoss der Transit durch die Straße. Wie ein Scannerstrahl wanderte das Fernlicht mit ihm mit, über den Boden und die Hauswände. Plötzlich kam er wieder ins Schlingern, rutschte über eine kleine Schneewehe am Gehsteig und seitlich auf die nächste Kreuzung. Gaj und Mika hielten den Atem an, als der Transporter mit weit eingeschlagenen Reifen endlich zum Stillstand kam.

Während sie auf die Kreuzung zurannten, sahen sie, wie Abramowa ausstieg und den linken Vorderreifen inspizierte. Den Motor hatte sie laufen lassen.

»Hast du ihn?«, rief Gaj gegen den Lärm an, als sie sich ihr näherten.

Abramowa ging vor dem Reifen in die Knie und legte den Kopf schief. Dann nickte sie Gaj und Mika entgegen.

»Hier klebt er«, sagte sie ruhig, richtete sich wieder auf und stellte den Motor ab. »Aber für ein Roadkill-Barbecue wird's nicht reichen.« Sie lief zum Heck des Transporters und öffnete die Tür. »Der Reifen muss ab. Ich hoffe, wir haben einen Wagenheber dabei.«

Gaj blieb stehen und atmete tief durch. »Wir brauchen auch eine Schaufel«, sagte er und sah sich um. »Wo ist Serge?«

Abramowa kam mit dem Wagenheber zurück und zuckte mit den Schultern. »Er wird dringeblieben sein, passt sicher auf den Nachtwächter auf. Und er weiß ja, was oben noch alles zu tun ist.«

Gaj schien für einen Moment zu überlegen. »Schaffen wir das hier auch zu dritt?«

Abramowa stemmte den Wagenheber unter den Transit und begann zu kurbeln. »Wenn du es für richtig hältst.«

Gaj nickte, dann wandte er sich Mika zu und sah ihn eindringlich an.

»Haben Sie Papiere und Geld dabei?«

Mika tastete an seiner Jeans und nickte.

»Gut. Hat Scipion Ihren Namen?«

Mika schüttelte den Kopf.

»Hat er Ihren Daumen gescannt?«

»Nein.«

»Das gibt Ihnen eine Stunde. Maximal. Verlassen Sie jetzt die Stadt. Gehen Sie nicht nach Hause. Verschwinden Sie weit weg. Reden Sie mit niemandem darüber. Verändern Sie Ihr Aussehen. Und kommen Sie nicht wieder.«

Mika warf einen Blick auf Abramowa, die schweigend weiterkurbelte.

»Scipions Leute können überall sein«, sagte Gaj.

Abramowa nickte, ohne aufzusehen.

Gaj blickte die Straße zurück. In einiger Entfernung blitzten Scheinwerfer auf.

»Gehen Sie«, sagte er.

ZWISCHENRAUM

Das schwarze Telefon klingelte, als Noller sich gerade die dritte Zigarette angezündet hatte. Er drückte sie sofort wieder aus und hob ab. Ein monotones Rauschen drang aus der Leitung. Noller glaubte, ein Atmen herauszuhören. Dann erklang eine leise flüsternde Stimme.

»Hat es f-f-funktioniert?«

Schlagartig war Noller hellwach. Er kannte die Stimme.

»Mosche?«

»Hat es f-funktioniert?«

»Ja. Mosche, wo bist du?«

»Nah.«

»Wo, Mosche?«

»Es ist nah.«

»Was?«, fragte Noller.

»Die Brane ist offen. Und sie öffnet sich immer weiter.«

»Mosche, bist du …?«

»Da ist ein großes, kaltes Feld. Manchmal bin ich schon dort. Der Wald ist schwarz. Solche Bäume hast du noch nie gesehen. Schwarze Sterne, ganz nah, als ob man sie anfassen könnte. Und vom Himmel holen.«

»Hast du Fieber?«

»Als Kind wollte ich immer eine Taschenlampe haben, die dunkel macht. So etwas kann man hier brauchen. Dann sieht man sie!«

»Wen?«

»Die, die kommen werden. Über das kalte Feld. Die Brane ist offen.«

»Sag mir, wo du bist, ich hol dich!«

»Du kannst nicht hinkommen, wo ich bin.«

»Mosche, was hat Scipion mit dir gemacht? Mit dir und Jegor?«

»Am Anfang hat es wehgetan. Sehr wehgetan.« Er stammelte. »Sie haben es ihm in die …«

Noller schloss für einen Moment die Augen und sah die fünf Thermoskannen vor sich. Dan Feng brachte sie soeben in Raum A, um sie dort in einem der Tanks zu konservieren.

»Ich weiß, Mosche.«

»Du weißt es?«

»Ja.«

»Ihr habt die Kannen gefunden?«

»Ja.«

»Dann braucht ihr das Foto nicht mehr, auf dem wir euch zeigen wollten, wo sie sind?«

»Nein. Das ist geregelt.«

»Ich vergesse immer mehr Dinge, Norbert. Kann mich nicht mehr konzentrieren. Daher habe ich ein Foto gemacht, weißt du!«

»Ja.«

»Sie haben es.« Mosche stockte. »Sie haben es Jegor in den Hals …«

Noller holte tief Luft. »War Scipion dabei?«

»Auch. Aber da waren noch andere.«

»Hat Jegor etwas gesagt? Hat er gesagt, dass wir es nur stoppen wollen?«

»Sie haben ihm wehgetan. Denk immer daran.«

»Was weiß Scipion, Mosche? Was hat Jegor ihm erzählt?«

»Alles, was er wissen muss. Scipion weiß, dass wir ihm keine Drohnen oder sonst was bauen. Er weiß, dass wir nur versuchen, es aufzuhalten, und dazu sein Geld brauchen. Und seine Verschwiegenheit.«

»Oh Gott.« Noller stöhnte. »Bitte sag mir eins, Mosche. Wenn Scipion Bescheid weiß – wieso kriegen wir dann immer noch Geld von ihm und Nowortec?«

»Du bist ein Guter, Norbert. Du bist immer ein Guter geblieben. Du kommst gar nicht erst auf böse Ideen, oder?«

»Ich ahne was.«

Das Rauschen in der Leitung schwoll für einen kurzen Augenblick an.

»Bist du noch da?«, fragte Noller.

»Ich hab's in mir, Norbert! Es tut weniger weh, wenn man die innere Schlagader nimmt.«

Noller wurde kalt.

»Mosche? Du hast dich selbst …?«

»Ja.«

»Bist du völlig verrückt geworden?«

»Ich kann Jegor nicht allein lassen. Er hat angefangen, Dinge zu sehen, weißt du? Unglaubliche Dinge. Er hat mir von dem schwarzen Wald erzählt. Und ich sehe ihn jetzt auch.«

»Wo bist du jetzt, Mosche?«

»Weiß nicht.«

»Mosche?«

»Ich bin noch da. Was denkst du, was die Anomalie ist?«

»Gerade ist wichtig, was Scipion denkt.«

»Lass ihn für einen Moment aus dem Spiel. Was glaubst du?«

»Es ist eine Naturerscheinung.«

»Kann eine Naturerscheinung gegen Naturgesetze verstoßen?«

Noller überlegte. »Solange wir nicht alle Naturgesetze kennen, erlaube ich mir da kein Urteil.«

»Du bist wirklich ein Guter.«

»Worauf willst du hinaus?«

»Ich weiß nicht. Es gibt Dinge, die wir wissen. Und Dinge, die wir nur glauben. Aber fällt es dir auch manchmal schwer zu glauben, was du eigentlich weißt?«

»Gib mir ein Beispiel.«

»Dass ein Strange-Quark die Seltsamkeit minus eins hat.«

»Aber das ist so.«

»Wundert dich das gar nicht?«

»Ich kann andere Sachen nicht glauben. Zum Beispiel, dass sich überhaupt etwas mit 300 000 Kilometern pro Sekunde bewegen kann.«

»299 792. Aber ich weiß, was du meinst. Das ist schön, nicht wahr?«

»Keine Ahnung, ob das schön ist, Mosche.«

»Es heißt immer, dass einem genau die Dinge Angst machen, die man nicht weiß. Mir machen inzwischen die Dinge mehr Angst, die ich weiß.«

»Und was weißt du?«, fragte Noller.

»Dass wir selbst Dinge sind. Wir laufen herum, wir reden, wir fällen Entscheidungen. Mechanik, Licht- und Schallwellen, Elektrochemie, so weit, so gut. Aber all das ist aus unberechenbaren kleinsten Teilchen gemacht. Alles kann mit allem zusammenhängen, ohne dass wir wissen, wie. Die Dinge gehen ihren Gang, ob wir sie verstehen oder nicht. Vielleicht sollten wir aufhören, uns dagegen zu wehren.«

»Wogegen?«

»Gegen das, was kommen wird.«

»Wie lange ist die Injektion her?«

»Lange. Es tut schon fast nicht mehr weh.«

»Immerhin.«

»Alles wird sich ändern, Norbert. Nicht nur wir erforschen die Dinge. Die Dinge fangen an, uns zu erforschen. Wir sind endlich interessant geworden.«

»Für wen?«

»Für die, die kommen werden. Beobachtung B ist nur der Anfang. Die Brane ist offen. CERN sendet Signale, ohne es zu wissen. Signifikanzen sickern in die Ritzen. Es ist alles ganz nah. Wir werden gesehen.«

Noller schwieg. Mosches Gehirn musste vollkommen verseucht sein. Er beschloss, dennoch zuzuhören, um ihn nicht zu verlieren.

»Wir haben eine Entscheidung getroffen, Norbert. Wir haben versucht, die Wahrscheinlichkeit, entdeckt zu werden, gegen null gehen zu lassen. Wir sind bis hierher gegangen. In eine Stadt, in der es niemanden interessiert, wenn irgendein Lastwagen an irgendeinem Eingang Dinge ablädt und irgendwelche Leute Kisten durch irgendwelche Schächte schleppen. Aber das nützt nichts.«

»Warum?«

»Wenn etwas passieren soll, dann tut es das. Nichts in der Welt kann das verhindern. Am wenigsten eine geringe Wahrscheinlichkeit. Vielleicht werden Wissenschaftler in der Zukunft anders denken. Sie werden das sehen, was passiert, anstatt aufzuzählen, was passieren könnte. Man wird das Wort *Zufall* streichen. Man wird sich nicht mehr darum scheren, was unter welchen Bedingungen nur wahrscheinlich ist.«

»Ich hoffe, ich kann dir folgen.«

»Bis jetzt haben wir Regeln gesucht. Gesetzmäßigkeiten, nach denen sich Dinge unter bestimmten Bedingungen wahrscheinlich verhalten. Aber das blendet das Eigentliche aus. Eine Hypothese wie *Wenn ein Lebewesen Angst bekommt, läuft es wahrscheinlich weg* blendet das Eigentliche aus.«

»Und was soll das sein?«

»Der Augenblick, in dem es das tut. Der genaue Zeitpunkt, die genaue Umgebung. Der Auslöser seiner Angst. Und vor allem die Möglichkeit, dass es gar nicht wegläuft.«

»Doch. Deswegen heißt es ›wahrscheinlich‹.«

»Aber was haben wir davon? Am Ende tritt immer nur ein Fall ein, egal, wie viele Fälle möglich waren. Das Prinzip der Wahrscheinlichkeit spricht gegen die Entstehung des Lebens auf der Erde, der Lauf der Dinge aber dafür. Die Wahrscheinlichkeit spricht gegen deine Geburt, Norbert. Aber du bist da. Alles, was passiert, ist wichtig. Die Anomalie in Genf wäre nicht entstanden, wenn wir die Anlage einige Sekunden früher gestoppt hätten. Oder wenn wir mit einer minimal anderen Konfiguration gearbeitet hätten. Oder wenn …«

»Was willst du damit sagen?«, fragte Noller.

»Es sollte passieren. Genau so, wie alles passieren soll, was passiert.«

Noller schwieg. Mosches Ideen waren ihm vertraut. Doch er betete innerlich, dass er nicht schon Konsequenzen daraus gezogen hatte.

»Was wirst du tun, Mosche?«

»Mich nicht mehr wehren.«

»Und Scipion?«

»Es ist ganz einfach, Norbert. Die hässlichen Dinge sind

immer die einfachsten. Für Scipion ist die Anomalie nur ein Gift. Eine nukleare Krankheit, die sich ausbreitet.«

»Damit liegt er nicht verkehrt.«

»Könnte sein. Aber die Frage ist, was man braucht, wenn man mit einer Krankheit viel Geld verdienen will?«

Noller seufzte. »Das, woran wir gerade arbeiten. Das Gegengift, die Medizin.«

Er richtete sich auf. Mosche Rosenbusch sagte ihm nichts Neues. Aber er war der Erste, der es offen ausgesprochen hatte.

»Ihr solltet es ihm sagen.«

»Was, Mosche?«

»Dass er niemandem mehr mit seinem Gift drohen kann. Oder sich zum Retter der Welt aufschwingen.«

»Warum?«

»Weil er die Kontrolle längst verloren hat.«

Es knackte in der Leitung. Noller hörte dem gleichförmigen Tuten im Hörer noch eine ganze Weile zu. Dann legte er auf, um die Leitung frei zu machen. Aber Mosche Rosenbusch rief nicht wieder an.

MORGENGRAUEN

1

Irina legte ihr schmerzendes Bein auf die Holzbühne. Petja rollte einen Verband aus und präparierte ihn mit einer Tube Antiseptikum. Er brauchte lange dazu, denn er war sturzbetrunken. Ungeduldig sah Irina ihm zu, wie er den Verband schließlich auf ihr blutverschmiertes Knie legte, das im heißen Schein der grünen 500-Watt-Strahler glänzte. Flimmernder Staub schwebte darüber im Gegenlicht.

»Den Rest kann ich selbst«, sagte sie und nahm ihm den Verband ab.

Petja ließ sich auf die Bühne zurücksinken, benutzte ihren Pullover als Kissen und sah sie liebevoll an. Auf seinem T-Shirt stand irgendetwas mit Spaß und Alkohol.

»Geh nach Hause, Petja. Bevor du wieder einschläfst.«

»Kann nicht mehr fahren«, sagte er und verschränkte die Finger unter seinem Kopf.

Irina nickte. Den letzten Rest an Selbsteinschätzung hatte er noch nicht verloren.

»Ich bring dich. Wenn ich dein Auto kriegen kann.«

»Wieso willst du mein Auto?«

»Meins steht bei der Polizei.«

Petjas Gesicht verwandelte sich in ein Fragezeichen. Er

hob seinen Kopf und stützte ihn in die Hand, als ob sie ihm gleich ein Märchen erzählen würde.

»Das dauert jetzt zu lange«, sagte sie kopfschüttelnd, während sie die Enden des Verbands um ihr Knie wickelte und schließlich verknotete.

»Warum bist du abgehauen gestern Abend?«, fragte er.

Irina streckte ihr anderes Bein aus und fuhr sich über die Schürfwunden am Oberschenkel. Sie hatte keine Lust, sich vor Petja zu rechtfertigen. Er würde morgen ohnehin alles vergessen haben. »Was treibst du eigentlich jetzt schon wieder hier?«, fragte sie ihn stattdessen.

Petja rollte sich auf den Rücken.

»*Noch* musst du sagen. Nicht *wieder*.«

»Du warst die ganze Nacht da?«

»War gut«, sagte er.

»Das denk ich mir.«

Er rieb sich die Augen und kippte den Kopf in ihre Richtung. »War das wegen Mosche? Dein Abgang gestern?«

Irina sah ihn erschrocken an.

»Wie kommst du darauf?«

»Wusste ich's doch«, sagte Petja. In seiner Stimme lag ein deutlicher Vorwurf. »Wegen keinem anderen wärst du so einfach abgezogen. Einfach mittendrin. Ich hab's gleich gewusst. Aber«, mühsam richtete er sich auf und sah sie so streng an, wie es in seinem Zustand möglich war, »sag mal an, wer war eigentlich dieser Lockenkopf, der da in der Pause aufgetaucht ist?«

Irina gähnte. »Das weiß ich auch nicht so genau.«

»Lass mich raten, Mosches Bote.« Er hob die schweren Augenbrauen. »Sein Engel.«

Obwohl das Blödsinn war, lag Petja nicht ganz falsch. Irina bekam immer weniger Lust auf das Gespräch. Sie wünschte sich, sie hätte ihn vorhin nicht geweckt, als sie ihn schnarchend auf der Bühne gefunden hatte, zwischen Kabeln und mit einem Hackbrettklöppel in der Faust. Sie hätte den Verbandskasten auch allein gefunden. Und ihm den Autoschlüssel einfach zu klauen, wäre kein Vergehen gewesen.

»Er hat mir geholfen«, sagte sie.

»Ich kenne ihn nicht.«

Irina verdrehte die Augen. Jetzt ging das wieder los. Wie immer, wenn Petja betrunken war. Am besten sagte sie nichts mehr und wartete, bis er einschlief. Dann die Autoschlüssel aus seiner Tasche schnappen und los. Aber Petja schien gerade erst in Fahrt zu kommen.

»Was war mit Mosche?«, fragte er.

»Nichts. Er hat nur …«

»Ah!« Petjas Augen wurden hell. »Er ist also wieder da.« Er machte eine ausholende Geste. »Mosche Rosenbusch ist zurückgekehrt. Nachdem er dich ein halbes Jahr lang …«

»Ich weiß, Petja.«

»… im Stich gelassen hat. Woher weißt du, dass er es gut mit dir meint?«

Irina seufzte. »So was muss man nicht wissen.«

Petja setzte sich auf und stemmte seine Fäuste auf den Bühnenrand. »Komm schon!«

»Was willst du hören?«

»Beweise!«

»Wir sind verheiratet.«

»Das heißt nichts.«

»Er hat *Ich liebe dich* auf eine Autobahnbrücke geschrieben. Mit einem großen I darüber.«

»Nicht Irina? Feigling. Ich hätte komplett Irina Rosenbu…«

»Über was diskutieren wir hier eigentlich?« Sie sah auf

seine Uhr. Sie war seit einer knappen Stunde hier. »Ich brauch dein Auto, Petja.«

»Du kannst es haben. Wenn du mir sagst, wozu.«

»Ich treffe mich nachher mit ihm.«

»Mosche?«

»Ja.«

»Du hast Blut am Kopf.« Petja rutschte ein Stück zu ihr und hob ihre Haare an. »Hier muss noch was drauf.« Er griff nach der Tube mit dem Jod und drückte etwas davon auf seinen Zeigefinger. »Wo trefft ihr euch?«, fragte er.

»An unserem Strand. Du weißt schon.«

»Das muss man ihm lassen, er weiß, wie er es machen muss.« Er beugte sich zu ihr vor und strich ihr etwas Jod auf die Stirn. Irgendetwas war seltsam, aber Irina wusste nicht genau, was es war.

»Du stehst bei ihm nicht an erster Stelle«, fing er an.

»Muss ich das?«

»Bei diesem Karadschow hast du's getan.«

»Vielleicht war genau das das Problem. Aber sprich bitte nicht von ihm. Ich kann das jetzt nicht.«

»Tut mir leid.« Petja holte ein Pflaster aus dem Sack mit den Verbänden und nestelte daran herum. »Woran ist er eigentlich gestorben?«

»Das weiß niemand.«

Zum ersten Mal spürte sie die Trauer, zu der ihr die bisherige Nacht keine Zeit gelassen hatte. Sie hob den Kopf und blickte in die Scheinwerfer. Petja drückte das Pflaster auf ihre Stirn.

Da war es wieder. Und nun wusste sie, was es war.

»Seit wann rauchst du?«, fragte sie ihn.

»Seit ich mir Sorgen um dich mache.«

»Lass es.«

»Du sorgst dich um meine Gesundheit?« Petja rückte näher.

»Wie ich mich um jeden sorge.«

»Das tut weh, Irina. Du weißt, dass du bei mir immer an erster Stelle stehst.«

»Es gibt keine Stelle zu besetzen.«

Dass er rauchte, war nicht das Einzige, das sie irritierte. Viel seltsamer war, dass Petja nicht nach Alkohol roch.

2

Megan war auf ihrer Stange eingeschlafen. Blok hatte es um einiges bequemer, aber er konnte nicht schlafen und starrte aus dem Fenster. Ihm war, als würde er auf irgendetwas warten. In den Treppenhäusern des gegenüberliegenden Blocks brannte das Nachtlicht. Blok betrachtete die dunkelbraune Schrankwand neben dem Fenster und stellte fest, dass er die Titel seiner Filme nicht mehr richtig lesen konnte. Entweder war er übernächtigt, oder er brauchte über kurz oder lang eine Brille. Er griff nach einem der gerahmten Fotos, die im Regal neben ihm standen, und stellte es auf seinen Schoß.

Der Rahmen war aus Gold. Das Weiß von Lubows Kleid leuchtete genau wie ihr Gesicht und auch er, wie er dicht hinter ihr auf einer kleinen Mauer stand und die Arme um sie schloss. Es war ein schönes Bild, der Fotograf hatte sich gelohnt, nicht nur wegen der Idee mit der Mauer. Sie sahen beide schön aus, irgendwie schöner, als sie es später jemals gewesen waren. Er stellte das Bild zurück und griff nach dem nächsten.

Seine Tochter und er, am Tag ihrer Einschulung. Er wusste noch genau, wie peinlich ihr die Zahlen aus dem regenbogenfarbenen Schaumstoff und die kleine Tafel mit ihrem Namen gewesen waren. Doch der Stolz in seinem Gesicht war nicht zu übersehen. Er hatte seine Hände auf ihre Schultern gelegt und trug den einzigen Anzug, den er besaß. Auf dem Bild sah er gar nicht mal so klein aus.

Megan gurrte, als das Telefon klingelte.

»Oleg?«

»Woher weißt du, dass ich …«

»Kein Mensch telefoniert sonst um diese Zeit.«

»Du musst herkommen, Kolja. Sofort!«

3

Mikas letzte Locke landete in einem Waschbecken in der Herrentoilette des Hauptbahnhofs. Er legte den Einwegrasierer auf den Haufen Büschel, der das Becken füllte. Dann fuhr er sich über die Glatze und zögerte, in den Spiegel zu schauen. Genau so, wie es aussah, fühlte es sich auch an. Dazu kamen die Kratzer und Schürfwunden, die ihm quer über die Stirn und das Gesicht gingen, als hätte er sich geprügelt. Sein Hals war voller roter und blauer Flecken.

Er griff mit beiden Händen in die Locken und warf sie nach und nach in einen der Mülleimer an der Wand. Dann drehte er den Hahn auf und ließ die Reste im Ausguss verschwinden. Fürs Erste waren die Spuren beseitigt, so weit, so gut. Bisher war ihm niemand gefolgt. Dennoch zuckte er jedes Mal zusammen, wenn die Tür der Toilette aufgestoßen wurde. Aber die Leute liefen nur vorbei, warfen einen verwunderten Blick zu ihm und verschwanden in einer Kabine.

Mika wusch sich lange die Hände, sah ein letztes Mal in den Spiegel und erkannte sich kaum wieder. Dann ging er hinaus in die Halle. In der Nähe der Tafel mit den Abfahrten stellte er sich an einen Zeitungsstand. Den lachenden Tod fand er nirgends mehr. Immer wieder fiel sein Blick auf seine Verbindung, die in der dritten Zeile der Abfahrtstafel aufgeführt war. Er musste sich darüber klar werden, dass er das jetzt wirklich tat.

Sankt Petersburg ab 11.15 Uhr. Fahrtzeit voraussichtlich 27 Stunden.

Das Ticket hatte er schon gekauft.

Wenn er pünktlich dort ankam, würde er den Nachmittagszug nach Helsinki kriegen. Von dort über Turku nach Laitila. Schließlich Lappi, dann Lutta. Er war lange nicht mehr da gewesen.

Die große Uhr stand auf halb elf, als er den dunklen Bahnsteig hinter der Halle betrat. Es war bitterkalt. Er würde sich in Sankt Petersburg eine Mütze kaufen und eine neue Jacke gleich dazu. Eis glänzte auf den Schienen und weiter vorne bei den Weichen stieg Dampf auf. Die Fenster der stehenden Züge waren mit Reif beschlagen. Er stieg die spiegelglatten Stufen der Überführung hinauf, wo die Leute sich gegenseitig festhielten und stützten. Manche zogen sich allein am Geländer hoch, ein Mann fluchte, weil sein Handschuh daran festklebte.

Mika erreichte die obere Plattform und überquerte die Gleise. Als er seinen Zug unten stehen sah, entspannte er sich. Er hatte immer noch nicht den Eindruck, dass jemand hinter ihm her war. Probeweise blieb vor dem Treppenabsatz stehen und drehte sich jäh nach hinten um. Niemand hielt an, keiner beachtete ihn.

Er ging die Treppen hinunter. Die Waggons schienen in beide Richtungen kein Ende zu nehmen. Mika kramte sein Ticket hervor und warf einen letzten Blick auf den Bahnsteig. Dann stieg er ein.

4

Blok glitt durch die schneebedeckten Straßen. Im Streifenwagen war es wärmer als in seiner Wohnung. Es war höchste Zeit, dass es hell wurde, auch wenn es wieder nur für eine Stunde war. Die Straßenlaternen warfen grau glänzende Kreise auf den Schnee.

Streife fühlte sich gut an. Den Blick in vorüberziehende Seitengassen schweifen zu lassen, langsamer zu werden, wenn sich irgendwo jemand zeigte. In der Kominterna drückten ein paar Jungen einen anderen gegen eine Hauswand. Blok nahm den Fuß vom Gas. Als er erkannte, dass der Kleine lachte, beschleunigte er wieder. In der Knipowitscha lungerte ein Marder am Straßenrand herum und floh aus dem Scheinwerferlicht.

Blok schwenkte in die Nekrasowa ein. Sofort fiel ihm auf, dass auf dieser Kreuzung eben erst etwas los gewesen sein musste. Eine breite Fahrspur ging kreuz und quer durch den Schnee, dazwischen verliefen Fußabdrücke. Auf der Kreuzung war ein Loch in den Schnee gegraben worden.

Die Fußabdrücke waren immer noch da, als Blok die Nekrasowa langsam weiterfuhr. Sie stammten von mehreren Personen. Als sich Blok dem gerichtsmedizinischen Institut näherte, wurden die Spuren chaotisch, verliefen im Zickzack und kreuzten die Fahrspur mehrfach.

Beinahe hätte er Oleg Jakowlew überfahren, der schlitternd und rutschend auf ihn zugerannt kam. Noch während Blok abbremste, schlug ihm Jakowlew auf die Kühlerhaube. »Wo bleibst du?«, tobte er.

Blok parkte ein.

Jakowlew wartete mit verschränkten Armen auf dem Gehsteig. »Er ist weg!«, sagte er vorwurfsvoll, als Blok ausgestiegen war und ihm entgegenkam.

»Wer?«

Jakowlew antwortete nicht, sondern wies mit dem Kopf auf den Eingang des Instituts, drehte sich um und lief hinein. Blok war sich nicht sicher, ob er richtig gesehen hatte, dass Jakowlew verweinte Augen hatte. Als er den Flur des Instituts betrat, hallten seine Schritte bereits von oben aus dem Treppenhaus. Blok ging ihm nach und fand ihn im zweiten Stock am Ende des Gangs. Er stand in der Tür zum Aufbewahrungsraum und sah auf die Erde.

»Was hast du?«

»Guck es dir selbst an!«

Blok ging hinein. Der Boden unter seinen Füßen knirschte, als er den Lichtschalter drückte.

»Was zum …?«

»Ich habe dir doch gesagt, dass …«

»Hast du was angefasst?«

»Nein.«

Blok machte einen Schritt zurück. Der Raum war verwüstet. Ein Teil der Bodenfliesen fehlte, darunter kam an einigen Stellen zerklopfter Estrich zum Vorschein. Blok stieg über die unversehrten Fliesen zur Schubladenfront. Wo Nummer 24 gewesen war, klaffte ein viereckiges Loch. Blok beugte sich vor und sah hinein. Alles war leer. Nicht nur Karadschow fehlte, sondern auch die Schublade, in der er gelegen hatte. Dazu war die komplette Innenverkleidung von Nummer 24 herausgeschraubt worden.

Blok wandte sich um und warf einen fragenden Blick auf Jakowlew, der mit leerem Gesicht auf den Boden starrte. »Ich habe eine Liste gemacht«, sagte er nach einer Weile. »Mit allem, was weg ist.«

»Zusammen mit Karadschow? Mein Gott, Oleg, was haben die hier gemacht?«

»Im Keller waren sie auch. Im Archiv fehlt ein Stück Boden. Und ein paar Ordner. Aber ich habe kein System erkennen können.«

»Was ist noch weg?«

»Der ganze Müll. Die Schutzkleidung von gestern. Karadschows Kleider. Der Rolltisch. Die Oberflächen der drei Obduktionstische. Und das Tischbein hier!« Er zeigte unter einen der Tische, der nur noch auf drei Beinen stand. Darunter waren sämtliche Fliesen mit besonderer Sorgfalt herausgehebelt worden. »Ach ja und ein Feuerlöscher«, fuhr er fort. »Auch im Heizungskeller wurde randaliert. Ich habe schon eine Firma angerufen. Aber vorher solltest du draufschauen.«

Blok befühlte den Stumpf des Tischbeins. Metallspäne rieselten auf seinen Finger. Er schnippte sie weg. »Noch was?«, fragte er.

Jakowlew stockte. Blok wandte sich ihm zu.

»Noch was, Oleg?«

Etwas stimmte nicht. Jakowlew räusperte sich und sah nach unten.

»Zeig mir deine Liste!«, befahl Blok und hielt ihm die Hand hin.

»Da steht er nicht drauf.«

»Wer?«, hakte Blok nach. Doch er ahnte es bereits. Außer

Lembit gab es kein anderes Er in Oleg Jakowlews Leben. Er nickte. »Du weißt, dass du das nicht darfst, Oleg.«

»Ich habe sonst keinen.«

Blok seufzte. »Lembit war also hier? Und die haben ihn mitgenommen?«

»Was sind das für Leute, Kolja?« Jakowlews Gesicht wurde immer verzweifelter. »Wer randaliert mitten in der Nacht und stiehlt eine Leiche? Und ein Tier?«

»Es geht ihm sicher gut«, versuchte Blok, ihn zu trösten, während sein Blick über die übrigen Schubladen und den zerstörten Fußboden wanderte. Er musste Leute rausklingeln. Er musste das Protokoll aufnehmen. Und er musste Jakowlew als Zeugen anhören. Er fragte sich, ob er Lembit einfach unterschlagen konnte. Wenn irgendwo eine Leiche gestohlen wurde, interessierte sich sicher niemand für einen Kater, der zufällig auch fehlte. Er brauchte Kaffee.

»Kolja«, sagte Jakowlew, während er seine Augen massierte. »Da ist noch was.«

»Fehlt noch mehr? Du kannst mir auch einfach deine Liste …«

»Das ist es nicht«, unterbrach ihn Jakowlew. »Die«, er sah ihn aus roten Augen an, »die haben auch was dagelassen.«

5

Ich muss mal wohin.«

Petja packte Irina am Handgelenk. »Nicht abhauen!«

»Ich bin gleich wieder da.«

Das Aufstehen ging schwerer, als sie erwartet hatte. Sie streckte ihr verbundenes Bein seitlich weg und musste sich mit beiden Händen von der Bühne abstoßen, um hochzukommen. Petja machte keine Anstalten, ihr behilflich zu sein. Er ließ sich erneut auf die Bühne zurücksinken, schob sich ihren Pullover unter den Kopf und schloss die Augen.

Sie humpelte auf den Bühnenausgang zu und verzog das Gesicht. Die Schürfwunden taten jetzt erst richtig weh und ihre Gelenke schmerzten, als sie sich durch den Flur zu den Toiletten vorarbeitete. Der Verband am Knie war zu straff, sie würde ihn lockern müssen, wenn sie nicht im Stehen pinkeln wollte. Daher machte sie einen Umweg in die Maske und angelte eine Nagelschere aus ihrer Reisetasche, die offen auf dem Waschbecken stand. Während sie den Knoten ihres Verbandes aufschnitt und das Ganze lockerte, fragte sie sich, ob sie die Tasche genau so hinterlassen hatte, als sie mit Mikkelsen abgehauen war. Nachdem sie einen neuen Knoten um ihr Knie gemacht hatte, brannte es wie Feuer, als sie das Einknicken probierte. Aber dafür musste sie nun nicht mehr humpeln, als ob sie ein steifes Bein hätte.

Als sie den Raum verließ, fiel ihr ein, dass sie die Tasche auf keinen Fall auf dem Waschbecken hatte liegen lassen. Ganz sicher nicht. Jemand musste sie durchsucht haben.

Die Toiletten lagen am anderen Ende des Flurs in Richtung Bühne. Auf halbem Weg blieb sie stehen. Wer hatte sich an ihrer Tasche zu schaffen gemacht? Ganz vorne, durch den Spalt der Bühnentür, sah sie ein regungsloses Stück Petja. Er schien wieder eingeschlafen zu sein.

Es galt, etwas auszuschließen.

Die Tür zur Musikergarderobe war nur angelehnt. Dahinter hing Petjas schwarze Lederjacke über einem Stuhl, dicht daneben stand der wuchtige Transportkasten seines Hackbretts auf dem Boden. Leise schloss sie die Tür.

Der Kasten stand offen. Irina wusste, dass Petja seine Klamotten und auch sonst alles, was er brauchte, zusammen mit dem Instrument darin verstaute. Sie schob den Deckel ein Stück zur Seite. Auf den Saiten des Hackbretts lag ein wilder Kleiderhaufen. Er bestand aus verschwitzten Motto-T-Shirts, einem Paar brauner Lederhandschuhe, Tennissocken und einer schwarzen Chipkarte mit der Aufschrift *Defprom Gamma Sec.*

Irina schüttelte den Kopf und warf einen Blick auf ihren Cellokasten, der an der hinteren Wand lehnte. Sie verstand nicht, wie jemand so mit seinem Instrument umgehen konnte. Sie wühlte tiefer in Petjas Sachen und stieß auf ein kleines Benzinfeuerzeug. Es war in ein wolliges Stück Stoff gehüllt. Irina legte das Feuerzeug beiseite und hielt den Stoff ins Licht.

Er war schwarz und hatte einen Sehschlitz.

KETTENREAKTION

1

Kurz nach elf sprangen im Zug die Standheizungen an. Mika wischte Kondenswasser vom Fenster. Draußen am Hafen sank der wirbelnde Schnee in den aufsteigenden Kohlestaub. Er hoffte, dass es bald losgehen würde. Solange der Zug stand, wurde es nicht wirklich warm, und so lange tat es ihm auch um seine Jacke leid, die er in der Nekrasowa zurückgelassen hatte.

Wenigstens war nichts Wichtiges darin gewesen. Er konnte auch ohne die Notiz und das Foto von Mosche Rosenbusch gut leben. Dennoch prüfte er noch einmal, ob er ansonsten alles hatte – Ticket, Papiere, das Geld von Rosenbusch. Es würde ihn auf jeden Fall bis Helsinki bringen und vielleicht auch darüber hinaus, wenn der Wechselkurs nicht allzu schlecht war. Er warf sein Feuerzeug in den kleinen Mülleimer unter dem Fenster und lehnte sich zurück. Dann zog er das Feuerzeug wieder aus dem Mülleimer heraus und steckte es ein.

Ein dumpfer Ruck ging durch den Zug, der Bahnsteig draußen verschob sich um ein paar Zentimeter.

Dreizehn Minuten nach elf.

Sankt Petersburg ab 11.15 Uhr.

Gleich würde ihm die Abfahrt des Zuges die Entscheidung abnehmen, die ihn quälte, seit er eingestiegen war. *Reden Sie mit niemandem darüber.* Leonid Gajs Worte gingen ihm nicht aus dem Kopf. *Scipions Leute können überall sein.*

Ich weiß, dachte er.

Irina Rosenbusch weiß es nicht.

Ein Lautsprecher knackte. »Abfahrt elf Uhr fünfzehn.«

Mika sprang auf.

Er riss die Schiebetür des Abteils zur Seite, prallte an das gegenüberliegende Fenster, sah sich um, nach rechts war der Weg zu den Außentüren kürzer. Er stürzte über einen quer stehenden Rollkoffer, rappelte sich hoch, rannte den Gang entlang, rempelte gegen ein kleines Mädchen in einem grünen Kleid, das gerade aus einem Abteil kam.

»Achtung! Türen schließen selbsttätig.«

Das Mädchen weinte, ein paar Chinesen in Anzügen kamen ihm entgegen, dahinter drängelte sie ein dürrer Schaffner, Mika presste seinen Rücken an die Fensterreihe, schob sich hastig an den Leuten vorbei, die Chinesen redeten wild durcheinander. »Warten Sie!«, sagte der Schaffner mit Kaffeefahne, vorne piepte das Warnsignal der Türen, Hydrauliken zischten. Die Tür zum nächsten Wagen ging auf, Mika schob sie im Vorbeigehen wieder zu und ignorierte das böse Schimpfen, das er damit auslöste. Endlich war er um die Ecke. Die schon fast vergessene Kälte schlug ihm wieder entgegen, als er die Außentür öffnete und nach draußen auf den Bahnsteig sprang.

2

Wo waren wir stehen geblieben?«, fragte Petja. Irina näherte sich von hinten.

»Ich weiß nicht, sag du es mir!«

Sie ging langsam hinter seinem Kopf in die Hocke. Ihr Knie schmerzte, aber sie biss die Zähne zusammen und gab keinen Ton von sich. Petja hatte die Augen noch immer geschlossen, schien aber hellwach zu sein.

»Mosche, Jegor und du«, sagte er und er rollte seinen Kopf auf ihrer Hose hin und her, es sollte wohl wie ein Kopfschütteln aussehen. »Ich fand das schon immer irgendwie – unnatürlich.«

»Wo steht bitte geschrieben, was natürlich ist?«

Vorsichtig kniete sie sich hin und rutschte in Position.

»Wie haben die zwei das ausgehalten? Ich wäre gestorben vor Eifersucht.«

Sie nickte.

»Ich verrat dir jetzt mal ein Geheimnis. Ich war auch manchmal eifersüchtig.«

Er öffnete die Augen. »Was machst du da eigen…?«

Der Feuerlöscher traf Petjas Hinterkopf mit einem dumpfen Schlag. Er war sofort bewusstlos. Irina zog ihren Pullover unter seinem Kopf weg, hob ihn ein Stück höher und ließ ihn probeweise auf den Bühnenboden fallen. Keine Reaktion. Sie vergewisserte sich, dass er noch atmete, dann zog sie sich an, durchsuchte seine Taschen nach dem Autoschlüssel und bestellte mit seinem Telefon noch einen Krankenwagen, bevor sie es im Hinterhof zertrat.

3

Ich kann nicht bleiben. Bin ab Sonnenaufgang am Strand. Ich kann nicht mehr, dachte Blok. Oleg Jakowlew schob ihm eine dampfende Kaffeetasse zu. *Komm allein. Dann sage ich dir alles. Du fehlst mir. Mosche.*

Blok sah aus dem Fenster. »Ich bin völlig fertig, Oleg. Ich kann nicht mehr.«

»Du willst nicht mehr«, sagte Jakowlew und nippte an seiner Milch.

»Ich habe die Nacht durchgearbeitet. Soll ich jetzt hundert Kilometer Ufer abfahren? In welche Richtung? Oder soll ich gleich Hubschrauber bestellen? Sag du mir, was richtig ist!«

»Kolja, das ist deine Aufgabe.«

Blok verschränkte seine Finger hinter der Glatze. »Es ist mir egal, verstehst du? Es ist egal, ich bin fertig. Wachruschew wird mich so oder so schlachten.«

Jakowlew sah ihn durchdringend an. »Für wen tust du das alles? Für Wachruschew?«

»Sicher nicht.«

»Was bist du, Kolja? Bist du Wachruschews Cop?« Er lächelte. »Oder bist du ein Cop?«

Blok schüttelte den Kopf und rieb sich die Stirn. »Du solltest Staubsauger verkaufen.«

»Das wäre schade um mich«, sagte Jakowlew und griff nach Rosenbuschs Zettel, der vor ihm auf dem Tisch lag, und begann, ihn an der Tischkante glatt zu streichen.

»Oleg, das gehört in eine Tüte.«

»Ja, Sir.« Er holte tief Luft und drehte den Zettel um. »Aber so kann man besser lesen, was hinten draufsteht.«

RETINSKOE

1

Es dämmerte. Ein kaltes Blau lag auf den verlassenen Holzbaracken, auf dem Meer und den Schiffswracks, die am Ufer lagen. In ihren zerfressenen Rümpfen gluckste die Wellen. Die Luft war so klar, wie sie es in der Stadt niemals sein konnte.

Hinter den Hütten stieg das Gelände an. Bucklige Schären breiteten sich vor Mika aus, die immer steiler zum Wasser hinab fielen. Ein umgekippter Frachter lag dort, in der Mitte durchgebrochen, als hätte ihn jemand totgeprügelt. Die Masten waren abgeknickt und alles war von Rost überzogen. Mika fragte sich, wie Mosche Rosenbusch hier auf die Idee kommen konnte, Irina einen Antrag zu machen. Das war ein Schrottplatz.

Er stieg weiter auf die Anhöhe. Vor ihm erstreckte sich nun eine Bucht, die frei von Wracks war und in deren Hinterland ein paar knotige Birken standen. Mika sah zum Meer. Die gegenüberliegende Küste war nicht mehr als ein schwarzer konturloser Streifen. Darüber hatte sich ein rotweißer Schein gebildet, der sich in den Wellen spiegelte.

Das Ufer wurde steiler, es konnte nicht mehr weit sein. Der zerstörte Frachter lag schon ein gutes Stück hinter ihm. Von irgendwoher war ein gleichmäßiges Dröhnen zu hören.

Mika ging landeinwärts. Er stieß auf Fußspuren, die parallel zum Ufer verliefen und nach Norden führten. Jemand war vorausgegangen, mindestens eine weitere Person war in die Stapfen getreten.

Mika folgte der Spur, die einen Bogen über eine Landzunge schlug, auf der ein paar zerfallene Häuser standen. Dahinter führte sie wieder direkt auf das Meer zu. Die Wasseroberfläche lag einige Meter tiefer hinter einer Böschung. Mika verlangsamte seine Schritte, als er sich der verschneiten Felskante näherte. Bei einer abgestorbenen Birke blieb er stehen und überblickte das Ufer.

Das Dröhnen wurde lauter.

Weit unten, wo ein paar glatt gespülte Schären ins Wasser ragten, saßen zwei. Mika ging langsam in die Hocke.

Irina Rosenbusch erkannte er sofort. Sie trug noch den Mantel vom Abend. Ihr Pferdeschwanz strich über ihre Schulter, wenn sie sich dem zuwandte, der in einigem Abstand neben ihr saß. Sein Rücken war breit, er trug einen schwarzen Hut und hatte eine Thermoskanne bei sich stehen. Mika kniff die Augen zusammen und erkannte einen schimmernden Metallkasten, der bei der Kanne stand.

Obwohl die beiden weit auseinander saßen, war ihr Gespräch intensiv. Mosche Rosenbusch schien etwas zu erklären und gestikulierte dabei heftig. Irina saß nach vorne gebeugt, sie hatte ihre Oberschenkel mit den Armen umschlungen und nickte immer wieder.

Irgendwann griff Rosenbusch nach dem Kasten und hielt ihn in ihre Richtung. Irina nahm ihn mit beiden Händen und sah hinein. Dann stellte sie ihn wieder in den Sand und begann, auf ihn einzureden. Rosenbusch versenkte nach einer Weile das Gesicht in seinen Handschuhen, schüttelte den Kopf und versuchte, etwas zu sagen, aber

Irina ließ ihn nicht zu Wort kommen. Als sie einmal ihre Hand nach ihm ausstreckte, schlug er sie forsch zur Seite.

Dann schien er etwas gehört zu haben. Er warf einen prüfenden Blick den Strand hinunter. Mika duckte sich schnell weg.

Das seltsame Dröhnen, das in den letzten Minuten noch einmal abgeklungen war, kam nun von hinten und war lauter geworden. Mika sah über die Schulter, konnte aber nichts entdecken. Der Schnee auf den Hügeln leuchtete rot, nichts bewegte sich darauf.

Als er wieder zum Strand sah, hatte sich die Situation geändert.

Die Rosenbuschs waren aufgestanden. Mosche stand einige Schritte hinter Irina und presste den Metallkasten an seine Brust. Beide sahen ängstlich das Ufer hinunter. Mika folgte ihrem Blick.

Da kamen Leute.

Zwei in weißen Kitteln liefen weit voraus, es waren Marfa Abramowa und Leonid Gaj. In einigem Abstand folgte jemand mit langen Haaren, den Mika nur vom Sehen her kannte. Er war noch ein gutes Stück entfernt und hatte den Blick auf Rosenbusch geheftet, als er zu rennen begann. Rosenbusch machte einen Schritt zurück, stellte den Kasten vor sich auf den Boden und öffnete ihn hastig.

Irina sah kopfschüttelnd zu, wie er hineinfasste und kurz darauf einen Arthropodoiden herausfischte, der die Größe einer Vogelspinne hatte. Abramowa und Gaj blieben sofort stehen. Gaj hob beschwichtigend die Hände, als Rosenbusch begann, mit dem Arthropodoiden in der ausgestreckten Hand auf das Wasser zuzugehen.

2

Norbert Noller fror am ganzen Körper. Der Himmel auf der anderen Seite des Fjords glühte, bis es auf einmal so schien, als würde sich eine winzige Stelle am Horizont entzünden. Noller wollte etwas rufen, aber er hatte keine Kraft mehr dazu. In den ersten Strahlen der aufgehenden Sonne erkannte er, was Mosche da vorne machte.

»Tu das nicht!«, keuchte er heiser, als er endlich neben Marfa und Gaj zum Stehen kam. »Mosche, tu das nicht!«

Mosche machte noch einen Schritt zurück. »Das liegt g-g-ganz bei euch.«

Der Arthropodoid hatte bereits angefangen, an seinem Handschuh herumzubeißen. Weiße Futterstückchen regneten in die plätschernde Brandung.

Noller wischte sich den Schweiß von der Stirn und atmete tief durch. »Was willst du?«

»Nur ein bisschen Zeit …«

»Das ist das Letzte, was wir haben.«

»… mit ihr!«, beendete Mosche seinen Satz.

Gaj drehte sich zu Noller um und schüttelte den Kopf. Noller lief an Marfa und Gaj vorbei auf Mosche zu. »Gib mir das«, sagte er und zeigte auf den Arthropodoiden.

»Den b-b-brauchen wir noch«, stammelte Mosche.

Noller sah zum Himmel hoch. Inzwischen war es hell geworden. Über den Hügeln hinter der Küste stand ein kleiner dunkler Fleck. Sie hatten wirklich nicht mehr viel Zeit.

»Ich kann das nicht!«, rief Irina und sah Mosche böse an. »Du kannst nicht einfach von mir verlangen, dass ich …« Sie verstummte.

Mosche schloss die Augen. »Ich verlange es nicht! Ich hab dich nur eingeladen.«

Noller hatte keine Ahnung, worüber die beiden redeten. Er warf einen verständnislosen Blick auf Marfa, die mit den Schultern zuckte. Plötzlich begann Mosche zu husten. Er presste den Ärmel seines Mantels auf seinen Mundschutz und würgte schwer atmend in den Stoff. Irina wollte zu ihm hingehen.

»Fassen Sie ihn nicht an!«, befahl Noller.

Irina blieb stehen und sah ihn wütend an. »Er ist krank«, rief sie vorwurfsvoll.

»Das ist er nicht«, sagte Gaj.

Mosche kippte nach vorne, seine Knie gruben sich in eine kleine Senke voller Kieselsteine und sein Oberkörper schwankte. Er nahm den zappelnden Arthropodoiden in die andere Hand. Sein linker Handschuh war völlig zerfetzt. Noller erkannte, dass er noch einen zweiten darunter trug.

»Ich liebe dich«, sagte Mosche und hielt den Arthropodoiden in Irinas Richtung. Sie ging einen kleinen Schritt auf ihn zu und flüsterte etwas, das Noller nicht verstehen konnte.

Mosche hielt den Arthropodoiden höher. »Es tut nur am Anfang weh.«

»Das reicht!«, brüllte Noller. »Mosche, ich werde ihn dir jetzt abnehmen!«

Mosches Atem beschleunigte sich. Er begann zu zittern. Seine Augen liefen blutrot an und wurden weit. Entsetzt und traurig starrte er Irina an. »Ich will nicht ohne dich!«

Sie ging vor ihm in die Knie und nickte. »Ich hüll dich ein«, sagte sie ruhig.

»Ich h-h-hüll dich …«

Er erstarrte. Noch während er nach vorne fiel, löste sich

der Arthropodoid aus seinem Handschuh. Blankes Entsetzen stand in Mosches Augen, bevor er auf den Kieselsteinen aufschlug. Der Fleck am Himmel wurde größer.

3

Mika sah den Arthropodoiden ins Wasser verschwinden und hielt die Hand gegen die blendende Sonne.

Er sah, wie Abramowa und Gaj ihm nachstürzten, sofort bis zu den Hüften im Meer standen und anfingen, den Grund abzusuchen. Der andere, der mit den langen Haaren, hielt Irina fest und zerrte sie von Mosche Rosenbuschs regungslosem Körper weg. Ihre wütenden Schreie übertönten das Dröhnen, das inzwischen sehr laut geworden war.

Abramowa und Gaj tauchten immer wieder ab. Gaj stand bereits bis zu den Schultern im Wasser. Immer wieder sah er Abramowa nach dem Auftauchen erwartungsvoll an, aber ihr Kopfschütteln war zunehmend verzweifelt.

Mika hatte nicht das Gefühl, dass er eine Wahl hatte.

Er stürzte den verschneiten Hang hinunter und rannte über die kleinen Felsen auf das Wasser zu.

Irina verstummte, als er an ihr vorbeikam.

Das Wasser war schneidend kalt. Abramowa und Gaj hielten für eine Sekunde inne, als sie Mika trotz der fehlenden Haare wiedererkannten. Abramowa nickte ihm zu, dann verschwand sie erneut unter der Oberfläche.

Mika lief ein Stück ins Meer. Er tauchte nicht, sondern hielt sich mit gesenktem Kopf dicht über der Oberfläche.

Die Kälte schlug Nägel in seine Beine. Er wusste nicht, wie lange er sie ignorieren konnte.

Seetang waberte über dem zerfurchten Grund. Überall gab es Spalten und Löcher. Trotz des Sonnenlichts schien es aussichtslos, hier ein kleines dunkles Tier jagen zu wollen, auch wenn er es durch viele Jahre Dunkelkammer gewohnt war, im Trüben zu fischen.

Plötzlich strich ein starker Wind über das Wasser. Er kam von hinten, aus der Richtung des Dröhnens. Alles kräuselte sich, kleine Sonnenstrahlen blitzen in den rautenförmigen Wellen auf und erschwerten die Sicht. Mika spürte jetzt schon seine Zehen nicht mehr.

Abramowa war weiter draußen als er. Sie warf einen erschrockenen Blick zum Strand zurück, bevor sie wieder abtauchte. Gaj hatte bereits den Rückzug angetreten.

Mika stieß mit dem Fuß gegen etwas Hartes.

Es war ein rostiges Stück Reling, das aus einer Spalte im Grund ragte. Er stieg darauf und bekam dadurch etwas Überblick. Weiter vorne lagen weitere Wrackteile unter Wasser, korrodierte Gestänge und Rumpfstücke, die nach U-Boot aussahen. Mika fluchte. Wenn sie Pech hatten, strahlte die ganze Gegend.

Er ließ sich von der Stange gleiten, versank schultertief und japste nach Luft. In spätestens einer Minute würde die Kälte ihn fertigmachen. Er wollte sich gerade zurückstoßen, als ihm die kleine Wolke aus Rostpartikeln auffiel, die eine Armlänge neben ihm aufstieg. Sie quoll nach allen Seiten auseinander und reichte bis knapp unter die Wasseroberfläche.

Irgendetwas machte sich an dem Wrack zu schaffen.

Er gräbt, hatte Gaj in der Gerichtsmedizin gesagt.

Mika holte tief Luft und tauchte ins Wasser. Sein Kopf

schien jeden Moment zu zerreißen, als er die Augen öffnete und die Kälte erbarmungslos zuschlug. Alles in ihm befahl, sofort das Wasser zu verlassen. Er tastete sich nach vorne und stieß auf eine raue Oberfläche. Sie vibrierte leicht. Hastig fuhr er mit den Händen ein paarmal darüber hinweg, dann musste er hoch.

Prustend schoss er aus dem Wasser und atmete tief ein. Er achtete nicht auf den ohrenbetäubenden Krach. Nicht auf Abramowa, die auf ihn zugekrault kam. Und auch nicht auf das Große, das über ihm schwebte.

Stattdessen glitt er wie betäubt in die gurgelnde Kälte zurück, die das Dröhnen von oben verstummen ließ. Ein Mal noch. Er ließ die Augen geschlossen. Da war wieder das raue, vibrierende Metall. Da war ein Riss, da eine Kante. Weiter unten gab es eine Delle. Mika stieß Luft aus und ließ sich tiefer sinken. Seine Hand folgte der Delle, die Vibrationen wurden stärker.

Plötzlich biss ihn etwas in den kleinen Finger.

Er schrie die letzte Luft aus sich heraus, die aufsteigenden Blasen versperrten ihm kurz die Sicht, dann durchschoss ihn ein neuer Schmerz, diesmal von der Haut zwischen Daumen und Zeigefinger. Er öffnete die Augen auf und stieß sich zurück. Eine quellende Blutspur folgte seiner Hand.

Dahinter tauchte der Arthropodoid mit ruckartigen Bewegungen wieder nach unten. Mika ignorierte den Druck in seiner Lunge, vergaß die Schmerzen, die jetzt überall waren, und setzte ihm nach.

4

Irina hatte es aufgegeben, sich zu wehren. Der Kerl hinter ihr hielt sie nur noch an ihrem rechten Unterarm, während sie schweigend dasaß und auf Mosches regungslosen Körper blickte. Der Hubschrauber hatte einige Minuten über dem Wasser gekreist, dann war er seitlich weggeschwebt und setzte nun in nächster Nähe zur Landung an. Schnee und Eis peitschten über die Felsen. Sie kniff die Augen zusammen.

Vorne wateten die anderen zurück aus dem Wasser.

Der glatzköpfige Mikkelsen hielt ein triefendes Bündel Stoff wie ein Neugeborenes an die Brust gedrückt, etwas Blut quoll daraus hervor. Die anderen beiden liefen neben ihm her und pressten ihre Hände darauf. Der Wind der Rotorblätter zerrte an ihren nassen Kitteln. Alle drei zitterten erbärmlich. Der Alte löste sich von der Gruppe, lief quer über den Strand und hob Mosches Metallkiste auf. Er brachte sie zu den anderen, und sie drückten gemeinsam das Bündel hinein. Dann verschloss die Frau die Kiste sorgfältig.

Inzwischen war der Hubschrauber gelandet. Er war schwarz und glänzte. Als die Schiebetür aufging und den Blick auf eine Gruppe maskierter Männer freigab, spürte Irina, wie sich die Hand des anderen ein wenig fester um ihren Unterarm schloss.

5

Die Männer schritten in einer Reihe das Ufer entlang. Das Röhren des Hubschraubers ließ etwas nach, die Rotorblätter wurden langsam sichtbar. Leonid Gaj reichte Abramowa den Metallkasten und ging den maskierten Männern entgegen, die alle in dunkle Overalls gekleidet waren. Abramowa nickte Mika zu, dass er mitkommen sollte. Mika spürte seinen Körper nicht mehr.

Bei einem kleinen hervorstehenden Felsen traf man aufeinander. Gaj ließ seinen Blick die Masken entlanggleiten. »Ich möchte mit Scipion sprechen.«

Einer der Männer trat vor. Er hatte die breitesten Schultern von allen und trug eine Waffe.

»Scipion gibt es für Sie nicht mehr.«

Gaj warf einen erschrockenen Blick auf Abramowa, bevor er sich wieder den anderen zuwandte.

»Dann habe ich also die Ehre mit …«

»Keine Fragen«, befahl der Maskierte. Er nickte den beiden Männern zu, die neben ihm standen. »Fangen Sie an!« Die Männer marschierten auf Rosenbuschs Körper zu.

»Wenn Sie die Freundlichkeit hätten, Ihre Maske abzunehmen.« Gajs Stimme zitterte. »Ich möchte gerne sehen, mit wem ich …«

Der Schlag in sein Gesicht kam so schnell, dass er augenblicklich zusammensackte, auf die Knie fiel und nur noch wimmern konnte. Mika sah aus den Augenwinkeln, wie schwer es Abramowa fiel, dem Angreifer nicht sofort ins Gesicht zu springen.

Stattdessen fluchte sie in sich hinein und reichte Mika den Kasten, um sich zu Gaj setzen zu können. Sie legte ihren Arm um ihn und half ihm, sich das Blut aus dem Gesicht zu wischen.

6

Während sich die beiden verhüllten Männer an Mosche zu schaffen machten, packte Noller auch Irinas anderen Arm, um sie sicher im Griff zu haben. Sie blieb ruhig.

Über ihre Schultern beobachtete er, wie sich die beiden Männer Handschuhe überzogen und Mosches Körper ein Stück vom Wasser wegschleiften. Einer breitete eine goldene Plane daneben aus, während der andere anfing, alle Kieselsteine aufzulesen, auf denen Mosche gelegen hatte – vor allem die auf Höhe seines Halses und seines Kopfes. Die wissen Bescheid, dachte Noller.

Ein kurzes Zucken ging durch Irina, als die beiden Mosche umdrehten und auf die Plane rollten. Der Hut glitt ihm vom Kopf. Sein Gesicht war von roten Abdrücken entstellt, Schnee und Sand klebten darauf.

Aber er lächelte.

Ganz weich, fast sanft, als hätte er gerade, kurz vor seinem Sterben, etwas gehört oder gesehen, das ihn glücklich machte, losgelöst von all dem Schrecken, der sich rundherum abspielte.

Die Männer schien es nicht zu interessieren. Einer sammelte den Hut auf und warf ihn in den Beutel mit den Steinen. Dabei stieß er versehentlich mit seinem Stiefel gegen Mosches Kopf. Es war ein harter Stoß, doch das Glück in Mosches Gesicht blieb unberührt.

In diesem Moment riss sich Irina von Noller los.

7

Der breitschultrige Mann im Overall zog eine Pistole, als Irina auf Mika zugelaufen kam. Es klickte leise, als er entsicherte.

Irina blieb stehen, fixierte für einen kurzen Moment den Sehschlitz seiner Maske und hob die Hände.

Dann ging sie weiter, bewegte sich langsam, Schritt für Schritt, auf Mika zu, während die Mündung der Waffe mitwanderte. Sie nahm Mika den Kasten ab, ohne ihn dabei anzusehen.

Er ließ es geschehen.

Gaj und Abramowa starrten ihn entsetzt an. Eine weitere Pistole klickte. Keiner wagte eine hastige Bewegung. Auch der mit den langen Haaren nicht, der Irina festgehalten hatte und nun in sicherem Abstand stehen blieb.

Sie stellte den Kasten auf den Boden und ging davor in die Knie. Ihr Atem raste.

»Tun Sie das nicht!«, rief Gaj.

Der Metalldeckel schnappte auf. Dahinter quoll der nasse Stoff des Pullovers heraus. Der Arthropodoid drückte von innen dagegen. Irina legte vorsichtig die Hand auf den Stoff.

Sofort schoss ein schwarzes Bein hervor, drückte sich zwischen Irinas Fingern hindurch und begann, die Umgebung abzutasten. Irina behielt die Hand auf dem Stoff und schob ihre andere Hand unter den zitternden Kasten. Auf diese Weise hob sie ihn vorsichtig an und führte das zappelnde Bein an ihren Mund.

Bevor sie zubiss, schloss sie die Augen.

PLASMA

Ein maskierter Breitschultriger nickte mit dem Kopf in Richtung des Hubschraubers. Der Pilot erwiderte die Geste, sofort beschleunigten die Rotoren. Schwarze Handschuhe zerrten an weißen Kitteln, Ellenbogen wurden in Rücken gestoßen. Alle bewegten sich auf den Hubschrauber zu. Jemand hob den Metallkasten auf, presste etwas starres Schwarzes in den Stoff zurück. Jemand taumelte im scharfen Wind der Rotoren, wurde gepackt und nach vorne geschubst. Blut hing an seinem Kinn, der Wind zerrte daran. Hände wurden über Augen gehalten, als man in den Radius der Rotoren kam. Jemand zog die Schiebetür des Hubschraubers bis nach hinten auf. Mehrere Sitzreihen kamen zum Vorschein, auf der letzten lag ein Langhaariger, regungslos und mit aufgerissenen Augen. Zwei Maskierte postierten sich an den Landekufen und überwachten den Einstieg der anderen. Jemand versuchte sich loszureißen, bekam einen Stoß zwischen die Schulterblätter und brach zusammen. Ein junger Glatzköpfiger zog ihn hoch und half ihm ins Innere des Hubschraubers. Zwei andere zerrten eine lange, schwarze Hülle unter das Heck. Eine Frau stieg ein, den Blick an die beiden geheftet.

Blok kannte die Frau.

Er lief auf den Hubschrauber zu. Über dem Heckrotor stand Defprom. Er hatte keine Ahnung, was Defprom war.

Die beiden Männer an den Kufen sprangen auf. Die Rotoren ratterten, Wasser peitschte gegen Bloks Beine und die Kufen stiegen um einige Zentimeter. Blok zog seine Dienstwaffe, lief vor das Cockpit des Hubschraubers und richtete sie auf die gläserne Front. Dahinter sprach ein maskierter Mann mit dem Piloten, beide hielten sie den Blick auf Blok gerichtet. Dann nickte der Pilot, der Hubschrauber sank und setzte wieder auf. Blok ging mit vorgehaltener Pistole zur Seitentür. Er wusste nicht, ob es richtig war, was er machte. Auf der Schnellstraße hatte es einmal funktioniert.

Die Schiebetür ging einen Spalt breit auf.

»Nehmen Sie die Maske ab!«, brüllte Blok. Das Rotieren war ohrenbetäubend.

Der Breitschultrige sprang aus dem Spalt, lief nach vorne und klopfte gegen die Scheibe. Der Lärm ließ etwas nach. Dann kam er mit erhobenen Armen auf Blok zu, eine 45er steckte in seinem Gürtel. Blok umklammerte seine Dienstwaffe mit beiden Händen. Der Mann blieb vor Blok stehen und sah ihn aus dem Schlitz seiner Maske heraus an.

»Kolja Blok?«, fragte er irgendwann.

Blok zuckte zusammen. Er ließ die Pistole sinken. Er hatte keine Ahnung, ob er den Kopf schütteln oder nicken sollte. Der Mann beugte sich ein Stück vor.

»Kolja Blok?«

Blok machte einen Schritt zurück und hob die Pistole wieder an. »Öffnen Sie die Tür! Lassen sie die Leute frei.«

»Sie machen einen Fehler, Kolja Blok!«

Blok sah am Lauf seiner Pistole, wie stark er zitterte. Doch das Zerren des Rotors dicht über ihm ließ alles gleichermaßen vibrieren. Der Maskierte griff nach der Schiebetür des Hubschraubers und zog sie auf. Zwei weitere Maskierte sprangen heraus. Einer hatte ein Mobiltelefon am Ohr, der andere richtete eine kurzläufige Pistole auf Bloks Beine.

»Wenn Sie jetzt gehen, wird nichts passieren«, sagte er.

Bloks Blick wanderte eine Sekunde lang über die Leute, die im Hubschrauber saßen. Da war der dünne Alte mit dem blutigen, eingefallenen Gesicht. Sein weißes Haar war licht, seine mageren Hände lagen wie zum Gebet gefaltet auf seinem Kittel. Das Gesicht der Frau, die neben ihm saß, war genauso verängstigt und zerschunden. Ihre ruhigen, dunklen Augen waren von blauen Flecken umrahmt, die Schutzhaube auf ihrem Kopf hatte einen Riss, aus dem braune Strähnen hingen. Beide waren sie durchnässt, ihre Atemzüge schlotterten erbärmlich. In der Reihe dahinter, neben dem nassen Glatzköpfigen mit den abstehenden Ohren, saß ein Mann, dessen Alter schwer einzuschätzen war. Sein dunkler Vollbart war nur um das Kinn grau. Die Haare reichten ihm bis zu den Schultern, er hatte sie zu einem Zopf zusammengebunden. Der Metallkasten stand zwischen seinen Füßen. Bis auf Irina Rosenbusch, die in der vorletzten Reihe saß und gleichgültig vor sich hinstarrte, kannte Blok niemanden. Aber eins war ihm klar – diese Leute waren misshandelt worden. Sie gehörten nicht hier her. Und irgendwo, tief in seinem Inneren, fiel eine Entscheidung, wie von ganz allein.

»Steigen Sie aus, einer nach dem anderen«, befahl er.

Irina Rosenbusch erhob sich zuerst. Blok ging einen Schritt zur Seite, um ihr Platz zu machen. Mehrere Pistolen richteten sich auf seinen Kopf. Sein Herz begann zu rasen. Bis eben hatte er sich in seiner Uniform sicher gefühlt.

Sein Telefon klingelte.

Irina Rosenbusch blieb stehen und krallte sich an der Lehne ihres Vordersitzes fest.

»Sofort aussteigen!«, befahl Blok.

Er richtete seine Pistole auf den Piloten. Sofort gab der Breitschultrige den anderen ein Zeichen, ihre Waffen zu senken. Irina kletterte langsam und wie ferngesteuert aus dem Hubschrauber. Dann stand der nasse Glatzköpfige auf.

Bloks Telefon klingelte wieder.

»Sie sollten rangehen«, sagte einer der Maskierten.

Blok rührte sich nicht. Der Glatzköpfige half dem dünnen Alten auf die Landkufen. Es klingelte wieder.

»Sie sollten rangehen.«

Blok nahm die Pistole in die andere Hand. Dann holte er sein Telefon hervor und hielt es sich ans Ohr.

»Wenn Du jetzt gehst, Kolja, wird nichts passieren. Alles wird sein wie früher.«

Blok kannte die Stimme. Aber das konnte nicht sein.

»Kolja, wenn du jetzt nicht gehst –«

Bloks Kopf hämmerte. Sein Blick glitt über die schwarzen Masken, über Irina Rosenbusch und die anderen, die nun unsicher auf festem Boden standen.

»Mors certa, Kolja. Alles andere ist deine Entscheidung!«

Er fühlte einen dumpfen Schlag am Hinterkopf.

Das Telefon fiel ihm aus der Hand, jemand hob es auf und warf es in den Hubschrauber. Dann traf ein Tritt seine Kniekehle, er fiel nach vorne, jemand packte ihn, schleifte ihn einige Meter über die Felsen und ließ ihn in der Nähe des Wassers fallen. Die Rotoren zerhackten das Sonnenlicht und rasende Schatten flirrten über den Kies. Eine Stimme kam an Bloks Ohr.

»Warum interessieren Sie sich für diese Leute?«

Blok keuchte. Sein Mund war wie betäubt.

»Zeugen«, stöhnte er leise.

»Zeugen wofür?«

Ein kalter Lauf wurde gegen seine Schläfe gedrückt. Blok schielte zum Hubschrauber zurück. Dort stand einer der Maskierten, er winkte hektisch.

»Wofür? Was wissen Sie?«

Der Lauf grub sich tiefer in Bloks Gesichtshaut. Von irgendwoher blitzte es. Der Mann am Hubschrauber zeigte panisch die Küste hinauf.

»Nichts«, sagte Blok.

Doch es schien niemanden mehr zu interessieren. Neben dem Lärm der Rotoren hörte Blok plötzlich etwas anderes. Eine Störung hatte sich in das gleichmäßige Rattern des Hubschraubers gemischt, kaum zu hören, aber trotzdem da. Ein tiefes, entschiedenes Heulen, das immer wieder laut wurde, und von Mal zu Mal alles andere immer stärker übertönte. Blok kannte und liebte das Geräusch.

Er blickte zur Seite. Blaue Blitze schossen über die Küste, über den Schnee und die dürren Birken. Der Pistolenlauf zog sich plötzlich zurück, Kies knirschte und ein neuer Schlag traf ihn am Hinterkopf.

Das Dröhnen verklang. Über dem Meer stand nur noch ein kleiner schwarzer Fleck. Die Leute in den weißen Kitteln saßen nur da. Keiner sagte etwas. Bei ihnen lag die Kiste mit dem Tier, dem nun ein Bein fehlte, dazu der Sack mit den Steinen und der Sack mit Mosche. Mika Mikkelsen stand etwas abseits, er hatte die Arme um die Brust geschlungen. Der kleine Polizist lag in der Nähe des Wassers. Manchmal zuckte er wie jemand, der vom Fallen träumt.

Irgendwann erhob sich der Alte, zog seinen nassen Kittel aus und ließ ihn auf den Boden fallen. Die Frau machte es ihm nach. Der mit den langen Haaren ging zu Mikkelsen und reichte ihm seinen trockenen Kittel. Mikkelsen zeigte ihm seine blutige Hand. Der Langhaarige sah sie sich an und schüttelte ruhig den Kopf. Mikkelsen schien sehr erleichtert darüber zu sein. Während sie sich weiter unterhielten, erwachte der Polizist. Der Alte und die Frau gingen zu ihm und halfen ihm hoch. Er rieb sich die Glatze, schwankte und blinzelte müde. Die Frau stützte ihn, und der Alte begann, ihm irgendetwas zu erklären. Der Polizist hörte aufmerksam zu. Einmal warf ihr Mikkelsen einen Blick zu, lächelte, und sie lächelte zurück.

Aber er blieb, wo er war.

Sie ging zu Mosche, setzte sich zu ihm und dachte an sein zufriedenes Gesicht hinter dem Reißverschluss. Der Fleck am Himmel war winzig geworden. Ihr Blick fiel auf den Metallkasten und sie dachte an Jegor.

Sie spürte auch das Andere, das sich auf ihren Gaumen gelegt hatte. Eine leichte Taubheit breitete sich von dort aus. Nur manchmal und nur für wenige Sekunden tat es sogar schon weh. Ein leichtes Stechen, irgendwo im Kopf.

Mikkelsen und die anderen liefen an ihr vorbei auf die Anhöhe zu. Der Langhaarige blieb stehen und hielt ihr eine Atemschutzmaske hin. Sie nickte, stand auf und zog sie über. Der Polizist machte Gesten dorthin, wo die blinkenden Streifenwagen standen und von wo aus Uniformierte die Bucht sicherten. Ein heranfahrender Lieferwagen wurde angehalten. Auf ihm stand *Järvets Super Studio*.

Der Alte redete eindringlich auf den Polizisten ein, er nickte dazu. Die Frau hob die Kittel auf. Andere Polizisten kamen mit einer Trage auf den Strand zu. Einer hatte leuchtend rote Haare, ein anderer weit aufstehende Augen. Der Langhaarige nahm die Steine, die Frau den Kasten. Mosche wurde auf die Trage gehoben.

Irina warf einen Blick zurück zur untergehenden Sonne. Es würde wehtun, hatte Mosche gesagt. Es würde wahrscheinlich sechs Tage dauern, bis sie etwas sehen würde.

Ein kurzer Schmerz, stärker als bisher, schoss durch ihren Kopf und irgendwo in ihrem Nacken knisterte etwas. Fehlinformation der Nervenenden, dachte sie. Es kam schneller, als sie erwartet hatte. Die Blaulichter oben auf der Böschung wurden abgestellt. Der Langhaarige mit den Steinen drehte sich zu ihr um und wartete. Auch Mikkelsen blieb stehen.

Die Schmerzen wurden stärker und sie atmete tief durch. Wahrscheinlich würden sie nun nicht mehr nachlassen. Aber sie wusste, dass es nicht das Ende war.

NACHBEMERKUNG

Es handelt sich hier um eine (überarbeitete) Version des Romans von 2014. Im Zusammenhang mit dem Ausbau des Large Hadron Colliders (LHC) am Kernforschungszentrum CERN gab es bereits vor der Fertigstellung die Befürchtung, bei den Experimenten könnten winzige Schwarze Löcher entstehen oder eine gefährliche Materie – ähnlich wie in dieser Geschichte beschrieben. Die Klage, der LHC könnte am Ende die Erde zerstören, wurde sogar an den Europäischen Gerichtshof für Menschenrechte herangetragen.

Glücklicherweise wurde sie abgewiesen. Am CERN passiert nicht mehr und nicht weniger, als dass Menschen aus der ganzen Welt daran arbeiten, zukunftsweisende Einblicke in die Entstehung und den Bau unseres Universums zu gewinnen. Dass in »Kernschatten« etwas Gefährliches passiert, gehorcht den Gesetzen des Spannungsromans und nicht den Gesetzen der Physik.

Nach einer dreijährigen Umbauphase ist der LHC seit 2021 wieder in Betrieb. Wir stehen immer noch am Anfang unserer Reise, das Universum zu begreifen.
Im Großen und im Kleinen.

DANK AN:

Stephan Askani
Stefan Becker
Katharina Körber
Andreas Luks
Carsten Polzin
Kevin Seifert